ULLSTEIN

ÜBER DAS BUCH

Glasnost zur Ära Gorbatschow. Igor Jakunin gibt vor, ein Major des KGB zu sein. Er will mit hochbrisanten Informationen über einen »Maulwurf« auf der höchsten Ebene des SIS zu den Briten überlaufen, die dem russischen Abtrünnigen jedoch keinen Glauben schenken. Eddie Hoggart von MI 6 bekommt die heikle Aufgabe zugesprochen, Jakunin auf Herz und Nieren zu überprüfen, um die Briten nicht einem Spion aufsitzen zu lassen. Kurz darauf geht ihnen Belinski ins Netz, ebenfalls ein russischer Überläufer vom KGB, der auf allen Ebenen kooperiert, allerdings behauptet, Jakunin sei ein psychisch gestörter, nicht ernstzunehmender Agent, den der KGB abschieben wolle. Wem ist zu glauben, und warum befindet sich der KGB trotz Glasnost in solch heller Aufregung?
Hoggart und sein Kollege kommen mit den Verhören nicht voran, sie gestalten sich zäh und unergiebig. Bis eines Tages die entscheidende Wende eintritt, als der »Maulwurf« einen bedeutungsschweren Fehler begeht und der gesamte Fall ein ziemlich unvorhergesehenes Ende nimmt.

ÜBER DEN AUTOR

Ted Allbeury, 1917 in Birmingham geboren, schloß sich zu Beginn des Zweiten Weltkrieges dem britischen Geheimdienst an, den er nach Einsätzen in Nordafrika, Italien und Deutschland im Rang eines Oberstleutnants verließ. Danach in der Werbebranche unter anderem als Chef eines vor der englischen Küste agierenden Piratensenders tätig, begann Allbeury erst Anfang der siebziger Jahre eine Karriere als Schriftsteller. Allbeurys Romane stehen regelmäßig auf den englischen Bestsellerlisten und wurden bis heute in insgesamt 17 Sprachen übersetzt.

Ted Allbeury

Geheimcode Deep Purple

Thriller

Aus dem Englischen von Michael K. Georgi

Ullstein Gelbe Reihe

Ullstein Buchverlage GmbH & Co. KG,
Berlin
Taschenbuchnummer: 24375
Titel der Originalausgabe:
Deep Purple

Ungekürzte Ausgabe
Juli 1998

Umschlaggestaltung:
Vera Bauer
Illustration:
G + J Photonica

Printed in Germany 1998

Gesamtherstellung:
Ebner Ulm
ISBN 3 548 24375 4

Gedruckt auf alterungsbeständigem
Papier mit chlorfrei
gebleichtem Zellstoff

Vom selben Autor
im
Ullstein Taschenbuch

Zeit ohne Schatten/
Spiegelverkehrt (24095)

Die Deutsche Bibliotkek
CIP-Einheitsaufnahme

Allbeury, Ted:
Geheimcode Deep Purple : Thriller / Ted Allbeury.
Aus dem Engl. von Michael K. Georgi. –
Ungekürzte Ausg. –
Berlin : Ullstein, 1998
(Ullstein-Buch ; Nr. 24375)
ISBN 3-548-24375-4

Der Friede stirbt, wenn die Ordnung in die Brüche geht, wenn man keinen Platz mehr hat auf der Welt, wenn man nicht mehr weiß, wo man seine Liebe trifft, wenn der Gatte, der aufs Meer hinausgeht, nicht heimgekommen ist.*

ANTOINE DE SAINT-EXUPÉRY
Flug nach Arras

*nach der Übersetzung von Fritz Montfort, Rowohlt Taschenbuch Verlag GmbH, Dezember 1956

1

Hoggart blieb am Straßenrand stehen und blickte, während er auf eine Lücke im zweispurig dahinströmenden Verkehr wartete, hinüber zum Century House. In London herrschte herrliches Sommerwetter, aber selbst bei hellem Sonnenschein strahlte das hohe Gebäude etwas Grimmiges aus. Vielleicht war es ganz passend, daß das Hauptquartier von MI 6 nach außen hin so streng und abweisend wirkte. Doch dieser Eindruck konnte auch täuschen. Drinnen arbeiteten, wie bei jeder großen Regierungsbehörde, ganz normale Menschen. Im Schreibsaal standen Vasen mit Blumen, man stritt sich um Urlaubstermine, es gab Rivalitäten und sogar bittere, jahrzehntealte Fehden. Manchmal waren Gespür und Intuition eines erfahrenen Mannes noch immer mehr wert als der Einsatz der gesamten modernen Technologie. Loyalität und Ehrgeiz waren ebenso vertreten wie ein scharfer, akademisch geschulter Verstand, mit dem man das geballte praktische Wissen erfahrener Feldagenten auslotete. Es gab Flirts und sexuelle Belästigungen, Vorurteile und Intrigen sowie all die anderen größeren und kleineren menschlichen Schwächen. Man begegnete den strikten Vertretern von Recht und Gesetz, aber auch anderen, denen Gerechtigkeit wichtiger war und die erkannt hatten, daß das eine nicht unbedingt mit dem anderen übereinstimmte. Etliche Leute hier waren besser als die meisten Regierungschefs über das informiert, was in der Welt vorging, und eine Handvoll wußte genug, um die Karriere von mindestens fünfzig im Blickpunkt der Öffentlichkeit stehenden Personen zu einem jähen und unrühmlichen Ende zu bringen. Seltsamerweise führte dieses Wissen dazu, daß man bei anderen ein Verhalten tolerierte, das nach den eigenen Wertmaßstäben untragbar gewesen wäre. Doch niemals verwechselte einer Toleranz mit Vertrauen. Neulinge lernten sehr bald, daß Vertrauen innerhalb des SIS wenig galt. Vertrauen war wie Glauben und beruhte auf einem Mangel an Fakten. Und beim SIS wurden selbst Fakten doppelt und dreifach überprüft. Beide Elemente, Gesetz wie Gerechtigkeit, erforderten das.

Fast fünf Minuten vergingen, ehe der Verkehr zeitweise ins Stocken geriet und Hoggart die Gelegenheit nutzen und sich zwischen den Personenwagen und Lkws hindurch zur anderen Straßenseite vorarbeiten konnte.

An der Kontrolle legte er seinen Hausausweis vor und wartete, bis man seine Ankunft vermerkt hatte, bevor er mit dem Fahrstuhl in den neunten Stock zu seinem Büro fuhr, das er sich mit David Fletcher teilte.

Es war bereits später Nachmittag, als Hoggart hereinkam, ein kurzes Grußwort mit Fletcher wechselte und sich an seinem Schreibtisch niederließ.

Hoggart nahm sich eine Akte vor, studierte sie sorgfältig, blätterte ein- oder zweimal zurück und las das Blatt erneut. Er hatte eine Statur wie ein bulliger Vorstopper, und obwohl er stets flotte Kleidung trug, wirkte sein Sakko aufgrund der schwellenden Muskeln ein paar Nummern zu klein, selbst wenn es neu war. Sein Gesicht war breit und nicht unbedingt außergewöhnlich, doch das Haar fiel einem sofort auf. Tiefschwarz und gerade nach hinten gekämmt, wirkte es immer strähnig, als müsse es gewaschen werden, und lag nie an, so daß es aussah wie das gesträubte Fell eines aufgebrachten Hundes.

Dann blickte Hoggart auf und sah, daß Fletcher ihn beobachtete. Er deutete auf die Akte. »Hast du das gelesen?«

»Was ist das?«

»Der Observierungsbericht über diesen mutmaßlichen

KGB-Mann bei der sowjetischen Handelsmission.« Er schaute auf den Aktendeckel. »Barakow. Igor Barakow.«

»Ja. Hab' ich gelesen.«

»Kannst du dich an die Personenbeschreibung erinnern?«

»In etwa.«

»Was in aller Welt bedeutet ›etioliert‹?«

Fletcher lachte. »Das ist original Anthony Renshaw. Er hat den Bericht redigiert. Es bedeutet – bläßlich – bleich – ein bißchen verkümmert.«

»Heiliger Bimbam! Hat der eigentlich jemals Feldeinsätze gemacht?«

»Ich glaube nicht. Er hat damals die üblichen Trainingskurse mitgemacht. Aber ansonsten war er immer nur ein Verwalter, ein Schreibtischhengst. Kümmert sich um Leute wie dich und mich.«

»Wie zum Teufel kommt man an so einen Job?«

Fletcher grinste. »Man hat einen Alten Herrn, der Chef einer Handelsbank ist. Dann Eton, Balliol, ein Gastspiel im Auswärtigen Amt, Washington und Bonn. Man spricht fließend Russisch. Man hat natürlich Charme. Man hat Umgang mit Topleuten, die alte Freunde der Familie sind – und man arbeitet sehr hart.« Er hielt inne. »Er macht seinen Job sehr gut. Und er hält Distanz. Engagiert sich gefühlsmäßig nicht so stark wie wir.« Fletcher machte eine Pause. »Einer muß das können, weißt du.«

»Er kommt mir vor wie eine Figur aus einem Stück von P. G. Wodehouse oder Noël Coward. Außerdem sieht er aus wie diese Laffen auf den schnieken Anzeigen in den Sonntagszeitungen.«

»Was spielt es für eine Rolle, wie er aussieht? Wir tun unseren Job, und er tut seinen. Das ist alles, was unsere Herren und Meister von uns erwarten. Wir stecken den Finger in das Loch im Deich, aber er braucht einen etwas breiteren Horizont als wir.« Er hielt inne und lächelte. »Wenn's nach dir und mir und unseresgleichen ginge, hätten wir jeden einzelnen Russen in London eingebuchtet.« Er stand auf und schob den Stuhl zurück. »Übernimmst du die Barakow-Observierungen?«

»Nein. Ich arbeitete für Renshaw und dechiffriere das letzte Material von der ›Nadel‹. Er sagt, du machst den anderen Teil.«

»Ist das der . . .?« Fletcher wedelte mit der Hand, weil selbst im Century House sein Sicherheitsbewußtsein zu tief ausgeprägt war, als daß er hätte weitersprechen können.

Hoggart nickte. »Genau. Das ist er.«

Fletcher stand auf. »Ich hol' mir einen Kaffee. Willst du auch einen?«

»Danke. Halb und halb, mit zwei Stück Zucker.«

Die Straße mit den düsteren viktorianischen Häusern lag hinter der Euston Station. Die Häuser, einst von Künstlern bewohnt, waren lieblos in Einzelwohnungen und Apartments aufgeteilt worden. In einer dieser Wohnungen im obersten Stockwerk saß ein kleiner Junge und blätterte in einer ziemlich mitgenommenen Ausgabe von The Wizard. *Er war blaß, hatte dichtes schwarzes Haar und eine blutunterlaufene Stelle an der Schläfe. Er hörte die Stimmen und die Schritte auf den hölzernen Treppenstufen draußen und dann das laute, fordernde Klopfen. Der Junge ignorierte das Klopfen, stand nur auf und schaute aus dem Fenster. Es klopfte noch ein paarmal, dann klapperten die Schlüssel, und die Tür ging auf. Eine große Frau und ein Konstabler standen dort.*

Die Frau lächelte und sagte: »Hallo, Eddie. Ich bin Mrs. Hopkins – erinnerst du dich?«

Der kleine Junge schwieg, worauf die lächelnde, stämmige Frau ins Zimmer trat. »Wo ist deine Mutter, Eddie?« Der Junge deutete auf eine geschlossene Tür, und die Frau ging hin und öffnete die Tür zu dem einzigen Schlafzimmer. Auf dem schmuddeligen Bett lag eine Frau, rauchte eine Zigarette und klopfte die Asche in eine Tasse mit erkaltetem Tee. »Ich komme wegen Eddie, Mrs. Hoggart«, sagte die stämmige Frau leise. »Sie kennen ja die gerichtliche Anordnung.« Sie schwieg einen Moment. »Können Sie mich hören, Mrs. Hoggart? Wir müssen ihn mitnehmen.«

Mrs. Hopkins wartete, und die Frau auf dem Bett wandte langsam den Kopf und blickte sie an. Eine Zeitlang schwieg sie, dann sagte sie grob: »Worauf wartest du denn, du blöde Kuh?«

»Wir müssen Ihnen Eddie wegnehmen, Mrs. Hoggart.«

»Nimm ihn doch mit, ich kann eh nichts mit ihm anfangen.«

Einen Moment lang zögerte Mrs. Hopkins verdutzt. Sie war Mütter gewohnt, die wie Löwinnen um ihre Kinder kämpften. Die zeterten und fluchten, alle Heiligen anriefen, sie und alle, die ihr nahestanden, verwünschten und darum beteten, daß sie langsam und qualvoll stürbe. Krebs war die beliebteste Todesart. Und dann faßte sie sich und wandte sich zu dem Jungen um.

»Pack deine Kleider und Spielsachen zusammen, mein Junge. Alles, was du hast.«

Zehn Minuten später waren die armseligen Besitztümer in ein paar Seiten der Sporting Life *eingewickelt. Zwei Leibchen, zwei Hemden, ein Paar Socken, zwei Comics und eine Weihnachtskarte.*

Der Makler hatte die Wohnung als »Maisonette auf drei Etagen« beschrieben. Anthony Renshaw nannte sie »seine Absteige«, aber sie war mehr als das. In Anbetracht der zwei Wohn- und drei Schlafzimmer sowie der Lage an der King's Road in Chelsea war es eine kluge Entscheidung gewesen, in den noch zwanzig Jahre laufenden Pachtvertrag einzusteigen und den Preis von 1000 Pfund im Jahr zu bezahlen. Heute könnte er die Wohnung wahrscheinlich für 1000 Pfund pro Woche untervermieten, wenn er die Teppiche, Gardinen und ein paar Möbel drin ließe. Die meisten Möbel stammten aus dem zweiten Stock von Austin's in Peckham Rye, jener wundervollen Fundgrube, die nur durch Mundpropaganda bekannt war und wo sich die etwas schlaueren Angehörigen der Oberklasse und des Diplomatischen Corps die Ausstattung für ihre Häuser und Wohnungen besorgten. Renshaws Wohnung wirkte maskulin, aber nicht auf eine aggressive Art. Die Fotografien an den Wänden des Musikzimmers zeigten vorwiegend Jazzmusiker und Londoner Orchester von gestern und heute. Der maskuline Eindruck entstand durch den offenkundigen Komfort der Wohnung. Das Leder von Couch und Sesseln war weich und anschmiegsam, nicht so steif und bretthart wie bei den üblichen Clubmöbeln. An der Wand hing ein heiteres Aktgemälde von Annigoni, ein Original, doch bei den übrigen Bildern handelte es sich hauptsächlich um limitierte und signierte Drucke, eher traditionell als experimentell.

Das offensichtlich am häufigsten genutzte Zimmer hatte einen Holzfußboden und schlichte weiße Wände. Auf dem Bechstein-Flügel lagen stapelweise Noten. Meist die üblichen Klassiker – mit einer Vorliebe für Chopin und Brahms –, aber auch eine Menge Jazz, manches davon als Faksimile, von Fats-Waller-Arrangements bis zu Scott-Joplin-Originalen mit handschriftlichen Anmerkungen, die die Strenge der Vorlage etwas abmilderten.

Eine Frau kam täglich zum Saubermachen und Aufräumen, und sie verständigten sich miteinander per Notizzettel. Ihre sorgfältig mit Großbuchstaben, seine in präziser Schreibschrift mit penibler Interpunktion.

Groß und schlank, wie er war, bewegte er sich so sicher und selbstbewußt wie ein Schauspieler, der seine Rolle genau kennt, und erinnerte von seiner Kleidung und dem Aussehen her an einen jungen Mann aus einer Zeit, als Mädchen noch »Backfische« hießen und man am Sonntagnachmittag zum Tanztee ging. In Wirklichkeit wurde er bald achtundvierzig. Sein Tonfall war nicht unbedingt gedehnt, doch mit der für ihn typischen Mischung aus lässiger Sprechweise und präziser Wortwahl hatte er sich anfangs unter seinen eher bodenständigen Vorgesetzten beim SIS nicht gerade beliebt gemacht. Aber seine Talente waren zu offensichtlich, als daß man sie auf Dauer hätte ignorieren können, und etliche neue Besen hatten einigen Staub zu seinen Gunsten aufgewirbelt. Er war jetzt verantwortlich für alle Operationen, bei denen es um Infiltration von KGB und GRU ging.

Als er damals in die Wohnung eingezogen war, hatte er seinen Austin-Healey 3000 noch an der King's Road parken können, doch heute mußte er ihn weit hinten an der Royal Avenue abstellen.

Er ließ den Blick noch einmal prüfend durch das Wohnzimmer schweifen, dann griff er nach der Segeltuchreisetasche und dem mobilen Telefon.

Es war Freitagabend, doch aus London heraus und Richtung Küste war nur wenig Verkehr, und so erreichte er knapp zwei Stunden später die Außenbezirke von Chichester. Nach ein paar Meilen auf der A 286 bog er hinter dem Cottage ab, das die Abzweigung nach Birdham markierte, und war wenige Minuten darauf in Birdham Pool. Wegen der vielen Schlaglöcher am Liegeplatz fuhr er vorsichtig und parkte direkt hinter seinem Boot, das mit dem Heck am Steg vertäut und auf der Steuerbordseite mit einem zusätzlichen Ponton gesichert war.

Die *Aquila* war ein fünfzehn Meter langer Kabinenkreuzer mit zwei Dieselmotoren in einem Halmatic-Rumpf, gebaut nach der 100-A1-Spezifikation von Lloyd's, und mit einer Tankkapazität, die bis zum Mittelmeer reichte. Renshaw benutzte die Jacht allerdings vorwiegend für Tagesausflüge zur

Insel Wright und Wochenendtörns nach Frankreich und Belgien. Er war regelmäßig auf seinem Boot, und die Einheimischen hielten ihn für einen erfahrenen Skipper.

Noch konnte er zwei Stunden lang die Flut nutzen, und so ließ er, kaum an Bord, die Maschine warmlaufen. Während er die Leinen löste, schaute er über das Hafenbecken zur Schleuse, die zum Chichester-Kanal führte. Auf vielen Booten brannten Lichter, und vom Birdham-Clubhaus, wo die übliche Freitagabendfete lief, wehte leiste Musik herüber. In der leichten Brise klapperten Schoten und Falleinen gegen Leichtmetallmaste. Zwanzig Minuten später steuerte er das Boot vorsichtig in die Schleusenkammer, warf dem Schleusenwärter ein Tau zu, dann das zweite, und hielt beide Enden fest, nachdem sie um die Poller geschlungen waren und der Wasserspiegel langsam sank.

»Wo geht's heute abend hin, Mr. R.?«

»Nur zur Insel rüber, Mac. Ich bin morgen mit der Mittagstide zurück.«

»Die Küstenwache haben Sie benachrichtigt?«

»Ich funke sie auf Kanal sechzehn an, sobald ich die Sandbank hinter mir habe. Hat's diese Woche Änderungen in der Admiralitätskarte gegeben?«

»Nein, Mr. R., aber das Hafenamt sagt, die Sandbank ist mal wieder gewandert, und sie haben die neue Durchfahrt provisorisch mit einer Tonne markiert.«

Renshaw lachte. »Bißchen spät, wenn du mich fragst, Mac. Also, bis morgen.«

»Gute Reise, Sir.«

»Danke.«

Als Renshaw langsam die Gashebel vorschob, schaltete er den Suchscheinwerfer ein, um die Tonnen an der Backbordseite sehen zu können, die den engen Kanal nach Itchenor Reach markierten. Sogar zu dieser späten Stunde segelten noch einige Boote Richtung Bosham, doch als das East-Head-Leuchtfeuer aufkam, war er ganz allein und setzte Kurs auf Nab Tower.

Die kleine Studiowohnung befand sich in einem alten Gebäude hinter dem Arbat-Platz, der den alten Teil des Kalinin-Prospekts vom neuen trennte. Aber sie wußte, daß sie sich glücklich schätzen durfte, die Wohnung zu haben, und noch glücklicher, eine Moskauer Aufenthaltserlaubnis zu besitzen. Die Aufenthaltserlaubnis war ihr eigenes Verdienst. Eine Belohnung für das einjährige Stipendium am Bolschoi von ihrer Heimatstadt Tula, 180 Kilometer südlich von Moskau gelegen. Tula hat wenig Berühmtes zu bieten, ist aber immerhin bekannt für die besten süßen Biskuits der Sowjetunion, die *Tulskie Prijaniki.* Außerdem gibt es dort große Eisengießereien. Ihr Vater war ein führender Funktionär in der Gewerkschaft der Eisenhüttenarbeiter, und das mochte ein wenig zu dem Stipendium beigetragen haben. Sie war sich nie ganz sicher, ob die Nachmittage, die sie mit dem Direktor des Jugendtheaters verbrachte, auch eine Rolle gespielt hatten oder nicht. Aber in seinem schmuddeligen Zimmer hinter dem Theater an der Kominterna-Straße hatte er ihr in den Pausen zwischen ihrem Liebesspiel halbherzig versprochen, Beziehungen und Einfluß geltend zu machen. Auf jeden Fall verdankte sie es ihrem hübschen Gesicht und ihrem geschmeidigen jungen Körper, daß sie Juri Lenski kennengelernt und durch ihn die Studiowohnung bekommen hatte.

Lydia Malikowa war zwanzig Jahre alt, und ihre Schönheit wie ein – wenn auch kleines – Talent hätten ihr sogar in Tula einen annehmbaren Lebensstandard gesichert, daher hatte sich Moskau als etwas enttäuschend entpuppt. Kleine Talente wirkten noch kleiner in der illustren Atmosphäre des Bolschoi-Balletts, und die alten Drachen in der Ballettschule betrachteten Schönheit lediglich als eine Ablenkung von der totalen Hingabe an das Ausbildungsprogramm.

Sie hatte Juri Lenski bei einem Empfang für die Musiker des tschechischen Nationalorchesters im Kreml kennengelernt. Er hatte bei einer Gruppe gestanden, in der über Smetana und Dvořák diskutiert wurde, und vorgeschlagen, es sei an der Zeit, daß jemand die Choreographie für den Furiant aus *Die verkaufte Braut* besorgte. Die anderen Gesprächsteilnehmer hatten gemeint, das würde nicht funktionieren. Der Tanz sei zu fiebrig, als daß ihn einer durchhalten könnte. Aber sie hatte ihnen leidenschaftlich widersprochen, und da sie die einzige anwesende Tänzerin war, hatte man ihr höflich nachgegeben.

Er hatte sie nach dem Empfang zum Essen ins Hotel Rosija ausgeführt, und nach einigen weiteren Treffen hatte sie in einer Datscha bei Kolomenskoje mit ihm die Nacht verbracht. Von Anfang an stellte er klar, daß er nicht nur verheiratet war, sondern glücklich dazu, und eine Tochter hatte, die er abgöttisch liebte. Wäre er irgendein anderer Mann gewesen, hätte sie die Beziehung als abstoßend empfunden, aber er war nicht nur attraktiv, er besaß auch einen Charme, der in keiner Weise bemüht wirkte. Sie hatte keine Ahnung, was er beruflich tat, doch offensichtlich war er ein Mann mit beträchtlicher Macht und Einfluß.

Sie trug das Kleid, das er ihr kürzlich bei einem Zwischenaufenthalt in Tokio gekauft hatte. Es war sein Lieblingskleid: weiße Seide mit einem dezenten altrosa Blumenmuster.

Sie konnten nur selten gemeinsam ausgehen, da er entschlossen war, das Verhältnis zu seiner Frau nicht zu belasten. Er sprach nie von ihr, doch Fragen über sie beantwortete er stets, manchmal sogar mit beinahe peinlicher Offenheit. Aber er behandelte sie nicht so, wie die üblichen Flegel im Kreml junge Frauen behandelten, mit denen sie schliefen: Sie stellten rücksichtslos klar, daß es um nichts als Sex ging. Und Sex bedeutete nichts als ein paar Minuten kruder animalischer Lust. Doch Juri machte es Spaß, ein paar Stunden mit ihr zu verbringen, mit ihr zu reden und sich Musik auf ihrer Stereoanlage anzuhören. Er lauschte ihren Worten, als sei ihm wirklich wichtig, was sie sagte, und obwohl er ihr manchmal widersprach oder über ihre Ansichten lachte, tat er es sanft und liebevoll.

Er sagte nie ausdrücklich, er sei Journalist, aber er redete einfach wie einer. Doch sie wußte, daß er keiner war. Nicht einmal ein Chefredakteur hätte so viele Freiheiten und ein solches Selbstbewußtsein wie er. Ihrer Schätzung nach war er vom KGB, auch wenn er nicht dem üblichen Klischee von einem KGB-Offizier entsprach. Doch sie wußte, daß es beim KGB nicht nur Schläger und brutale Schweine gab. Wie viele aus seiner Generation, den Kriegskindern, wußte er so gut wie nichts von seinen Eltern und konnte sich nur an wenige Einzelheiten aus seiner Kindheit erinnern, aber er schien das ziemlich gelassen hinzunehmen. Er war kein Typ, der sein Elend wie einen Orden um den Hals trug.

Beim ersten Klingeln eilte sie zur Tür, und da stand er, mit unbewegtem Gesicht, aber einem Lächeln um die grauen Augen, als er sie auf die Wange küßte und ihr einen kleinen Blumenstrauß überreichte.

Während sie Tee tranken und süße Törtchen aßen, sagte Lenski: »Was war denn das für eine Aufregung in der Wohnung gegenüber?«

Sie grinste. »Meine Nachbarn haben ein neues Auto bekommen. Das müssen sie jedem erzählen.«

»Was für ein Modell?«

»Ach, nur einen Zhiguli.«

»Was machst du gerade am Theater?«

»Ich halte den Elevinnen Vorträge über Ehrgeiz und Hingabe und Engagement und diesen ganzen Scheiß.«

»Hältst du nichts von Engagement?«

»Nicht, wenn man darunter ewige Dankbarkeit der Partei gegenüber versteht, weil sie einem freundlicherweise erlaubt, sein eigenes Talent zu nutzen.«

Lenski lachte. »Dann sei engagiert und vergiß die Partei. Engagiere dich für deine Arbeit – und für dein Talent.«

Einen Moment lang blickte sie ihn an, dann sagte sie leise: »Weil ich kein Talent habe, Juri. Jedenfalls nicht nach Bolschoi-Maßstäben.«

»Möchtest du lieber etwas anderes tun?«

Sie schüttelte den Kopf und meinte dann: »Sag mir, daß du mich liebst, Juri. Sag was Nettes.«

Lenski legte den Arm um sie und zog sie an sich, und als sie ihm den Kopf an die Schulter legte, fuhr er sanft über das lange schwarze Haar. »Lydia Alexandra Malikowa. Du bist sehr jung und sehr schön. Und ich mag dich sehr gern. Moskau ist nicht allzuweit von Tula entfernt, aber im Denken liegen Welten dazwischen. Dies ist eine harte Stadt, Kleines, und das erste, was du lernen mußt, ist, daß du sie dir nicht allzu intensiv reinziehen darfst. Bleib gelassen und freue dich, daß du hier bist. Spiel eine Weile den Beobachter, nicht den Beteiligten. Du bist sehr intelligent und in mancher Beziehung auch sehr naiv. Du wirst schon irgendwie Erfolg haben, wenn du nur geduldig bist.« Er küßte sie sanft auf den Mund und sah ihr ins Gesicht. »Machst du dir Sorgen wegen uns?«

Sie seufzte. »Ja, ein bißchen.«

»Über welches bißchen.«

Sie blickte ihn an und sagte leise: »Ich glaube, du weißt genau, was ich meine.«

Er nickte bedächtig, während er ihrem Blick standhielt, und sagte dann: »Machst du dir Gedanken wegen Halenka und Katja?«

»In gewisser Weise schon, aber um sie geht's eigentlich nicht.«

»Und um was geht's?«

»Um dich. Ich kann dich nicht verstehen.«

Er lächelte flüchtig. »Was kannst du nicht verstehen?«

»Wie kannst du gleichzeitig Halenka und mich lieben? Es ist nicht möglich, zwei Menschen gleichzeitig zu lieben.«

»Es gibt verschiedene Formen von Liebe und verschiedene Arten von Verpflichtung, die sich aus dieser Liebe ergeben.«

»Erklär mir das.«

»Glaubst du, daß deine Eltern dich lieben?«

»Ja. Ganz bestimmt lieben sie mich.«

»Liebst du sie?«

Sie überlegte einen Moment, bevor sie antwortete. »Ja, aber nicht so sehr, wie sie mich lieben. Sie denken die ganze Zeit an mich, und ich verschwende wochenlang keinen einzigen Gedanken an sie.«

»Erinnerst du dich, du hast mir mal von deinem Hund erzählt – einem Schäferhund namens Khan, der dann von einem Auto überfahren wurde?«

»Ja. Da war ich das erste Mal richtig traurig.«

»Warum warst du traurig?«

»Weil ich besser auf ihn hätte aufpassen sollen. Er gehörte mir, und ich habe ihn schrecklich vermißt. Wir sind jeden Tag spazierengegangen. Er hat mich immer von der Schule abgeholt.«

»Hat deine Mutter deinen Vater geliebt?«

»Ja. Seit ihrem sechzehnten Lebensjahr hat sie ihn angehimmelt.«

»Aber dich hat sie auch geliebt?«

»Ja. Aber nicht auf die gleiche Art.«

»Also glaubst du, daß es mehr als eine Art Liebe gibt? Verschiedene Äußerungsformen von Liebe?«

»Ja. Natürlich.«

»Für mich willst du das nicht gelten lassen. Du glaubst

nicht, daß ich Menschen auf verschiedene Art lieben kann?«

»Du hast mich ausgetrickst Juri.« Aber sie lächelte.

»Nein. Ich habe dir nur etwas zu erklären versucht. Ich liebe Halenka, ich liebe Katja, und ich liebe dich.«

»In dieser Reihenfolge?«

»Das ist eine chronologische Reihenfolge. Du bist die letzte, weil du zuletzt in mein Leben getreten bist. Aber ich habe genug Liebe für euch alle.«

»Das mit Katja kann ich verstehen, sie ist deine Tochter. Aber nicht gleichzeitig Halenka und mich.«

»Ich liebe Halenka, weil sie meine Frau ist. Wir sind schon lange verheiratet, und sie ist mir immer eine gute Frau gewesen. Wenn ich nicht schon verheiratet wäre, würde ich ganz bestimmt dich bitten, meine Frau zu werden. Ich glaube, du würdest auch eine gute Ehefrau abgeben. Aber ich bin verheiratet, und ich möchte weder Halenka noch dir weh tun. Ich habe Verpflichtungen euch beiden gegenüber. Unterschiedliche Verpflichtungen.«

»Hattest du schon mal eine Geliebte?«

»Nein, nie. Ich habe mit anderen Frauen geschlafen, nicht nur mit Halenka. Aber das war auch alles.«

»Du bist ein merkwürdiger Mensch, Juri. Ich verstehe dich nicht ganz. Aber ich liebe dich sehr.« Sie lächelte. »Gehen wir ins Bett.«

Lenski war seit seiner Zeit als Hauptmann nur zweimal in der KGB-Zentrale am Dserschinskijplatz gewesen. Und das war jetzt fast fünf Jahre her. Die Uniform trug er auch nicht mehr. Sein spezieller Personalausweis lautete auf einen anderen Namen und hatte eine Seriennummer, die jede Frage nach seinem Woher oder Wohin ausschloß, egal, ob von KGB, GRU, Polizei oder Miliz. Neben der Familienwohnung in dem modernen

Wohnblock an der Moskwa hatte er vier weitere Absteigen zur Verfügung. Im Moskwa-Hotel war ständig ein Zimmer für ihn reserviert, und hinter dem Marx-Prospekt hatte er einen Raum in einem alten Haus an der Georgijewski-Pereulok-Gasse. Eine dritte Wohnung befand sich in einem Wohnblock am Roten Platz in der Nähe des Kaufhauses GUM, außerdem stand ihm die Datscha in Kolomenskoje zur Verfügung.

Es gab mindestens ein Dutzend hoher KGB-Offiziere im Direktorat S des Ersten Hauptdirektorats, die ähnliche Aufgaben hatten. Das Direktorat S war zuständig für die Führung und Überwachung aller »Illegalen«, wobei Lenski sowohl mit der Hauptabteilung USA wie auch mit der Hauptabteilung Großbritannien zusammenarbeitete. Nur einer Handvoll hoher KGB-Offiziere, im Dienstrang vom Hauptmann aufwärts, war die Identität von Spezialagenten wie Lenski bekannt, und sie alle verfügten über mehrere Identitäten, Namen und Personalpapiere. Diese Männer wurden unter strengster Geheimhaltung von einer kleinen Gruppe von Offizieren aus einem Kellergeschoß unter dem Nikolskiturm des Kreml geführt.

Für die Gespräche mit Uljanow war das gesamte Wochenende reserviert worden, doch am Montagnachmittag gab es immer noch Dinge zu bereden. Lenski war froh, das Treffen in der Datscha arrangiert zu haben. Es bedeutete, daß sie zwischen ihren Arbeitssitzungen in den Wäldern spazierengehen und frische Luft schnappen konnten. Obwohl vom Rang her gleichgestellt – beide Oberst beim KGB –, war Uljanow der Dienstältere. Er war Anfang Sechzig und seit mindestens zehn Jahren Oberst. Sie kamen gut miteinander aus, trotz des Altersunterschieds und anderer Auffassungen. Uljanow hielt sich an Vorschriften: Bürokratie gewährleistete für ihn die Sicherheit der »Illegalen«, jedoch schien er zu akzeptieren, daß bei Lenskis Operationen die Verwaltung ab und zu ein Auge zudrücken mußte. Männer in feindlicher Umgebung, Tausende von Meilen von Moskau entfernt, konnten nicht immer die Weisheit bürokratischer Restriktionen einsehen, die offenbar nur ihre Handlungsfreiheit einschränkten. Beide Seiten konnten nur voneinander lernen, und Uljanow akzeptierte, daß nicht alles, was von einem Büro am Dserschinskijplatz aus sinnvoll erschien, auch draußen im Feld funktionierte.

Nachdem sie beschlossen hatten, die Besprechungen bis zum Dienstag auszudehnen, legten sie eine Pause ein und gingen zum See hinunter. Es war ein wunderschöner Sommerabend, und sie setzten sich auf einen umgestürzten Baum und beobachteten die Kreise auf dem Wasser, wo Fische nach Luft schnappten. Doch nicht einmal in dieser friedvollen Umgebung kam Uljanows Verstand zur Ruhe. Er hatte eine wilde Orchidee gepflückt, und während er sie betrachtete, sagte er: »Und was hast du von dem Bericht über die Affäre Walker in Amerika gehalten?«

»Ich finde, unsere Leute haben geschlafen.«

»In welcher Beziehung?«

»Zuerst einmal: Der alte Walker hat es ausschließlich wegen des Geldes gemacht, und bei so einem Informanten muß man auf den Lebensstandard aufpassen. Es sind keine bescheidenen Naturen, sie leben gern auf großem Fuß, und früher oder später fällt das auf.«

»Weiter.«

»Diese Verbindung bestand seit Jahren, und es wundert mich nicht, daß beide Seiten selbstzufrieden und achtlos wurden. Es funktioniert alles so glatt – warum soll es nicht in alle Ewigkeit weiter so glattgehen? Sie halten natürlich die Vorschriften ein – tote Briefkästen, Kontaktaufnahmen –, aber es ist zu einem Ritual geworden. Sie rechnen einfach nicht damit, daß etwas schiefläuft.«

»Aber es war doch die Frau, die ihn verraten hat.«

»Wie gesagt, wir hätten besser auf seinen Lebensstandard achten sollen. Auf der einen Seite hat er seine Frau geschlagen, auf der anderen war er hinter jungen Mädchen her. Und ein Angeber war er außerdem. Es gab mindestens zehn Personen, die wußten, was er trieb. Früher oder später hätte jemand geredet. Unsere Leute hielten sich an die Vorschriften und Regeln, aber sie hätten mehr auf sein Privatleben achten sollen.«

»Vielleicht müssen wir uns damit abfinden, daß ein Informant nur eine beschränkt nutzbringende Lebensspanne hat. Zwei Jahre und dann Abbruch der Beziehung?«

»Nein. Das wäre Verschwendung. Es dauert zu lange, einen Top-Informanten aufzubauen.« Er zuckte die Achseln. »Hängt natürlich von der Person ab. Walker hat ungefähr dreihunderttausend Dollar von uns kassiert, aber die Informationen über die amerikanische U-Boot-Organisation, die wir dafür bekamen, sind schlicht unbezahlbar. Es ist eine Frage des Temperaments. Walker war clever, aber nicht intelligent. Im Grunde war er ein Schwachkopf, und das hätten wir erkennen müssen. Er war geldgierig, mithin leicht lenkbar. Wir haben ihn nicht gelenkt, hatten ihn nicht fest im Griff.«

»Kann man das auf Dauer tun?«

Lenski zuckte die Achseln. »Ich tue das mit meinen Leuten in London. Es ist in ihrem Interesse. Eine Art Versicherung. Und beide Seiten bleiben dadurch wachsam.«

»Auf allen Ebenen?«

»Ja. Ohne Ausnahme.«

»Auch bei deinem Spitzenmann?«

»Ja. Aber der ist kein Problem. Er ist ja ein Branchenkollege und weiß genau, worum es geht.«

»Was ist er für ein Mensch?«

Lenski warf einen Stein ins Wasser, während er überlegte, was er sagen konnte, ohne den anderen zu verärgern. Uljanow hatte nicht das Codewort benutzt, das jedem Gespräch über diesen Mann vorauszugehen hatte: Er wandte sich an den Älteren und meinte mit einem Lächeln: »Ich halte mich auch an meine Vorschriften, Genosse Oberst.«

Uljanow lächelte und stand auf. »Gehen wir zurück.«

2

Trotz des Sonnenscheins herrschte ein böiger Wind, so daß die Mädchen und jungen Männer Jacken und Pullover trugen, während sie am Faragut Square ihre Lunchpakete verzehrten. Und die Windböen verliehen der US-Marinekapelle, die ein Potpourri aus dem Musical *Oklahoma* spielte, einen seltsam auf- und abschwellenden Klang.

Der Mann in dem leichten Regenmantel beobachtete die jungen Büroangestellten, wie sie aßen, sich unterhielten und lachten. Die Mädchen in bunten Farben, die Männer etwas konservativer gekleidet – bis zum Feierabend. Ein merkwürdiges Volk, diese Amerikaner, dachte er. Hart und rücksichtslos, aber seltsam naiv, mit kindlicher Begeisterungsfähigkeit. Desinteressiert und unwissend, was den Rest der Welt betraf, sofern ihnen nicht eine aktuelle Fernsehnachricht bewußt machte, daß Europa oder der Nahe Osten durchaus Einfluß auf ihr Leben und ihren Wohlstand haben konnten. Fähig zu beträchtlicher Großzügigkeit und warmer Herzlichkeit gegenüber Unterprivilegierten, aber seltsam feindselig, wenn ein Unterprivilegierter es irgendwann fertigbrachte, sein Schicksal selbst in die Hand zu nehmen. Was ihnen fehlte, war nicht Energie oder Entschlossenheit, sondern ein Sinn und ein Ziel. Alle strebten in verschiedene Richtungen. Aber das war eben Demokratie. Jeder seine eigene politische Partei. Und Moskau würde sie unterpflügen, so wie Chruschtschow es ihnen einst offen prophezeit hatte. Sie würden lernen, daß Unschuld auch schlicht Unwissenheit bedeuten konnte. Die Briten verstanden die Realität, hart wie sie war. Seit Jahren mußten sie sich mit ihr auseinandersetzen. Die ganze Zeit holten sie sich blutige Nasen vom

KGB, doch sie würden die Wahrheit erkennen, wenn sie sie vernahmen.

Er schaute auf die Uhr und stand auf. Morgen war der Tag. Er ging zur Massachusetts Avenue, an der britischen Botschaft und seiner riesigen Winston-Churchill-Statue vorbei, und kehrte in sein Zimmer im Hotel 1440 an der Rhode Island Avenue zurück.

Sir Roland unterhielt sich mit Krelski, dem polnischen Botschafter, während er die Tänzer beobachtete. Er hatte verfügt, daß es keinen modernen Popkram geben durfte. Gute Musik statt dessen: Kern, Irving Berlin, Rodgers und Hammerstein, solche Sachen. Thanksgiving schien eine Mischung zu sein aus Erntedankfest ohne Choräle und einer Art Weihnachtsfeier, wie sie die Queen jedes Jahr für ihr Personal in Windsor und im Buckingham-Palast gab. Bevor er Botschafter Ihrer Majestät in Washington geworden war, hatte er nur eine sehr verschwommene Vorstellung von den amerikanischen Thanksgiving-Feierlichkeiten gehabt. Doch mittlerweile hatte er sich sachkundig gemacht und hielt das Ganze für eine sehr hübsche Idee. Typisch für die Amerikaner, daß sie es stets an einem Donnerstag veranstalteten. Das bedeutete mindestens fünf Tage willkommene Unterbrechung, wenn man einen Tag Vorbereitung mitrechnete, an dem der größte Teil des Botschaftspersonals nicht im Dienst war. Angela würde unweigerlich wieder Böses zu sagen haben über die Knickrigkeit des Foreign Office.

Der arme Krelski wurde zur Zeit wieder einmal von den amerikanischen Polen geschnitten. Ein Prozeß gegen irgendeinen Dissidenten in Warschau oder eine beleidigende Äußerung gegenüber dem Papst. Sie stritten sich immer über irgend etwas. Während sie sich unterhielten, fragte er sich im stillen, wieso die Marineattachés stets die hübschesten Mädchen anschleppten. Sie waren immer so jung, die Mädchen, so knuddelig und doch so sexy. Alles kleine Tracy Lords.

Und dann sah er Patton, den Ersten Sekretär, wie er zum Alkoven deutete. Er entschuldigte sich bei Krelski und ging zu Patton hin. Nachdem er die Tür des kleinen Raums hinter sich geschlossen hatte, drehte sich Patton um und sagte: »Wir haben einen ungebetenen Gast, Sir.«

»Einen ungebetenen Gast?«

»Ein russischer Überläufer, Sir.«

»Auch das noch! Warum kann der Idiot nicht bis morgen früh warten, wenn wir wieder geöffnet haben?«

»Er ist ein KGB-Agent, Sir. Sagt er zumindest.«

»Wo ist er jetzt?«

»Wir haben ihn mit Mason in den Anbau gesetzt.«

»Was will der Bursche?«

»Er möchte mit einem höheren Geheimdienstbeamten sprechen.«

»Das ist Mason aber nicht, oder bin ich nicht mehr auf dem laufenden?«

»Nein, Exzellenz, aber Pritchard weigert sich, ihn zu empfangen. Sagt, es sei nicht üblich, daß solche Burschen einen Geheimdienstler zu Gesicht bekommen, bevor nicht ihre Echtheit nachgewiesen sei.«

»Warum denn nicht, um Himmels willen?«

»Unser Gast könnte möglicherweise nur die Identität unserer Geheimdienstleute ausforschen wollen.«

»Das wäre immerhin mehr, als ich zustande bringe, nachdem das Foreign Office die meiste Zeit mit denen unter einer Decke steckt.« Er überlegte. »Was meint Pritchard, wie wir uns verhalten sollen?«

»Er schlägt vor, den Russen zuerst einmal von Miss Pollard vernehmen zu lassen.«

Patton sah ein hoffnungsvolles Aufleuchten auf Sir Rolands

Gesicht. »Das wird dem Kerl eine Lehre sein.« Er zuckte die Achseln. »Wenn Pritchard das möchte, von mir aus. Aber nicht hier im Hause, sie sollen ihn in eine von ihren konspirativen Wohnungen bringen. Machen Sie das unmißverständlich klar, Patton.«

»Ich kümmere mich darum, Sir.«

Das Haus in Cleveland Park war 1905 erbaut und strahlte noch immer einen Hauch ländlichen Friedens aus, obwohl es nur einen kurzen Fußmarsch von der Metrostation entfernt lag. Doch im Inneren war es umgebaut worden, entsprechend den Bedürfnissen seiner derzeitigen Besitzer, einer Firma namens Miwi Investments mit Sitz auf den Kanalinseln. Den Firmennamen hatte ein *Times*-Kreuzworträtsel-Fan in einer der weltmännischeren Abteilungen des SIS erfunden.

Der Raum, der für Vernehmungen benutzt wurde, sah weitgehend noch so aus, wie er 1905 eingerichtet worden war. Abgesehen von zwei Videokameras mit Weitwinkelobjektiven in zwei Zimmerecken, versteckt in schmiedeeisernen, weißgestrichenen Wandleuchtern, die die Form voll erblühter Rosen hatten. Und einer Batterie von Mikrofonen in verschiedener Höhe in den Simsen, Wänden und der Holzvertäfelung des Zimmers. Der benachbarte Raum erinnerte an ein Aufnahmestudio mit Videorecordern und Abspielgeräten, Revox-Tonbandgeräten und eine Kontrollkonsole, die in einen eigens dafür gebauten Schreibtisch eingelassen war.

Pritchard war eine halbe Stunde vor dem Russen eingetroffen und hatte die Geräte überprüft und die Kontrollkonsole für die Aufzeichnung vorbereitet. Er steckte sich eine Zigarette an und machte es sich bequem, während er sie die Treppe hochkommen und in das Nachbarzimmer gehen hörte.

Vera Pollard war Anfang Fünfzig und seit fünf Jahren Kulturattaché der Botschaft. Eine attraktive Frau, deren sanftes

Gesicht jedoch trog. Sie brachte ein Prädikatsexamen aus Oxford mit, hatte Feldhockey für ihre Universität und für England gespielt und besaß einen kühlen, analytischen Verstand, wie er vom Foreign Office mit Recht so geschätzt wird.

Der Russe sah ebenfalls aus wie Anfang oder Mitte Fünfzig. Groß und schlank, mit dunklem Teint und dünnem schwarzem Haar, mochte er ein Armenier oder vielleicht ein Kasache sein. Er trug ein graues Wollhemd, ein braunes Sakko und ausgebeulte Hosen, die ihn irgendwie altmodisch wirken ließen. Er hatte eine abgewetzte lederne Aktentasche bei sich, die er krampfhaft festhielt, als Vera Pollard auf einen Sessel deutete. Nachdem er sich gesetzt hatte, nahm sie ihm gegenüber Platz.

»Mr. Jakunin, richtig?«

Der Russe nickte. »Jakunin, Igor.«

»Möchten Sie etwas zu essen, Mr. Jakunin? Oder vielleicht einen Drink?«

»Nein, vielen Dank. Vielleicht später.«

»Was kann ich für Sie tun?«

»Sind Sie ein Geheimdienstoffizier?«

»Nein. Aber ich gehöre zum leitenden Botschaftspersonal. Wir waren der Meinung, ich sollte mich erst einmal mit Ihnen unterhalten. Nur um sicherzustellenm, daß wir Ihnen behilflich sein können.«

»Wenn überhaupt, dann bin ich Ihnen behilflich, nicht umgekehrt.«

»Erzählen Sie«, sagte Vera Pollard sanft und lächelte ihn an.

»Ich bin Major im KGB. Ich arbeite seit einem Jahr hier in den Vereinigten Staaten und möchte zu den Briten übertreten.«

»Wo haben Sie gearbeitet, Mr. Jakunin?«

»In Los Angeles und New York.«

»Und was haben Sie getan?«

»Ich besitze kanadische Personalpapiere und habe zwei Agentennetze in den Vereinigten Staaten geleitet.«

»Warum haben Sie sich nicht an die CIA gewandt? Warum an uns?«

»Die sind mir zu trottelig. Und die wichtigste Information, die ich habe, betrifft die Briten, nicht die Amerikaner.«

»Was für eine Information ist das?«

Jakunin schüttelte den Kopf. »Das sage ich erst, wenn ich mir bei euch sicher bin. Ich riskiere mein Leben, aber ihr riskiert nichts.«

Pritchard drückte auf den Knopf und sah, wie Vera Pollard kurz am Kopf des Russen vorbeischaute, wo ihr das lautlos blinkende rote Lämpchen signalisierte, das Interview zu beenden.

Vera Pollard hatte Jakunin in eines der gesicherten Schlafzimmer gebracht und ihm die verschiedenen Einrichtungen gezeigt. Ein Marineinfanterist von der Botschaft hatte sich bei Pritchard gemeldet, um die Nachtwache zu übernehmen.

Als Vera in den Kontrollraum kam, hörte sich Pritchard gerade noch einmal das Band mit dem kurzen Verhör an. Nachdem sie sich gesetzt hatte, schaltete er das Gerät ab.

»Danke, Vera. Was halten Sie von ihm?«

»Er ist nervös, aber ich glaube, jeder wäre nervös bei so einem Schritt, wie er ihn getan hat.«

»Er könnte ein Spitzel sein.«

Sie lächelte. »Auch als Spitzel wäre ich nervös. Ich würde mir Gedanken machen, ob man mir auf die Schliche kommt und was mit mir passiert, wenn man mich enttarnt.« Sie zögerte. »Was würde mit ihm passieren?«

»Hängt davon ab, wie lange wir gebraucht hätten, ihn zu enttarnen.«

»Das ist ein schwieriger Kunde.«

»Wie kommen Sie darauf?«

»Ich würde sagen, er ist ein arroganter Mensch. Sehr von sich eingenommen. Überzeugt, daß er uns die Kronjuwelen bringt, und mit Sicherheit erwartet er mehr als nur drei Hurras für die Übergabe.«

Pritchard lächelte. »Unten wartet ein Wagen, der Sie in die Botschaft zurückbringt. Sie sind bestimmt müde.«

Sie nickte und stand auf. An der Tür wandte sie sich noch einmal zu ihm um. »Was werden Sie mit ihm tun?«

»London überprüft ihn gerade. Wenn er zweifelsfrei identifiziert werden kann, fliege ich morgen mit ihm nach England. Die übernehmen dann die Sache.«

»Müssen Sie drüben bleiben?«

»Nein. Ich spreche nicht russisch, und ein Vernehmungsexperte bin ich auch nicht. Und so eine Vernehmung kann Monate dauern.«

»Wir sehen uns, wenn Sie zurück sind. Und ich bin natürlich sehr gespannt darauf, wie es ausgegangen ist.«

Pritchard lächelte. »Ich darf Sie an Abschnitt zwei des Geheimhaltungsgesetzes erinnern, meine Liebe. Mein Verein ist da sehr pingelig.«

Sie zog die Brauen hoch. »Klar, die möchten solche pikanten Geschichten natürlich für ihre Memoiren aufsparen.« Sie schloß die Tür hinter sich, bevor er antworten konnte.

Hawkins holte ihn in Heathrow direkt an der Maschine ab. Sie gingen nicht durch die Paß- und Zollkontrolle. Sie betraten nicht einmal das Terminal. Auf dem Vorfeld wartete ein silbergrauer Rover 2600. Sie fuhren direkt zu dem sicheren Haus in Kent.

3

Das Äußere des alten viktorianischen Hauses in der Nähe der Fulham Road wirkte so reizlos wie damals, als es gebaut worden war. Geduckt und gedrungen stand es an der Straße, und mit seinem kleinen Vorgarten und den vorspringenden Erkerfenstern sah es so aus, als stemme es sich tapfer dem Zug der Zeit entgegen. Doch drinnen hatte es den Kampf bereits in den frühen achtziger Jahren verloren, als die großzügigen Räumlichkeiten in vier Studio-Apartments umgewandelt worden waren – dem derzeitigen Modewort für ein größeres Zimmer nebst Minibad und Küche. Zu sagen, man habe den Umbau liebevoll vorgenommen, wäre eine Übertreibung, doch hier und da fanden sich durchaus angenehm überraschende Details. Das Studio, das von David Fletcher und Rachel Meyer bewohnt wurde, hatte einen spiegelblanken Fichtenholzfußboden und weißgestrichene Wände, die antiken Möbel aus zweiter Hand waren in der einen Hälfte des Raums, am Fenster, konzentriert. Am anderen Ende stand ein Klavier, einfache Holzregale waren vollgestopft mit Partituren für praktisch jedes jemals komponierte Konzert, jede Sonate und jedes Trio, in denen ein Cello den Hauptpart übernahm.

Sie hatten zu Abend gegessen, und Rachel war dabei, die Griffänderungen nachzutragen, die der neue Dirigent des Capital Symphonieorchesters für seine Version von Brittens Cello-Symphonie verlangte. David Fletcher lag auf dem Chintz-Sofa ausgestreckt, das seine Eltern ihnen spendiert hatten, als sie beschlossen hatten, zusammenzuziehen. Er hatte ihnen nicht begreiflich machen können, warum sie nicht heiraten wollten, aber sie waren beide vollauf zufrieden damit, einfach nur zusammenzuleben. Seine Mutter sagte oft, sie sähen verheirateter aus als eine Menge Ehepaare, die sie kannte.

Er sah ihr zu, wie sie sich über die Noten auf dem Holzpult beugte, so schön und so versunken in ihre Arbeit. Wie sie ungeduldig das lange, seidig schwarze Haar zur Seite strich, wenn es auf die Notenblätter fiel. Wie sie sich von Zeit zu Zeit zurücklehnte, um die verkrampften Rückenmuskeln zu lockern – ein Problem aller Cellisten.

Als sie kam und sich zu ihm auf das Sofa setzte, nachdem sie seine Beine etwas beiseite geschoben hatte, sagte er: »Macht es wirklich einen Unterschied, welcher Finger die Note spielt?«

Sie lächelte. »Nicht immer. Aber es gibt Stellen, wo du mit dem Streichen durcheinanderkommst, wenn du den falschen Griff ansetzt. Es ist ähnlich, wie wenn du außer Atem gerätst.«

»Spiel mir das Stück, das ich so mag. Ich hab' schon wieder den Titel vergessen. ›Variationen‹ oder so ähnlich.«

Sie lächelte, stand auf und ging in ihre Musikecke, nahm das Cello, das am Klavier lehnte, und den Bogen, der auf einem Stapel Noten lag. Einen Moment schloß sie die Augen, als sie sich setzte, dann spielte sie den Anfang von Rachmaninows »Variationen über ein Rokoko-Thema«. Sie spielte bis zur ersten Variation und setzte sich dann wieder zu ihm. »Warum gefällt dir das so gut, David?«

Er lächelte. »Ich weiß es nicht. Wahrscheinlich, weil ich dabei an dich denken muß.« Er hielt inne und sah sie lächelnd an. »Es ist wunderschön.«

Sie küßte ihn sanft und sagte dann: »Vergiß nicht, wir gehen zu deinen Eltern. Du mußt dich rasieren.« Sie lachte leise. »Deine Mutter wäre mehr schockiert darüber, daß du an einem Sonntag nicht rasiert bist, als daß wir in wilder Ehe leben.«

»Ist dir was eingefallen, was wir Vater nächste Woche zum Geburtstag schenken können?«

»Also, auf jeden Fall keine Pantoffeln, Pyjamas oder Krawatten.« Lächelnd schwieg sie. »Ich habe an etwas gedacht, was ihm sicher gefallen wird.«

»Sprich.«

»Wie wär's, wenn wir ihm eine Saisonkarte für den Middlesex-Kricket-Club kaufen, dann kann er sich in die Sonne setzen und ein Nickerchen halten.«

»Großartig! Darüber freut er sich garantiert.« Begeistert umarmte er sie, dann setzte er sich auf. »Da fällt mir ein, ich hab' dir was mitgebracht.«

Er langte unter das Sofa und gab ihr einen flachen, viereckigen Umschlag. Während sie ihn aufriß, sagte er: »Bestimmt gefällt es dir nicht, und du sagst, es ist absoluter Schmalz.«

Sie betrachtete die Plattenhülle. Es war das Duett »All I Ask of You« von Cliff Richard und Sarah Brightman aus dem *Phantom*-Musical.

Sie ergriff seine Hand, ging zum Plattenspieler und legte die Platte auf. Seinen Arm um sich, den Kopf an seine Schulter gelegt, stand sie da, bis der Song zu Ende war, dann blickte sie zu ihm auf. Tränen standen in ihren Augen. »Das paßt wunderbar zu dir. Zu uns. Danke.«

Als sie nach Hackney fuhren, wo seine Eltern wohnten, betrachtete sie von der Seite sein Gesicht. Es war kein schönes, aber ein attraktives Gesicht. Braune Augen, kräftiges Kinn, ein Mund, der stets zu einem Lächeln bereit war. Sie war sich bewußt, daß sie ihn nicht verstand, etwas, was sie immer als eine Voraussetzung angesehen hatte, um einen Mann zu lieben. Aber irgendwie schien es nicht mehr wichtig. Sie wußte, daß sie ihn liebte, und nur das war wichtig. Was sie an ihm nicht verstand, waren nicht irgendwelche dunklen Bereiche oder Widerstände in seiner Seele; sie spürte einfach, daß es dort mehr gab, als sie wußte. Sie wußte in groben Zügen von seiner Arbeit und empfand sie als überhaupt nicht passend für ihn. Zwar konnte sie verstehen, wie man dort seinen flinken, scharfen Verstand einsetzte, aber was in aller Welt taten sie mit seinem großen, warmen und liebevollen Herzen?

Tony Renshaw legte die neueste Ausgabe von *Motorboat and Yachting* beiseite und nahm das Telefon ab. Es war Mackintoshs Sekretärin. Der Director General wollte sich um sieben im Reform Club mit ihm treffen. Er wollte am Ticker warten, ein Privatzimmer war bereits reserviert. Später als zehn würde es voraussichtlich nicht werden.

Tatsächlich war Tony Renshaw bei dem Clubpersonal besser bekannt als Mackintosh. Sein Vater und ein Onkel hatten für ihn, als er achtzehn war, eine Mitgliedschaft beantragt, und in Übereinstimmung mit den demokratischen Traditionen des Clubs hatte er bis zu seinem zwanzigsten Lebensjahr warten müssen, bevor er als Mitglied aufgenommen worden war. Aber das war in jener alten Zeit gewesen, als alle Londoner Clubs verzweifelt um neue Mitglieder warben, als aristokratische Hausbesitzer bei jeder sich bietenden vertraglichen Möglichkeit die Mieten vervierfachten.

Er zog den Savile Club vor, und der stand auch in seinem Eintrag im *Who's Who,* neben dem Jazzclub Ronnie Scott's an der Frith Street. Mit dem Ronnie-Scott's-Eintrag hatte er eigentlich nur dem Establishment die Zunge herausstrecken wollen. Er war nur einmal in dem Jazzclub gewesen, und der Laden widerte ihn gründlich an. Mißfallen hatte ihm sowohl die schmierige Dekadenz als auch die aufgesetzte, übertriebene Begeisterung des Publikums, das offensichtlich keine Ahnung von der Musik oder der Technik hatte. Sein Geschmack war eher das Bad Tuesday an der Third Avenue, das er regelmäßig besuchte, wenn er in New York war.

Als Renshaw in den Club kam, deutete der Portier zum hinteren Ende der Eingangshalle. »Sir Graham ist dort drüben,

Sir, und unterhält sich mit Lord Harper. Sie möchten sich ihm anschließen, sagte er.«

Mackintosh hatte ihm den Rücken zugewandt, als Renshaw näher kam, aber die Miene seines Begleiters leuchtete auf. Er wandte sich von Mackintosh ab und rief strahlend: »Tony, mein Junge! Wie schön, dich zu sehen. Wie geht's deinem Vater? Wir haben uns seit Monaten nicht mehr gesehen, aber ich war längere Zeit im Ausland.« Dann sagte er ein wenig schuldbewußt: »Äh, entschuldige, darf ich dir Sir Graham vorstellen?« Er lachte. »Ist Oberbonze bei einer unserer Privatarmeen.«

»Wir kennen uns, Archie«, erwiderte Renshaw lächelnd. »Wir kennen uns sogar recht gut.«

»Schön, schön. Also, ich muß mich auf den Weg machen.« Er grinste. »Bin nur mal kurz reingekommen, um mir die neuesten Rennergebnisse auf diesem Teleticker-Ding da anzuschauen.« Er wandte sich Mackintosh zu. »Hat mich gefreut, Sie zu sehen, alter Junge. Lassen Sie sich nicht unterkriegen.«

Als Mackintosh und Renshaw zusammen zu der großen Freitreppe gingen, war die Atmosphäre spürbar frostig. Sir Graham Mackintosh mochte es nicht, wenn einflußreiche Männer seine Untergebenen besser kannten als ihn. Und außerdem gefiel es ihm gar nicht, als »Oberbonze« bezeichnet zu werden, als wirkten sie in einer Oper von Gilbert und Sullivan mit.

Das Abendessen verlief sehr schweigsam, doch als der Kellner abgetragen und Kaffee eingeschenkt hatte, sagte Sir Graham: »Erzählen Sie mir von Ihrem Freund in Moskau.«

»Sie haben den Bericht über die zwei Vorstandsmitglieder des TUC gelesen?«

»Ja. Wann wollen Sie auf sie losgehen?«

»Ich möchte sicherstellen, wenn wir uns die beiden greifen, daß niemand auch nur auf den Verdacht kommt, der Tip könnte von der ›Nadel‹ stammen. Er ist viel wichtiger für uns als zwei kleine Russenspitzel im Gewerkschaftsvorstand.«

»Ich war höchst überrascht über das, was er über die Absichten der Franzosen sagt. Die sind ja wirklich das letzte. Glauben Sie, die Amerikaner wissen davon?«

Renshaw lächelte. »Nicht, wenn wir es ihnen nicht sagen.«

»Was meinen Sie?«

»Ich denke, das ist Ihre Entscheidung, Sir. Vielleicht nach Rücksprache mit dem Premierminister. Ich würde allerdings vorschlagen, den Bericht über die Beziehung zwischen Gorbatschow und dem KGB innerhalb des Hauses zu behalten?«

»Würden Sie seiner Analyse zustimmen?«

»Sie ist alles, was wir haben, Sir. Alles Weitere ist Spekulation. Die Medien haben angesichts all dieser Widersprüche das Rätselraten aufgegeben, was im Kreml vorgeht. Was die ›Nadel‹ uns sagt, sind hingegen Fakten. Er ist vor Ort. Genau dort, wo es tatsächlich passiert.« Er hielt inne. »Er hat uns sogar die Namen der maßgebenden Personen auf beiden Seiten des Machtkampfs genannt.«

Mackintosh sah Renshaw mit hellblauen Augen an. »Glauben Sie ihm?«

»Ich glaube, daß er es so sieht. Vielleicht liegt er falsch. Oder die Situation kann sich ändern.«

»Wissen Sie, was mich daran beunruhigt?«

»Nein.«

»Es scheint mir zu gut, um wahr zu sein.«

»Sie meinen, die Situation im Kreml?«

»Nein. Ich meine den Informationsfluß.«

»Sie glauben, er denkt sich das nur aus?«

»Ich weiß es einfach nicht. Alles, was Sie bisher überprüfen konnten, zeigt nur, daß er stets richtig lag. Nein . . .« Er zuckte die Achseln und lächelte schief. »So etwas wie ihn haben wir noch nie gehabt. Weder in meiner Zeit noch überhaupt in den letzten Jahrzehnten. Trauen Sie Charlton?«

»Soweit ich überhaupt jemandem traue – ja. Außerdem ist er sowieso nicht mehr als ein Mittelsmann. Er weiß nicht, was er weitergibt. Er ist lediglich ein Kurier. Er hat keine Zeit, sich alles anzusehen. Der Zeitplan ist immer sehr knapp. Unsere Leute von der Botschaft holen das Material binnen einer Stunde, nachdem Charlton es bekommen hat, von der Übergabestelle ab. Er hat die ›Nadel‹ nie gesehen und weiß auch nicht, wer er ist. Und die Kontakte und toten Briefkästen werden von London aus organisiert.«

»Wie viele Personen wissen von der ›Nadel‹?«

»Sie meinen, wie viele Personen im SIS?«

»Nein, insgesamt.«

»Nur Sie, ich, Fletcher und Hoggart, die das Material dechiffrieren und mir dann sofort geben. Sie bekommen eine gekürzte Zusammenfassung von mir. Auch wenn sie das Material dechiffriert haben, wissen sie nicht, wer sich hinter dem Codenamen verbirgt.«

»Weiß Charltons Chefredakteur, daß er für uns arbeitet?«

»Nein. Niemand weiß etwas von ihm und ›Nadel‹, außer Ihnen und mir. Und die Personen, denen Sie es gesagt haben.«

Renshaw hielt inne, als erwarte er eine Antwort, doch Mackintosh reagierte nicht. Statt dessen griff er nach seiner Kaffeetasse und trank gemächlich einen Schluck. »Wer hat den Abschnitt gesehen, den Sie selbst dechiffriert haben? Den langen Bericht über die Abrüstungsverhandlungen?«

»Niemand. Nur Sie. Ich habe eine Zusammenfassung geschrieben, die Sie verteilen können, wenn Sie wollen, aber ich fand, das Thema ist so wichtig und so kontrovers, daß Sie eine komplette und wörtliche Kopie seiner Originalanalyse haben sollten. Vielleicht für den Außenminister oder direkt für den Premier.«

»Was halten Sie davon?«

»Nun ja, es ist offensichtlich, daß Gorbatschow eine Vereinbarung über die Mittelstreckenraketen will, und ›Nadel‹ ist der Überzeugung, wenn sie entsprechend unter Druck gesetzt werden, würden sie das mit einer Vereinbarung über Kurzstreckenraketen kombinieren.«

»Und die Vernichtung der Raketen würde von Inspektoren überwacht werden, auf beiden Seiten?«

»Genau das sagt er voraus. Und eine Doppel-Null-Lösung ist ja genau das, was der Westen immer wollte.«

Mackintosh schüttelte nachdenklich den Kopf. »Das sagen die Politiker in der Öffentlichkeit. Aber es gibt keinen einzigen NATO-Staat, der sich nicht in die Hosen macht bei dem Gedanken daran.« Er hielt inne und blickte Renshaw an. »Die Sowjets hätten alles erreicht, was sie wollten, wenn so eine Vereinbarung unterzeichnet würde.«

»Warum, Sir?«

Mackintosh lächelte. »Sie wissen das ebensogut wie ich. Drei Gründe. Erstens würde es bedeuten, keine Raketen mehr in Europa, nur noch die konventionellen Streitkräfte. Der Warschauer Pakt ist den NATO-Streitkräften um das Fünf- bis Sechsfache überlegen. Zweitens hätten sie die USA von Europa ›abgekuppelt‹. Der einzige wirkliche Schutz, den wir in Europa haben, ist das Atlantische Bündnis. Niemand gibt es in der Öffentlichkeit zu, aber wir alle wissen es. Die Amerikaner werden keine Interkontinentalraketen abfeuern, um Europa zu verteidigen, nicht einmal dann, wenn sie selbst angegriffen werden. Und drittens wird die Öffentlichkeit glauben, daß wir ohne Nuklearwaffen in Europa ewigen Frieden hätten. Und sie glauben, sie verdanken das der Sowjetunion.« Er schwieg kurz. »Mit beidem liegen sie jedoch falsch.«

»Ist das die Ansicht unseres derzeitigen Kabinetts?«

»Wer weiß? Ich nicht.« Und dann sagte er: »Doch jetzt zu

Ihnen, Tony.« Er zögerte. »Sie sind ein Abteilungsleiter, und Sie sind so gut, daß ich Sie nur ungern auf einem anderen Posten sehen würde, bei dem Sie vielleicht aber bessere Aufstiegschancen hätten. Sind Sie mir deswegen böse?«

»Nein, Sir. Meine Karriere leidet nicht darunter, und ich habe keinen Ehrgeiz auf anderen Gebieten.«

Mackintosh nickte mit gespitzten Lippen, dann sagte er im Plauderton: »Und was macht das Boot?«

Renshaw lachte. »Es ist topfit. Am Wochenende werde ich wie üblich runterfahren.«

Leicht schwankend stand Mackintosh auf, riß sich zusammen und meinte dann: »Macht es Ihnen was aus, wenn wir die Sitzung für heute beenden?«

»Natürlich nicht, Sir.«

Im Haus brannte überall Licht, als das Taxi ihn am Eaton Square absetzte. Einige Fenster waren geöffnet, und als er den Fahrer entlohnte, konnte er Stimmengewirr und Gelächter hören. The Honourable Mary de Freitas feierte ihren vierundzwanzigsten Geburtstag. Sie gehörte zu einer großen Schar von langjährigen Bekannten, die jeder andere Mann als Freunde bezeichnet hätte. Aber Tony Renshaw lag nichts an Freunden. Er genoß ihre Gesellschaft, ihre Wildheit und ihre Unabhängigkeit vom Rest der Welt, und ihre Entschlossenheit, glücklich zu sein. Wenige von ihnen waren tatsächlich glücklich, aber ein Außenstehender würde nie darauf kommen.

Sie betrachteten sich selbst als die »neue Generation«; tatsächlich gehörten sie mit ihren roten Alfa Romeos, der Charleston-Musik und den Tanzteefesten eher in die Zwanziger. Abkömmlinge reicher oder auch nur adeliger Familien waren sie. Eine Menge Mitford-Girls und Bertie Woosters, dazu ein paar Künstler, Musiker und nicht sehr erfolgreiche Schriftsteller, die mit übertriebener Begeisterung in die Clique aufgenommen und ebenso plötzlich wieder fallengelassen wurden, wenn sie sich so daran gewöhnt hatten, daß sie die Frechheit besaßen, so zu tun, als gehörten sie tatsächlich dazu.

Tony Renshaw hatte einst versucht, den kleinsten gemeinsamen Nenner dieser Gruppe festzustellen. Geld war es nicht. Einige waren stinkreich, andere dagegen praktisch pleite. Gutes Aussehen war es auch nicht. Es gab wahre Schönheiten unter den Mädchen, aber auch viele, die sich geschmeichelt fühlen würden, wenn man sie als »gute Kumpel« bezeichnet hätte. Und die Bandbreite der Männer reichte von prahlerischen ehemaligen Collegesportlern bis zu verkappten Schwulen. Mit einer Frivolität, die die Clique begeistert hätte, kam er zu dem Schluß, die einzige Gemeinsamkeit bestehe vermutlich darin, daß ihre Mütter oder Großmütter alle einmal mit dem Kronprinzen getanzt hatten. Und in einigen Fällen vielleicht ein wenig mehr als nur getanzt. Diese Partner in den gemischten Doppeln auf Fort Belvedere, die sich auch anderen Spielen hingegeben hatten.

Eine Stunde später saß er am Flügel, umgeben von Publikum, das mitsang, als er die alten Noël-Coward-Songs spielte. Sogar die traurigen Lieder gefielen ihnen. Nachdem er dreimal Scott Joplins »Entertainer« gespielt und Erroll Garner mit »Misty« imitiert hatte, klappte er entschlossen den Deckel zu und stand auf. Aber seine Gastgeberin wollte unbedingt noch eine Zugabe. Er lachte und bat sie, ein Lied auszuwählen.

»Das, was du immer am Schluß spielst. Dieses alte Lied, wie heißt es doch – mit der purpurnen Abendröte.«

Er setzte sich, öffnete den Deckel und sang und spielte »Deep Purple«, und schweigend hörten sie zu – »Wenn sich tiefer Purpur über verträumte Gartenmauern senkt . . .«

Als der Abteilung S klar wurde, daß Jakunin sich abgesetzt hatte, nahm man an, er sei zu den Amerikanern übergelaufen.

Der sowjetische Botschafter in Washington legte den üblichen scharfen Protest beim State Department ein, verlangte, mit Jakunin zu sprechen, und beschuldigte die Amerikaner – ebenfalls wie üblich –, Jakunin unter Drogen gesetzt oder entführt zu haben, vielleicht beides.

Das verärgerte Dementi des State Departments, man wisse weder von einem Jakunin noch von irgendeinem anderen Überläufer, war durchaus echt. Aber die Russen waren derartige Dementis gewohnt und sahen sie als die üblichen diplomatischen Rituale an, wie sie für jede Regierung, einschließlich der eigenen, völlig normal waren.

Es dauerte fast zwei Wochen, bis sowohl den Russen als auch den Amerikanern dämmerte, daß Jakunin möglicherweise zu den Engländern übergelaufen war. Das gleiche Ritual wurde beim britischen Botschafter abgespult, doch der Zeitablauf erlaubte es dem Ersten Sekretär, der die Protestnote zu bearbeiten hatte, ehrlich gekränkt zu sein über die russischen Beschuldigungen. Jakunin hatte, soweit es die britische Botschaft betraf, nie existiert. Wahrscheinlich wieder irgendein schräger Vogel, mit dem die wichtigtuerischen Kollegen von MI 6 ihre Zeit verplemperten.

In Moskau hatte es mehrere Konferenzen mit Uljanow gegeben, und man hatte verhüllte Kritik wegen offenbar mangelhafter Überwachung und Kontrolle geübt, aber zum Glück hatte er seine kritischen Botschaften an Jakunins Führungsoffizier, daß Jakunin zu unabhängig agiere, schriftlich festgehalten. Der Direktor für Illegale, zuständig für Agentennetze in Washington, protestierte energisch und wies darauf hin, daß Jakunin schließlich Ergebnisse gebracht habe, die er nur mit seinen Methoden habe erreichen können. Außerdem habe er selbst lediglich die Instruktionen aus Moskau ausgeführt und sei erst vor einem Monat streng mit Jakunin ins Gericht gegangen wegen dessen Verhalten. Er äußerte sogar den Verdacht, daß jene Zurechtweisungen möglicherweise zu Jakunins Absprung geführt hätten. Jakunin hatte wütend und empört reagiert auf den Versuch, seine Bewegungsfreiheit einzuschränken, und der Direktor verwies auf mehrere frühere Berichte über Jakunins charakterliche Macken und Marotten. Er war einfach ein schwierig zu führender Agent. Aber Moskau sei doch sicherlich auch seiner Meinung, daß die vom Walker-Ring gelieferten Informationen es gerechtfertigt hätten, einem schwierigen Agenten gegenüber Nachsicht zu zeigen.

Die übliche Schadenskontrolle war eingeleitet worden, und erst da stellte sich das ganze Ausmaß dessen heraus, was Jakunin verraten konnte. Jakunin war ein alter KGB-Hase, der seit vielen Jahren mit Auslandsagenten zu tun hatte. Seine regelmäßigen Besuche in Moskau bedeuteten, daß er nicht nur über seine Operation, sondern auch über viele andere reden konnte. Uljanow wurde angewiesen, Vorschläge auszuarbeiten, was gegen Jakunins Übertritt zu unternehmen sei. Und dies hatte absolute Priorität; Zeit, Geld und Aufwand spielten keine Rolle. Zum erstenmal in seiner Karriere wurde Uljanow von seinen Vorgesetzten wirklich unter Druck gesetzt.

David Fletcher hatte sich auf dem Heimweg einen *Evening Standard* gekauft, kam aber erst zu Hause zum Lesen. Er hatte die Zeitung nur flüchtig durchgeblättert und wollte sie schon Rachel geben, da sah er unter »Letzte Meldungen« die kurze Nachricht hinter den Pferderennergebnissen. Fettgedruckt, aber nur acht Zeilen lang. Eine Agenturmeldung. Aus gewöhnlich gut unterrichteten Kreisen sei bekannt geworden, daß ein hoher sowjetischer Funktionär und ein britischer Journalist namens Charlton festgenommen worden seien und unter der Beschuldigung stünden, für eine fremde Regierung spioniert zu haben. Man rechne mit einem großen öffentlichen Prozeß.

4

Der Verwaltungsrat des Waisenhauses hatte sich mit dem Etat für das nächste Jahr befaßt und den Bericht des Sekretärs über die geplanten Ausgaben angehört. Es gab eine kleine Kontroverse wegen der Kosten für einen gebrauchten Billardtisch, weil ein Verwaltungsratsmitglied, ein Buchhalter, als Liberaler gelten wollte, während ein anderes Mitglied, ein sanftmütiger Pfarrer, unbedingt beweisen wollte, daß Sanftmut nicht gleichbedeutend mit finanzieller Großzügigkeit war. Nachdem man Tee getrunken hatte, wandte sich der Verwaltungsrat dem letzten Punkt zu – Grammar-School-Stipendien. Das Waisenhaus St. Joseph's war stolz auf seine Alten Herren, die draußen in der Welt Erfolg gehabt hatten, und die Statistik zeigte sehr deutlich, daß fast alle mit einem Stipendium auf die Grammar School gegangen waren.

Vier Namen standen auf der Liste, und zwei davon waren ohne große Diskussion bestätigt worden. Allerdings hatte es entsprechende Vorgespräche und kleine Deals gegeben. Eine Stimme im Gegenzug für das Versprechen, den Antrag auf einen Teilzeit-Fußballtrainer zu unterstützen.

Der Sekretär las die beiden verbleibenden Namen vor.

»Und nun, meine Damen und Herren, kommen wir zu Edward Montgomery Hoggart und James Walker.« Er hielt inne. »Wir können nur einen davon nehmen, wie Sie wissen. Sie haben die Beurteilungen der beiden Jungen gelesen.« Er blickte die ältere der beiden Frauen an. »Miss Cately – würden Sie uns bitte eine Zusammenfassung geben?«

Miss Cately war Mitte Vierzig. Noch immer eine attraktive Frau mit einem hübschen Gesicht und Lachfältchen um die Augen. Aber es waren traurige Augen, und sie seufzte, als sie die anderen am Tisch anblickte. Sie sprach so leise, daß man aufmerksam zuhören mußte.

»Edward Hoggart ist seit seinem achten Lebensjahr in St. Joseph's. Zwei Lehrer haben schlechte Beurteilungen abgegeben, trotz seiner guten Leistungen. Sie halten ihn für aggressiv und gewalttätig.« Sie warf einen Blick auf ihre Notizen. »Er ist zweimal weggelaufen und wurde von der Polizei zurückgebracht. In beiden Fällen ist er draußen in schlechte Gesellschaft geraten. Der letzte Vorfall ist jetzt ein Jahr her.

Was James Walker betrifft, da kann ich den Ihnen vorliegenden Beurteilungen wenig hinzufügen. Er zeigt gute Leistungen in der Schule und bei den Prüfungen, und Mr. Sproat, bei dem er Kunsterziehung hat, bescheinigt ihm ein beträchtliches Talent. Keine Klagen. Der Junge ist sehr willig und fügsam. Die Lehrer mögen ihn.«

Ein langes Schweigen folgte, dann sagte der alte Major Payne: »Wen würde das Kollegium bevorzugen?«

»James Walker, Major«, erwiderte Miss Cately leise.

»Dann würde ich für den anderen stimmen – wie heißt er noch mal – Parker?«

Bevor Miss Cately den Namen korrigieren konnte, fuhr Mr. Stroud, der Vertreter des Lehrkörpers im Verwaltungsrat, empört auf und sagte scharf: »Das Kollegium verwahrt sich entschieden gegen Ihre Unterstellungen, Major Payne. Ich bin schockiert. Ich muß in aller Form dagegen protestieren!«

Der Sekretär, der es als seine Aufgabe ansah, dort einzuspringen, wo selbst Engel nichts mehr zu sagen wagten, säuselte mit einem falschen Lächeln: »Vielleicht sollten wir uns zuerst Major Paynes Gründe anhören, bevor wir vorschnelle Schlüsse ziehen, Stroud.« Er wandte sich dem älteren Mann zu, der so dickköpfig war. »Ziehen Sie uns bitte ins Vertrauen, Major.«

»Da gibt's überhaupt nichts Geheimnisvolles, alter Junge.

Nur simple Logik. Sie haben einen Jungen, der künstlerisch begabt ist. Er wird so oder so seinen Weg machen. Auf der anderen Seite haben Sie einen intelligenten Burschen mit gewissen Fehlern – Mängeln, Nachteilen, wie Sie es auch nennen wollen. Er hätte den größeren Nutzen von einer Grammar-School-Erziehung.« Major Payne wandte sich an den Personalratsvertreter. »Ich weiß gar nicht, warum Sie sich so aufregen, Stroud.«

Der Reverend, als professioneller Friedensstifter, setzte ein verzeihendes Lächeln auf. »Vielleicht haben wir hier eine leibhaftige Version der biblischen Geschichte vom verlorenen Sohn.«

Padstow, ein reicher Bauunternehmer, sagte mürrisch: »Was haben die zwei für eine Lebensgeschichte?«

»Edward Hoggart kam über die Gerichte zu uns«, erklärte Miss Cately. »Als verwahrlostes Kind. Seine Mutter war eine Alkoholikerin, sein Vater ließ sich nur selten blicken. Er war ein Kleinkrimineller. Kein sehr erfolgreicher. James Walkers Eltern kamen bei einem Verkehrsunfall ums Leben. Es gab keine Verwandten, die ihn aufnehmen wollten.«

Der Sekretär erlaubte ein kurzes Schweigen, dann schlug er vor: »Vielleicht sollten wir darüber abstimmen.«

Nach kurzer Diskussion stimmten sie ab, und der Sekretär verlas das Ergebnis.

»Äh – sechs Stimmen für James Walker und zwei für Hoggart.« Er lächelte dem Major zu. »Tut mir leid, Major.«

Major Payne zuckt die Achseln. »Wieviel müssen wir der Grammar School pro Jahr zahlen?«

»Wir haben Sonderkonditionen – zweihundert Pfund pro Jahr.«

»Wir wär's mit einem Kompromiß? Wir schicken sie beide auf die Grammar School, und ich zahle für den Hoggart-Jungen aus der eigenen Tasche. Wäre Ihnen das recht?« Er blickte

seine Kollegen an, und dort gab es verlegenes Dankesgemurmel.

Gelegentlich hatte Major Payne den Eindruck, daß seine Schwester Amelia einen besseren Armeeoffizier abgegeben hätte als er. Ein scharfer, wacher Verstand und eine gradlinige Einstellung zum Leben und zu den Mitmenschen. Vielleicht war es typisch für ihren Charakter, daß sie aus den vier Vornamen, mit denen sie so überreichlich bedacht worden war, ausgerechnet den für sich ausgesucht hatte, der ihm am allerwenigsten gefiel.

Sie arrangierte Chrysanthemen in einer Bleikristallvase, während sie sich unterhielten, entfernte überflüssige Blätter und steckte die dicken Stengel in ein Stück Schaumstoff am Boden der Vase.

»Du verschwendest deine Zeit mit dem Jungen, George.«

George Payne trank einen Schluck Whisky und lockerte seinen Ledergürtel, bevor er antwortete.

»Warum meinst du das, meine Liebe?«

»Das meine *ich nicht, George. Es ist eine Tatsache.«*

»Nur weiter, meine Liebe. Red's dir von der Seele.«

Sie seufzte. »Wie ich diese dummen Sprüche hasse. Von der Seele reden, ha!« Sie hielt inne. »Sag mir, warum du dich überhaupt mit ihm abgegeben hast.«

»Er war eben ein Junge aus dem Waisenhaus. Brauchte eine helfende Hand, das ist alles.«

»Du bekommst keinen Dank von solchen Burschen. Die nehmen das alles als selbstverständlich. Immer nur nehmen, nie etwas geben.«

»Was hätte er denn auch zu geben?«

Er sprach leise, und sie wandte sich von ihrem Blumenarrangement zu ihm hin, weil sie die Traurigkeit in seinem Tonfall hörte.

»Er könnte wenigstens ein bißchen Dankbarkeit zeigen, meinst du nicht?«

»Dankbarkeit ist kein Thema, wenn man aus derartigen Verhältnissen kommt. Solche Kinder sind wie kleine wilde Tiere. Immer auf der Flucht. Immer in Angst vor dem nächsten Schlag. Hier findet er an den Wochenenden ein wenig Frieden bei mir. Der wird schon werden. Braucht nur ein bißchen Zeit.«

»Hoffen wir, daß du recht behältst, George«, meinte sie versöhnlich, während sie einen Schritt zurücktrat und die Chrysanthemenvase begutachtete. »Weißt du, George, wenn ich ehrlich sein will, verstehe ich gar nicht, warum die Leute soviel von Chrysanthemen halten. Irgendwie sind sie eintönig, und die Farben sind schrecklich. Sie gehören auf Friedhöfe, nicht in Landhäuser.«

Er lachte. »Darüber habe ich mir nie Gedanken gemacht, meine Liebe. Aber du hast sicher recht.« Er lächelte. »Wie meist.«

Eddie Hoggart war es immer peinlich, mit dem alten Mann gesehen zu werden, wenn er seine Reithosen und Lederstiefel anhatte. Er mochte den Alten, der ihm soviel Gutes getan hatte, doch er war noch nicht erwachsen und reif genug, die diversen Marotten des Majors großzügig zu übersehen. An jenem Tag standen sie am Fuß des Hangs, der zu dem Cottage hinaufführte. Es war allerdings kein echtes Cottage mehr – eher ein Landhaus, das aus vier umgebauten ehemaligen Landarbeiterhütten entstanden war.

Der alte Mann deutete mit seinem Spazierstock auf das langgestreckte Gebäude. »Ich laß neben deinem Zimmer ein Bad einbauen, mein Junge. Ist fertig, wenn du das nächstemal kommst.« Er wandte sich um und blickte den Jungen an. »Wie alt bist du jetzt, Eddie? Ich vergesse das immer.«

»Im Oktober werde ich achtzehn, Major.«

»Und was dann?«

»Hängt von meinen Matrikulationsergebnissen ab.«

»In welchen Fächern schaffst du es, was meinst du?«

»Französisch, Geographie und vielleicht Physik.«

»Englisch nicht?«

»Nein. Keine Chance.«

»Und was machst du, wenn du die zwei Fächer schaffst?«

»Weiß ich nicht, Sir. Muß ich mal drüber nachdenken.«

Der alte Mann deutete mit seinem Stock auf eine hölzerne Bank. »Setz dich, mein Junge.«

Nachdem sie beide Platz genommen hatten, meinte der alte Mann: »Warum gehst du nicht zur Armee, mein Junge? Du bist ein guter Sportler, kannst boxen, annehmbares Abschlußzeugnis: Du hättest gute Chancen für die Offizierslaufbahn. Und das Leben dort würde dir gefallen.«

»Die nehmen mich nicht.«

»Warum nicht?«

»Ich bin vorbestraft.«

»Du lieber Gott, das war doch ein Dummejungenstreich. Sechs Monate auf Bewährung. Das ist kein Problem. Dafür kann ich sorgen.«

»Ich möchte Sie nicht enttäuschen, Sir.«

»Wirst du nicht, mein Junge. Dafür sorge ich schon.« Er zögerte. »Wichtig ist nur – hast du überhaupt Interesse?«

»Ja. Habe ich. Wenn sie mich nehmen.«

»Gut, ich verschaffe dir ein Vorstellungsgespräch, sobald du die Prüfungsergebnisse hast.« Er stand auf. »Wir machen uns lieber auf den Weg, sonst schimpft Mrs. Taylor, weil das Essen kalt wird.«

Eddie Hoggart war zu einem Ersatzsohn für den alten Mann geworden, der keine eigenen Kinder hatte und dessen Frau kurz nach dem Krieg gestorben war. Er hätte zahlreiche

Gelegenheiten gehabt, sich wieder zu verheiraten, aber ihm erschien es beinahe als Unverschämtheit, daß irgendeine Frau sich anmaßte, sie könne seine Alice ersetzen. Er war besser als viele echte Väter, beobachtete aufmerksam und lenkte, mischte sich jedoch nie direkt ein. Eddie Hoggart war so nahe daran, ihn zu lieben, wie es ihm jemals bei einem Menschen möglich sein sollte.

Eddie Hoggart schaffte nur ein Matrikulationsfach, aber die Armee nahm ihn trotzdem und akzeptierte den kleinen Schönheitsfehler in seiner Vergangenheit ähnlich gelassen, wie es der Major getan hatte. Er leistete drei Monate Grundausbildung ab und wurde dann in eine Fernmeldeeinheit des Royal Corps of Signals versetzt, wo er eine Ausbildung als Funker bekam. Während dieses Kurses tauchte am Schwarzen Brett seiner Einheit eine Notiz auf, in der französisch- oder deutschsprachige Interessenten gesucht wurden.

Wegen der alten Militärweisheit »Melde dich nie freiwillig für irgend etwas« fragte er den alten Major um seine Meinung, als er am Wochenende 48 Stunden Ausgang hatte. Der alte Mann riet ihm, sich genauer zu erkundigen, was da eigentlich angeboten werde. Sechs Monate später war Eddie Hoggart Lieutenant beim Intelligence Corps, dem militärischen Nachrichtendienst. Auf fünf Wochen Spezialausbildung in Überlebenstechniken und Selbstverteidigung folgte ein Waffenkurs. Nach einem Jahr Routinedienst – Überwachung und Enttarnung von subversiven Elementen in den Streitkräften – kamen ein Intensivkurs in Russisch und dann ein weiteres Jahr fortgeschrittene Russischstudien.

Zu diesem Zeitpunkt bekam Hoggart das Angebot, zu MI 6 – dem Auslandsnachrichtendienst – überzuwechseln, und zwar um eine Rangstufe höher als bei der Armee. Er hatte die Entscheidung nicht überstürzt, aber nach zehn Tagen Überle-

gung doch zugesagt. Von da an trug er Zivil und arbeitete im Century House.

Der Major starb wenige Monate später und hinterließ Eddie Hoggart seine Orden sowie 500 Pfund. Der Rest seines Besitzes ging an die Krebsforschung. Eddie Hoggart brauchte eine ganze Weile, bis er sich daran gewöhnt hatte, daß er nun kein Zuhause mehr hatte, wo er hingehen konnte, und keinen weisen alten Mann mehr, mit dem er seine Probleme besprechen konnte.

5

Hoggart stellte fest, daß nur sehr spärliche Unterlagen über Jakunin existierten. Er war 1936 in Smolensk geboren. Keine Angaben über Eltern, weder vor noch nach dem Krieg. Er hatte sich in dem belagerten Leningrad aufgehalten und war dann mit einer ganzen Gruppe »verlorener« Kinder in ein Waisenhaus nahe Alma-Ata evakuiert worden. Es folgten mehrere Jahre ohne jede Information; erst 1959 tauchte sein Name als der eines Milizsoldaten auf. Ein Jahr darauf war er zur Grenzpolizei versetzt worden. Dann kamen zwei Jahre an der Moskauer Universität, ohne nähere Angaben, was er dort studiert hatte. Aber seine studentische Registriernummer deutete darauf hin, daß es wohl irgendein naturwissenschaftliches Fach gewesen sein mußte. Der erste Hinweis auf seine Versetzung zum KGB tauchte 1964 auf, als er als regelmäßiger Besucher des KGB-Büros in Kiew registriert worden war. Der Mann, mit dem er häufig gesehen wurde, war ein KGB-Hauptmann in der Verwaltung des Ersten Direktorats; wenig später war er auf einem Empfang der tschechischen Botschaft zu Ehren einer US-Handelsdelegation, die Moskau besuchte, gesehen worden. Es gab keinen Vermerk über eine Heirat oder eine Familie, und aus der Zeit nach 1968 existierte nur ein Eintrag über seine Beförderung zum KGB-Hauptmann im Jahre 1969. Das einzige Foto von Jakunin war eine grobkörnige Aufnahme, wie er bei strahlendem Sonnenschein mit einem nicht identifizierten Mann in einem Straßencafé saß. Man konnte nicht erkennen, wo die Aufnahme entstanden war, ein Fotointerpreter hatte jedoch vermerkt, es könne möglicherweise irgendwo in Kalifornien sein, wegen der charakteristischen holzverschalten Hausfront und dem Möbelstil.

Eddie Hoggart war mit der Vernehmung des Russen beauftragt worden, und nachdem er die spärlichen Informationen in der Akte gelesen hatte, wußte er, daß er sehr behutsam vorgehen mußte. Zuerst mußte er verifizieren, daß Jakunin tatsächlich der Mann aus der Akte war, dann mußte er einige der Lükken auffüllen und ihn schließlich dazu bewegen, über seine jüngsten Operationen zu reden. Er traf Vorbereitungen für seinen Umzug in das sichere Haus, in dem Jakunin untergebracht war.

Als Hoggart über die A 21 nach Süden fuhr, strömte fast aller Verkehr in Gegenrichtung, weg von der Küste. Von den Badeorten zurückkehrende Tagesausflügler. Jollensegler und Windsurfer mit ihrer Sportausrüstung auf dem Autodach. Es war ein wirklich schöner Sommersonntag gewesen, und die Leute hatten ihn bis zur letzten Minute ausgenutzt, bevor sie sich auf den Rückweg in die Londoner Vororte machten.

Kurz hinter dem Wegweiser nach Lamberhurst nahm er die rechte Abzweigung von der Küstenstraße, an dem Pub The Swan und den wenigen Häusern vorbei, die an dem Fuß des Weinbergs standen, bis er zu dem Farmhaus kam, wo er auf den Feldweg abbog, der hügelabwärts führte.

Hoggart fuhr seinen Wagen in die alte Scheune. Dort standen bereits zwei weiße Landrover, und ganz automatisch legte er die Hand auf die Kühler. Sie waren beide kalt. Das eigentliche Farmhaus stand ein gutes Stück von der Straße entfernt an einem staubigen Karrenweg, der um den Hofplatz herumführte. Er schaute über das Tal hinüber zu den Hügeln. Die langen Reihen von Rebstöcken erstreckten sich von Norden nach Süden. Irgendeine Maschine besprühte sie, und die Flüssigkeit fing die Sonne ein und spiegelte sie in allen Regenbogenfarben.

Als er sich umdrehte, sah er einen Mann, der ihn aus dem

Schatten einer Buche beobachtete. Es war einer der Sicherheitsbeamten, die das Haus zu bewachen hatten. Hoggart lief zu ihm, die Segeltuchtasche in der Hand, und hielt ihm wortlos seinen Dienstausweis hin. Der Mann war offenbar ein alter Hase, denn er griff nach dem Ausweis, studierte ihn sehr sorgfältig und hielt ihn sogar schräg gegen das Licht, um mögliche Spuren von Fälschungen sehen zu können. Nachdem er den Ausweis zurückgegeben hatte, fragte er lässig: »Kann ich Ihnen behilflich sein?«

Hoggart lächelte und sagte: »Wo ist er?«

»Im Haus. In seinem Zimmer.«

»Wie hat er sich benommen?«

»Unkooperativ. Dickköpfig und dauernd am Meckern.«

»Wegen was?«

»Daß er nicht mit dem gebührenden Respekt behandelt wird.«

Hoggart lächelte. »Hört sich an, als wäre er reif für mich. Was hat er für ein Zimmer?«

»Nummer vier, Sir. Die Treppe hoch und das letzte Zimmer auf der linken Seite.«

Als Hoggart die Treppe hinaufstieg, roch er die warme, muffige Atmosphäre des Hauses. Die meisten konspirativen Häuser und Wohnungen rochen merkwürdig, egal, wie sauber und ordentlich sie gehalten wurden. Ferienhäuser rochen ähnlich, als litten sie darunter, daß niemand wirklich in ihnen zu Hause war. Häuser, die einst ein Heim für jemanden bedeutet hatten, jetzt jedoch ungeliebt waren, nur Absteigen für einen Durchreisenden nach dem andern.

Er packte seine Reisetasche aus, wusch sich Gesicht und Hände und schaute auf das Tal hinaus, während er sich abtrocknete. Ein leichter Abendnebel hing schon zwischen den Bäumen am Rande des Weinbergs. Er öffnete das altmodische Schiebefenster und atmete ein paarmal tief ein, bevor er das

Zimmer verließ und zum Ende des Korridors ging. Einen Moment zögerte er vor der geschlossenen Tür, dann klopfte er und trat ein.

Der Russe saß rauchend in einem Sessel, der Aschenbecher auf dem Boden quoll bereits über. Er sah älter aus, als Hoggart erwartet hatte, und er blickte Hoggart an, als sei er eher ein Gefangener als ein Überläufer. Vielleicht war er genau das.

»Mr. Jakunin?«

Der Russe nickte lediglich, den Blick aufmerksam auf Hoggarts Gesicht gerichtet.

»Möchten Sie lieber russisch oder englisch sprechen, Mr. Jakunin?«

Jakunin zuckte die Achseln. »Ist mir beides recht.«

»Dann fangen wir doch mal in Englisch an. Wir können ja immer noch wechseln, wenn es nicht klappt.«

Hoggart zog sich den anderen Sessel heran und machte es sich bequem.

»Wie sieht's mit dem Essen und Trinken aus, Mr. Jakunin, bekommen Sie, was Sie möchten?«

Der Russe zuckte die Achseln. »Deswegen bin ich nicht übergelaufen. Diese Dinge sind mir nicht wichtig.«

Hoggart lächelte. »Sie sind wichtig, wenn sie nicht zur Verfügung gestellt werden. Aber unterhalten wir uns.« Er machte eine Pause. »Ich bin Geheimdienstbeamter, Mr. Jakunin, und ich werde hier mit Ihnen im Haus wohnen, damit wir uns unterhalten können.«

»Und nach der Unterhaltung?«

»Ich verstehe nicht.«

»Werden Sie und Ihre Leute nach der Unterhaltung mit entsprechenden Maßnahmen auf das reagieren, was ich Ihnen zu sagen habe?«

Hoggart lächelte. »Das haben andere zu entscheiden. Es hängt davon ab, was Sie mir erzählen werden.«

»Sie haben große Probleme in Ihrer Organisation.«

Hoggart lachte. »Im KGB gibt's auch Probleme.«

»Probleme mit Verrätern?«

Hoggart war zu erfahren, um darauf hereinzufallen. Ein Doppelagent mit einem Ausforschungsauftrag? Er zuckte die Achseln. »Wer weiß? Aber wie wär's, wenn wir mal mit einfacheren Dingen anfangen?«

»Sind Sie an Verrätern nicht interessiert?«

»Nehmen wir uns doch eins nach dem anderen vor. Auf Verräter kommen wir zu sprechen, wenn wir das Fundament gelegt haben. Erzählen Sie mir von sich und was Sie hier machen.«

»Mein Name ist Jakunin, Igor. Ich bin Major im KGB. Erstes Direktorat, Abteilung S. Ich bin seit mehreren Jahren als Illegaler in den Vereinigten Staaten.«

»Haben Sie Familie, Mr. Jakunin?«

»Nein. Keine Familie. Keine lebenden Angehörigen.«

»Wann wurden Sie vom KGB rekrutiert?«

»Warum fragen Sie mich? Sie haben doch bestimmt ein Dossier über mich.«

Hoggart holte tief Atem, um seine Ungeduld zu zügeln. »Es ist ein Standardverfahren, Jakunin.«

»Ich bin nicht an Verfahren interessiert. Ich habe Ihnen Dinge zu sagen, und allein das ist wichtig.«

»Bedauern Sie, daß Sie in unsere Botschaft in Washington gegangen sind?«

»Warum fragen Sie das?«

»Weil wir veranlassen können, daß Sie überall hingehen können, wohin Sie wollen. Sie sind freiwillig zu uns gekommen, wenn Sie's sich nun jedoch anders überlegt haben – jetzt ist der Zeitpunkt, das zu sagen. Aber . . .«, er hob mahnend den Finger, ». . . wenn Sie bleiben wollen, müssen Sie sich an unsere Spielregeln halten. Ist das klar?«

Der Russe erhob sich langsam und ging zu dem vergitterten Fenster, das Gesicht der Abendsonne zugewandt. Hoggart beobachtete ihn, wie er dort stand und über das Tal schaute. Es war ein Gesicht wie aus einem mittelalterlichen Gemälde. Hager, mit eingefallenen Wangen, kräftiger Nase und einem vollen, sinnlichen Mund. Schwere Lider über Augen, die sogar im Profil so aussahen, als seien sie dieser Welt samt ihren Anforderungen überdrüssig. Als der Russe sich umdrehte und Hoggart ansah, hielt dieser mit ausdrucksloser Miene dem Blick stand. Wenn der Russe Spielchen treiben wollte, war er bei ihm an den Falschen geraten. Nachdem sich Jakunin schließlich wieder gesetzt hatte, sagte er: »Ich habe 1963 beim KGB angefangen.«

Hoggart nickte. »Erzählen Sie mir, was Sie auf der Universität studiert haben.«

»Englisch und Elektronik.«

Hoggart lächelte. »Sie sprechen sehr gut englisch. Waren Sie in Elektronik auch so gut?«

»Nur so, daß ich mitreden und die Antworten auf meine Fragen kapieren konnte.«

»War Elektronik Ihr Fachgebiet in den USA?«

»Das war das Hauptausforschungsgebiet.«

»Was war Ihre Tarnung?«

»Technischer Journalist aus Deutschland.«

»Mit welchem speziellen Bereich der Elektronik haben Sie sich befaßt?«

»Lenkwaffen, Zieleinrichtungen und Computer.«

»Wer war Ihr Kontakt in den Vereinigten Staaten?«

»Niemand. Nur tote Briefkästen, die per Funk von Moskau aus arrangiert wurden.«

»Wo ist das Funkgerät jetzt?«

»Ich habe es in Amerika gelassen.«

»In Washington?«

Der Russe schüttelte den Kopf. »Nein. Weit weg von Washington.«

»Wenn meine Leute es holen wollen, sagen Sie uns den Standort, nehme ich doch an?«

»Warten wir ab, wie es läuft.«

Hoggart seufzte. »Bedrückt Sie irgend etwas, Genosse?«

»Ja.«

»Was denn?«

»Ihr bedrückt mich. Ihr seid so entsetzlich verwundbar durch den KGB und wißt es nicht. Ich möchte nicht als Wasserleiche in der Themse enden.«

Hoggart stand auf und ging zur Tür. Dort drehte er sich noch einmal zu Jakunin um. »Mr. Jakunin, ich habe schon mehrere Überläufer aus dem Ostblock verhört, aber keiner davon hatte so eine Einstellung wie Sie.« Er hielt inne. »Vielleicht sollten Sie noch einmal Ihre Haltung überschlafen und sich entscheiden, ob Sie nicht lieber mit den Amerikanern oder sonst jemandem reden wollen. Gute Nacht.«

Er schloß die Tür, bevor Jakunin antworten konnte.

6

Die Steinfassade des Magistratsgerichts an der Great Marlborough Street wirkt beinahe freundlich und einladend, doch dahinter verbirgt sich ein bedrückendes Inneres, das an die Romane von Charles Dickens erinnert. Die Bewährungshelfer und älteren Polizeibeamten geben sich sehr hilfsbereit und freundlich, legen jedoch größten Wert darauf, daß die Würde des Gerichts gewahrt bleibt.

Der Warteraum für den Gerichtssaal Nummer eins scheint von einem Architekten entworfen zu sein, der offenbar von den Badehäusern des alten Rom beeinflußt war. Ein großer, gutgeschnittener Raum mit Holzbänken an den Wänden, die an den meisten Vormittagen von menschlichem Strandgut kleinerer Delikte und Vergehen in Beschlag genommen wurden. Wirkliche Kriminelle kamen ausnahmslos vor einen Crown Court, ein Geschworenengericht.

Die Anwälte waren kaum von ihren Mandanten zu unterscheiden. Gedeckte, etwas schäbige Kleidung und ein eingefleischtes Mißtrauen nebst ständiger Irritation über Klienten, die selbst bei ihren eigenen Rechtsberatern instinktiv zu ausweichenden Antworten auf direkte und harmlose Fragen neigten. Die Anwälte bekämpften ihre Nervosität und Spannung, indem sie hin und her liefen, zu ihren Kollegen sahen und ihnen manchmal zunickten und gelegentlich den Kopf durch die Tür steckten, auf der »Anwälte und Gerichtsbedienstete« stand. Der Gerichtssaal war für die Öffentlichkeit geschlossen, während ein halbes Dutzend Fälle verhandelt wurde, bei denen die Delinquenten über Nacht festgehalten worden war. Auf der Liste in dem Glaskasten befanden sich vierundsechzig Namen. Alle standen heute zur Verhandlung an.

Es war fast elf Uhr, als sich die Türen öffneten und der Öffentlichkeit Zutritt gewährt wurde. Es gab eine einzelne Bank, auf der etwa zwölf Personen Platz fanden, dahinter noch ein paar Stehplätze.

Es dauerte eine weitere Stunde, bis einer der älteren Polizeibeamten den fünf schwatzenden Mädchen mit einem Winken bedeutete, daß sie dran waren. Im Saal traten sie eine nach der anderen vor, so wie sie vom Gerichtsdiener aufgerufen wurden. Der Ankläger verlas fünfmal die gleiche Beschuldigung – ». . . daß Sie sich am 28. Juni auf der Curzon Street herumgetrieben haben mit der Absicht, der Prostitution nachzugehen.« Der Kammer war das Ritual vertraut. Das Schuldbekenntnis mit dem kaum hörbaren Kinderstimmchen, das gebeugte Haupt und die reumütige Miene, wie man sie vom Fernsehgericht her kannte, die Geldstrafe von 25 Pfund, und dann wurde der nächste Name aufgerufen.

Die einzige Ausnahme bei dieser Fließbandjustiz bildete das letzte Mädchen. Jung und ausnehmend hübsch. Gesicht und Körper ein merkwürdiger Kontrast von Unschuld und stolz zur Schau getragener Sinnlichkeit. Wie bei den anderen wurde die Anklage verlesen, und sie bekannte sich schuldig, doch der Magistratsrichter sah zu ihr hin und fragte: »Wie alt sind Sie?«

»Achtzehn.«

Der Magistratsrichter blickte nach rechts, wo die Bewährungshelferin allein an ihrem kleinen Tisch saß. Sie beantwortete seine unausgesprochene Frage mit einem Achselzucken und einem Kopfschütteln. Einen Moment schwieg der Richter nachdenklich, dann sah er erneut das Mädchen an.

»Ich verurteile Sie zu einer Haftstrafe von vierzehn Tagen. Sie werden nicht in Haft genommen, müssen sich jedoch der Bewährungshelferin zur Verfügung halten und in vierzehn Tagen erneut hier vor Gericht erscheinen . . .« Er blickte fra-

gend den Gerichtsdiener an, der ihm antwortete: »Am vierzehnten Juli, Sir.«

Der Magistratsrichter notierte das Datum und nickte dem Mädchen zu, worauf es von der Bewährungshelferin durch die Tür mit der Aufschrift »Geldstrafen« hinausgeführt wurde.

Nach etlichen Gesprächen mit Jacqui Lovegrove sah sich die Bewährungshelferin genötigt, den Fall mit einer älteren Kollegin durchzusprechen. Das Gespräch fand in den Amtsräumen des Sozialen Dienstes am Rathbone Place statt.

Maggie Castle, die Erfahrenere, verschränkte die Arme und stützte sie auf den Tisch.

»Ich habe alle Berichte gelesen, Helen. Sagen Sie mir, was Sie davon halten.«

»Der einzige konkrete Fakt ist, daß sie vor Gericht über ihr Alter gelogen hat. Ich habe ihr wahres Alter nicht aus ihr herausbekommen, aber sie ist definitiv minderjährig. Und sie ist eindeutig von ihrem Vater mißbraucht worden.«

»Hat ihn die Polizei schon vernommen?«

»Nein. Sie schwört, daß sie keine Aussage gegen ihn machen will.«

»Wie alt war sie, als er das erste Mal Verkehr mit ihr hatte?«

»Soweit ich bisher aus ihr herausbringen konnte, muß sie ungefähr zwölf gewesen sein, als es angefangen hat. Zum echten Verkehr kam es wohl erst ein Jahr später.«

»Und Sie meinen, die Mutter weiß Bescheid, stört sich aber nicht dran?«

»Ich bin überzeugt, daß sie es weiß. Ich konnte hier nicht weiterbohren. Ich mußte es bei einem unverbindlichen Kaffeegeplauder belassen. Die Mutter hat Angst vor ihrem Mann. Zahlreiche Krankenhausaufenthalte wegen Mißhandlung, aber nie eine Strafverfolgung. Sie hat nicht nur Angst

vor ihm, sie ist vollständig abhängig von ihm. Ich würde sagen, sie ist eifersüchtig auf das Mädchen.«

»Ich glaube, ich spreche mal mit der Kleinen. Können Sie sie morgen herbringen?«

»Ja, natürlich.«

Drei mit Chintz bezogene Sessel standen herum, und Maggie Castle war beeindruckt von der zur Schau getragenen Selbstsicherheit des Mädchens. Nach ein paar einleitenden Worten sagte sie: »Erzähl mir bitte von deiner Beziehung zu deinem Vater.«

»Ich werde ihn vor Gericht nicht verpfeifen, glauben Sie das bloß nicht!«

»Ich möchte nur besser verstehen, was eigentlich los ist, Jacqui. Was wir zwei hier reden, bleibt völlig unter uns. Wir möchten dir einfach helfen, wenn das möglich ist.«

»Und was wollen Sie wissen?«

»Erzähl mir, wie alles angefangen hat.«

»Die haben sich mal wieder gestritten, er und meine Mom, und sie ist abgehauen und hat bei einer Freundin übernachtet. In dieser Nacht ist er in mein Bett gekrochen und hat an mir rumgefummelt. Und ein paar Wocher später hat er's richtig gemacht.«

»Hast du dich gewehrt, als er in dein Bett gekommen ist?«

Sie zuckte mit den Achseln und lächelte verlegen. »Nein. Was hätte das gebracht? Wenn Männer das haben wollen, holen sie's sich auch.«

»Hattest du Angst, daß er dich schlägt, wenn du dich geweigert hättest?«

»Nein. Er schlägt sie bloß, weil sie ihn immer dumm anmacht. Er ist ganz okay, wenn man ihn richtig behandelt.«

Sie sprachen über eine Stunde miteinander, bevor das Mädchen ging. Maggie Castle rief ihre junge Mitarbeiterin an und vereinbarte ein Treffen für den kommenden Nachmittag.

Maggie Castle schüttelte den Kopf. »Es ist sinnlos, dies alles vor Gericht zu bringen. Zuerst einmal wird sie es rundweg abstreiten, und zweitens hat sie sich alles bestens zurechtgelegt. Sie ist ziemlich dreist. Und wie die meisten dieser Mädchen erzählt sie so viele Lügen, daß die Geschichten letztlich immer widersprüchlich sind.«

»Wir könnten vorschlagen, daß sie sechs Monate unter Bewährungsaufsicht gestellt wird. Schließlich ist sie in Gefahr, sittlich zu verwahrlosen.«

»Das ist sie eben nicht. Sie hat sich das alles wunderbar zurechtgelegt. Oder meint es zumindest. Und im Augenblick funktioniert es auch. Es war zweifellos Inzest, aber Vergewaltigung war es nicht. Sie hat freiwillig mitgemacht. Und jetzt hat sie ihn genau da, wo sie ihn haben wollte. Und er ist nicht der einzige. Sie weiß mehr über Männer als Sie und ich zusammen. Sie ist sehr hübsch, und sie hat dieses süße, unschuldige Gesichtchen. Aber glauben Sie mir, sie weiß genau, was Männer wollen. Und sie wird dieses Wissen nutzen.«

»Wenn sie sechs Monate Bewährungsaufsicht bekäme, könnte ich sie zumindest im Auge behalten. Früher oder später kommt sie doch in Schwierigkeiten.«

Maggie Castle lächelte. »Okay. Machen Sie den Vorschlag. Der Richter muß ja auch den Verdacht gehabt haben, daß sie noch minderjährig ist.«

Der große rote Jaguar hielt an der Südseite des Soho Square, und der Fahrer schaute auf die Uhr, während er die Tür abschloß. Als er sich in Richtung Frith Street wandte, sprach ihn das Mädchen an.

»Sind Sie Nickie Bodoni?«

Die dunklen Augen des Mannes wanderten von ihrem Gesicht zum Pullover, dann wieder zu ihrem Gesicht.

»Wer bist du, Kleine?«

»Ich bin Jacqui. Jemand hat mir gesagt, Sie suchen eine Hosteß für Ihren Club.«

»Wer ist dieser Jemand?«

»Mir hat er sich als Lew Caruana vorgestellt.«

»Wo hast du ihn kennengelernt?«

»In dem Pub in der Old Compton Street.«

»Wie alt bist du?«

»Siebzehn Jahre und zwei Monate.«

Er lächelte über diese jugendliche Präzision. »Du hast flotte Titten für siebzehn, Süße.«

Sie lächelte ihn an. »Wollen Sie sie mal sehen?«

»Hast du schon mal als Hosteß gearbeitet?«

Sie zuckte die Achseln und lächelte. »So was Ähnliches.«

Er sah auf seine Uhr. »Frag gegen elf an der Tür nach mir. Ich sag' Bescheid, daß du kommst. Wie heißt du?«

»Jacqui.«

»Okay, Jacqui. Wir sehen uns.« Er wollte gehen, blieb dann aber noch einmal stehen. »Die kassieren dich garantiert ein, wenn du hier am Soho Square rumhängst. Geh lieber ans Ende der Wardour Street.«

Der bullige Rausschmeißer an der Tür fragte sie nach ihrem Namen und führte sie dann über eine düstere Treppe und einen schmalen Korridor entlang. Er öffnete eine Tür und deutete ins Innere.

»Warte hier, Kleine. Ich hol' den Boß.«

Der Raum sah aus wie in einem Hollywoodfilm. Ledergarnitur, dicker Teppichboden, Chrom und Glas, Kiefernholztäfelung an Wänden und Decke. Auf der Stereoanlage spielte eine

Beatles-Kassette, während sie sich in einem rosafarbenen Spiegel musterte.

Sie kannten beide die Spielregeln des Hosteß-und-Clubbesitzer-Spiels, und so lagen sie eine Stunde später miteinander im Bett. Er verließ sie um sechs am nächsten Morgen, eröffnete ihr, sie sei eingestellt und könne in der Wohnung bleiben, wenn sie wolle.

Um 19 Uhr war er zurück und hatte schlechte Laune. Er betrachtete sie, während sie Make-up auflegte.

»Wo hast du diese Fetzen her, die du trägst?«

»Aus dem Top Shop.«

Er entfernte den Gummi von einem dicken Bündel Geldscheine und gab ihr zwei Fünfziger. »Kauf dir was Eleganteres, Kleine, und schmeiß den Plunder weg. Die Typen, die in meinen Club kommen, haben Kohle. Die sind nicht an Punk-Girls interessiert.«

Sie wandte sich zu ihm um. »Wollen wir wetten?«

Er lächelte. »Du bist 'ne ganz freche Göre.«

Sie lachte. »Nein. Aber ich weiß mehr über Männer als du, Alter.«

Einen Moment war er versucht, ihr eine Ohrfeige zu geben, doch als er sie so anschaute, übermannte ihn die Lust, und er zog sie auf die Couch.

Jacqui Lovegrove blieb drei Monate bei Bodoni, und sie genoß die Zeit. Reizte die Freier mit ihrem jugendlichen Körper auf, erfüllte aber selten die Versprechen. War sich der Macht bewußt, die ihr Körper auf Männer ausübte. Alle möglichen Männer, von gutbetuchten Provinztölpeln in Bodonis eigenem Club bis zur eleganten und weltgewandten Klientel in den Clubs, in die Bodoni sie mitnahm. Er zeigte sie herum wie ein neues Spielzeug und wurde eifersüchtig, wenn andere Männer sich mit ihr unterhielten.

Bodoni hatte eine Frau und ein großes Haus in Hampstead, aber jeden Tag blieb er bis in die frühen Morgenstunden bei dem Mädchen. Sogar sonntags erzählte er seiner Frau, er müsse sich um seine Buchhaltung kümmern.

Sie war im Charlie's Place in der Frith Street, als sie Harry Gardner kennenlernte. Er hatte seinen Namen und eine Telefonnummer auf die Klappe einer Stuyvesant-Packung gekritzelt, innen drin waren fünf zusammengefaltete Zwanzig-Pfund-Noten. Zwei Tage später rief sie ihn an, als Bodoni beim Finanzamt war und seine Mehrwertsteuer auskungelte. Sie besuchte ihn in seiner Wohnung in der Hertford Street, in der Nähe des Hilton. Er war freundlich und umgänglich, ließ jedoch keinen Zweifel daran, was er von ihr wollte. Dreihundert Pfund die Woche, oder fünfhundert, wenn sie zusätzlich ein paar gute Geschäftsfreunde bediente. Und, wie er sagte, ein gutes Leben dazu.

Das Verlangen nach ihr war ihm so offensichtlich von den Augen abzulesen, daß sie beschloß, ihre Anziehungskraft zu testen, indem sie sein Angebot ausschlug. Und sie schätzte ihn richtig ein: Er legte noch jeweils hundert Pfund zu. Als sie sich hinterher wieder anzog, sagte er ihr, sie solle bei Bodoni bleiben, bis sie von ihm höre. Aus verschiedenen Gründen wolle er Bodoni nicht verärgern. Es werde sich alles ganz von allein ergeben.

Und so war es. Bodoni bekam inoffiziellen Besuch von einem Mann, der für das zuständige Gewerbeaufsichtsamt arbeitete, Abteilung Club-Konzessionen. Ein Mann mit ernster, betrübter Miene, der ihn fragte, ob er wisse, daß eine seiner Hostessen minderjährig sei. Eine Miss Jacqueline Lovegrove. Hundert Pfund und ein Abend auf Kosten des Hauses hatten den aufmerksamen Beamten unendlich beglückt.

Bodoni wunderte sich ein bißchen, als er Jacqui eröffnete, daß sie gehen müsse. Sie schien gar nicht bestürzt, nicht ein-

mal erstaunt. Er verbrachte eine letzte Nacht mit ihr, gab ihr dann einen kleinen Goldbarren und schwor Stein und Bein, er sei mindestens 200 Pfund wert. Sie war einigermaßen überrascht, daß sie 230 Pfund dafür bekam, als sie ihn eine Woche darauf versetzte.

Sie stellte fest, daß ihr das Leben mit Harry Gardner gut gefiel. Er war ein großer, selbstbewußter Mann. Gutaussehend auf eine altmodische Art. Dichtes schwarzes Haar, militärisch kurzer Schnurrbart und eine gesunde rote Gesichtsfarbe. Er zog sich außerordentlich elegant an und warf mit Geld um sich, als brauche er nicht damit zu rechnen. Seine Freunde und Bekannten bezeichnete er stets als Geschäftsfreunde, doch es war ziemlich offensichtlich, daß es sich um Ganoven handelte. Bandenbosse, Spitzenleute im organisierten Verbrechen, die in New York, Amsterdam und Ankara ebenso zu Hause waren wie in London. Manchmal wurde sie ausgeschlossen, wenn es um geschäftliche Diskussionen ging, und wenn sie dann wieder hereinkommen durfte, fand sie die Männer freundlich und umgänglich, trotz ihrer harten Augen. Wenn er abends ausging, nahm er sie in Clubs und teure Restaurants mit und sorgte dafür, daß sie mit Respekt behandelt wurde. Es gab viel Sex, aber es war normaler, routinemäßiger Sex, und von Zeit zu Zeit »lieh« er sie nach einer Besprechung in der Wohnung an einen seiner Freunde aus, oder er schickte sie per Taxi zu einem einflußreichen Mann, der in einem Londoner Nobelhotel abgestiegen war. Das Geld, das er ihr zahlte, war stets in bar, und sie hatte Konten bei mehreren Banken mit Guthaben im Gesamtwert von über zehntausend Pfund. Zu ihrem Geburtstag arrangierte er eine Party in einem exklusiven Nachtclub und schenkte ihr ein Cape aus Silberfuchs.

Er ging monatlich auf Auslandsreisen, die selten länger als zwei oder drei Tage dauerten. Und wenn er weg war, stand ihr immer ein Aufpasser zur Verfügung, falls sie irgend etwas brauchte. Als er einmal nach New York flog, war der Aufpasser ein Sizilianer namens Gianni. Gianni war in den Dreißigern. Gutaussehend und sehr Macho, mit dem Ruf eines unwiderstehlichen Lovers und einem ganzen Schwarm Frauen, die ihm nachliefen. Sein herablassendes Grinsen, als er sie begutachtete, und sein betontes Desinteresse an ihr hatten sie so geärgert, daß sie beschloß, ihn zu testen. Sie kannte diesen uralten Palermo-Trick noch nicht, und so lag sie bereits am zweiten Nachmittag mit ihm im Bett. Dummerweise lag sie auch am dritten Tag mit ihm im Bett, als Gardner hereinspazierte.

Er stand da, ohne ein Wort zu sagen, mit ausdruckslosem Gesicht. Während er zusah, wie sie sich beide anzogen, und nachdem Gianni gegangen war, begann Gardner, seine beiden Lackkoffer auszupacken.

»Tut mir leid, Harry. Es war dumm von mir.«

Er blickte lächelnd zu ihr hoch. »Passiert in den besten Familien, Schatz.« Er hielt inne. »Ich geh' heute abend aus. Das gibt dir genügend Zeit, zu packen und zu verschwinden.«

»Kann ich's irgendwie wiedergutmachen?«

»Ja. Komm mir in den nächsten Wochen nicht unter die Augen.«

»Es tut mir schrecklich leid, Harry.«

»Klar tut's dir leid. Es tut uns immer leid, wenn wir erwischt werden.« Er lächelte freundlich. »Dein kleiner Freund kann nicht mal fünfzig Mäuse auftreiben, du brauchst dich also wegen Unterstützung gar nicht erst an ihn zu wenden.«

Das folgende Jahr war ein schlimmes Jahr für Jacqui Lovegrove. Harry Gardner hatte offenbar überall Bescheid gesagt, denn in den Clubs, wo sie gutes Geld verdienen konnte, war sie auf einmal nicht mehr willkommen. Mit der Zeit war sie auf gelegentliche Bekanntschaften in Bars und sonstigen Kneipen angewiesen. Aber sie war entschlossen, nicht auf die Straße zu gehen, trotz zahlreicher Angebote von Zuhältern, die in Soho tätig waren. Ihr jugendlicher Körper übte noch immer die gewohnte Wirkung auf Männer aus, aber jetzt waren sie nichts weiter als zahlende Kunden.

Und dann, fast so, als hätte sie eine Gefängnisstrafe abgesessen, ging es langsam wieder aufwärts. Zweimal war sie von Männern, die Stammkunden dort waren, in einen der besseren Clubs mitgenommen worden, und allmählich kehrte sie in den magischen Zirkel zurück. Aber sie hatte keinen einflußreichen Sponsor mehr, und trotz der verbesserten Situation war sie einsam. Die Männer, mit denen sie schlief, wollten ihren Körper, nicht ihre Gesellschaft. Sie hatten Heim und Familie, wohin sie zurückkehrten, und sie war nichts als ein hübsches Clubhäschen, das es für Geld tat. Sie legte sich eine gute Story zu, gab sich als mißratene Tochter einer wohlhabenden Familie aus. Ein großes Haus auf dem Land und ein liebender Vater. Manchmal war er ein führender Herzspezialist, manchmal ein reicher Landbesitzer. Ihr mythischer Vater wechselte die Rollen je nach Zuhörerbedarf, ein ferner Verwandter von Walter Mitty.

An jenem Abend war sie im Monte Christo Club. Im Wembley-Stadion fand ein großer Kampf statt, und der Club war so gut wie leer. Nur zwei Männer, in eine Unterhaltung vertieft. Sie kannte beide. Der eine war ein Hehler, der andere ein auf große Raubüberfälle spezialisierter Fahrer. Ein Freiberuflicher, der nur sechs oder sieben Jobs im Jahr annahm.

Als sie den Fremden hereinkommen sah, dachte sie einen Moment, er sei Harry Gardner. Die gleiche massige Gestalt, der gleiche dichte schwarze Haarschopf und das gleiche gesunde rote Gesicht. Sie hörte, wie er einen Glenlivet bestellte, und während er auf den Barmann wartete, wandte er sich um und sah sie an. Ihr Gesicht, ihre Brüste, ihre Beine und dann erneut ihr Gesicht. Es war ein Blick, wie sie ihn von Männern kannte, denen sie gefiel. Aber er wandte sich zur Theke zurück, hielt das Glas gegen das Licht, um die goldene Flüssigkeit zu betrachten, und kippte es dann mit einem Zug hinunter. Er bestellte einen weiteren Drink und nahm ihn mit zu einem Tisch in der Nische. Sie sah, wie er auf die Uhr blickte, als erwarte er jemanden.

Die beiden Männer an dem anderen Tisch gingen, getrennt, wenige Minuten später, wobei der Fahrer ihr zunickte, als er an ihrem Tisch vorbeikam. Dann blickte der Mann mit dem Whisky sie an, und sie ging zu ihm und setzte sich neben ihn in die Nische.

»Hallo, ich bin Jacqui. Warten Sie auf jemand?«

»Willst du was trinken, Kleine?«

»Danke. Kann ich einen Portwein mit Lemon haben?«

Er lächelte und winkte dem Barkeeper, der offenbar schon wußte, was das Mädchen bestellen wollte. Als er den Drink brachte, fragte der Mann nach einer Abendzeitung. Nachdem der Barkeeper einen zusammengefalteten Evening Standard gebracht hatte, legte der Mann die Zeitung ungeöffnet auf den Tisch.

»Warum haben Sie gelächelt, als ich einen Port mit Lemon haben wollte?«

»Es ist ein bißchen altmodisch.«

»Und Sie mögen altmodische Sachen nicht?«

»Was hast du gesagt, wie du heißt?«

»Jacqui. Und ich bin achtzehn.«

»Und dazu noch sehr hübsch. Aber ich nehme an, das hörst du nicht zum erstenmal.«

Sie lächelte ihn an. Jetzt bewegte sie sich auf vertrautem Boden. Es gab nur noch einige rituelle Schritte bei diesem nicht sehr komplizierten Tanz zu absolvieren.

»Sind Sie ein Titten- oder ein Beinfan?«

Sie sah, wie sein Lächeln verschwand, und er schüttelte den Kopf. »Spar dir deine Sprüche. Es wäre Zeitverschwendung.«

»Warum wäre es Zeitverschwendung?«

»Weil ich kein Freier bin, Kleine.«

Sie zuckte die Achseln. »Na und? Du hast nette braune Augen und eine nette Stimme. Es ist niemand hier außer uns beiden. Kostet doch nichts, freundlich zu sein.«

Der Mann lächelte. »Du hast natürlich recht. Wir wär's mit noch einem Drink?«

»Ich spendier' dir einen.« Sie winkte dem Barkeeper, der die Drinks und eine Schale Nüsse brachte. Als sie ihr Glas hob, fragte sie: »Ach ja, wie heißt du eigentlich?«

Einen Moment zögerte er, und als krankhafte Lügnerin wußte sie genau, daß er log, als er sagte: »Tom. Die meisten sagen Tommy zu mir.«

Sie lächelte. »Prost, Tommy.«

»Zum Wohl, Jacqui.« Er zögerte. »Hast du den Film Crocodile Dundee gesehen?«

»Nein. Aber ich habe davon gehört. Scheint gut zu sein. Hast du ihn gesehen?«

»Nein. Möchtest du ihn dir ansehen?«

»Du meinst, heute abend?«

»Ja. Warum nicht.«

»Ich muß hierbleiben, bis die Gäste kommen, wenn das Match vorbei ist.«

»Der Film läuft nur zwei Stunden, und du kannst ja anschließend wieder hierher zurück.«

Sie lachte, machte ein erfreutes Gesicht und sah sehr jung aus. »Okay, warum nicht? Ich hol' meinen Mantel.«

Sie waren etliche Male miteinander ausgegangen. Ins Kino, in den Zoo, an die Themse bei Marlow, ins Naturkundliche Mu-

seum und dreimal zum Essen in Luxushotels. Aber meist aßen sie im Lyons Corner House gegenüber der Charing Cross Station. Er hatte nie Sex mit ihr, machte nicht einmal Andeutungen in diese Richtung. Nicht weil er sie nicht sexuell anziehend fand. Nicht einmal wegen irgendwelcher höherer Prinzipien. Es paßte einfach nicht zu ihrer Beziehung. Und außerdem hatte er andere Mädchen, mit denen er schlafen konnte. Er hatte ihre Märchen durchschaut, die Geschichte mit dem liebenden Vater, und er fragte sich, was sie so unsicher gemacht hatte.

Sie hatten sich an jenem Abend im Monte Christo Club verabredet, doch als er zur Bar ging und sich umschaute, konnte er keine Spur von ihr entdecken. Als er sich über die Theke beugte, um seinen Drink zu bestellen, sagte der Barkeeper: »Wie geht's ihr?«

»Wem?«

»Jacqui. Ihrer Freundin.«

»Okay, nehme ich an. Ich hatte eigentlich erwartet, sie hier vorzufinden.«

Der Barkeeper warf ihm einen Blick zu. »Sie meinen, Sie haben es noch gar nicht gehört?«

»Was gehört?«

»Sie ist im Krankenhaus. Irgendein Arschloch hat sie übel zusammengeschlagen.«

»In welchem Krankenhaus liegt sie?«

»Ich weiß nicht mehr genau . . .« Er wandte sich an die Bedienung. »In was für einem Krankenhaus liegt Jacqui?«

»Jacqui? Ach so, Jacqui – die ist im Middlesex.«

»Lassen Sie den Drink bleiben.«

Er nahm ein Taxi zur Mortimer Street, und als ihm bei der Anmeldung gesagt wurde, daß nach 20 Uhr keine Besucher mehr zugelassen seien, zückte er seinen Dienstausweis und bekam fünfzehn Minuten zugebilligt, mit der Mahnung, sie nicht aufzuregen.

Ihre Augen waren geschlossen, und in der Nase hatte sie den Plastikschlauch eines Tropfs. Fast das ganze Gesicht war unter Mullbinden verborgen. Ein Arm war dick verbunden und am Körper fixiert. Er betrachtete die Krankenblätter am Fußende des Bettes. Sie war schon seit drei Tagen hier, aber das war so ziemlich alles, was er daraus entnehmen konnte. Als er seinen Ausweis zeigte, hatten sie ihm erzählt, sie sei vergewaltigt und zusammengeschlagen worden. Man war sich noch nicht sicher, ob sie möglicherweise innere Verletzungen davongetragen hatte. Was die Ärzte am meisten beunruhigte, war ihr Mangel an Lebenswillen. Ihr Zustand war stabil, doch hätte mittlerweile eine Besserung eintreten müssen – aber sie sprach nicht auf die Behandlung an.

Sie lag in einem Privatzimmer, aber nirgends war irgend etwas Persönliches zu sehen. Sie hatte bisher keine Besucher gehabt, und sie mußten ihre Kleider verbrennen. Er stand da und betrachtete sie. Sie wirkte eher wie ein Kind denn eine junge Frau. Er setzte sich vorsichtig auf die Bettkante, nahm ihre gesunde Hand und sagte leise ihren Namen, immer wieder. Nach ein paar Minuten öffnete sie ein Auge.

»Ich bin's, Jacqui. Tommy. Kannst du mich verstehen?«

Sie reagierte nicht, aber er sah, wie sich ihre Brust zu einem tiefen Seufzer hob, und ihre Hand umklammerte die seine und erschlaffte dann wieder.

»Ich wäre schon früher gekommen, aber ich hab's erst heute abend im Club erfahren, als ich dich treffen wollte. Kann ich dir irgend etwas holen? Brauchst du irgendwas?«

Langsam löste sie ihre Hand aus der seinen und schob die Binden über ihrem Mund beiseite. Er konnte die geschwollenen Lippen sehen. »Haben sie dir gesagt, was – was passiert ist?«

»Ja. Sie haben's mir erzählt. Sprich jetzt nicht drüber.«

Ihre Stimme zitterte. »Ich hab' Angst, Tommy. Ich hab' nie im Leben Angst gehabt.«

»Du brauchst keine Angst zu haben, Schatz. So was passiert dir nie wieder.«

»Die haben es mit Absicht getan. Zur Warnung.«

»Wer?«

Mühsam schüttelte sie den Kopf. »Ich weiß es nicht, Tommy. Ich weiß es nicht.« Und er wußte, daß sie log.

»Spielt keine Rolle, aber du kannst versichert sein, daß es nicht mehr passiert. Ich sorge dafür.«

»Du verstehst nicht.«

Er nickte. »Ich verstehe sehr gut, Kleines. Ich verstehe alles.«

»Der Mann, der es getan hat, hat gesagt, du wärst ein verdeckter Fahnder vom Rauschgiftdezernat – stimmt das?«

»Nein.«

»Ehrlich?«

»Ehrlich.«

»Würdest du etwas tun, damit es mir bessergeht?«

»Klar würde ich das.«

»Sag mir deinen Namen. Deinen wirklichen Namen.«

»Warum willst du das wissen?«

Sie blickte eine Weile weg und sah ihn dann erneut an. »Es würde mir zeigen, daß ich dir etwas bedeute. Daß ich nicht einfach nur eine Hure bin.«

Einen Moment zögerte er, dann sagte er leise: »Mein Name ist Eddie. Eddie Hoggart.«

7

Nachdem Hoggart drei lange Gespräche mit Jakunin geführt hatte, schien der Russe ein wenig aufzutauen. Fortschritte hatte es recht wenige gegeben, abgesehen von der eindeutigen Bestätigung, daß Jakunin tatsächlich dem KGB angehörte und für die Abteilung S gearbeitet hatte. Der Russe war jetzt weniger abwehrend, aber es war offensichtlich, daß er etwas zu sagen hatte, was seiner Meinung nach hochbrisant war, und er wollte die Sicherheit, daß er das, was er zu sagen hatte, auch gefahrlos sagen konnte. Eine Sicherheit, die er nur durch entsprechendes Vertrauen in seinen SIS-Führer gewinnen konnte. In Hoggarts Abteilung war man sich einig, daß es eine lange, schwierige Sache werden würde, doch man hatte das Gefühl, daß es sich lohnen könnte.

Hoggart lächelte, als er Jakunin gegenübersaß. Der Russe hatte eine Vorliebe für Mohrenköpfe entwickelt, und nun sah er aus wie ein kleiner Junge auf einem Kindergeburtstag, den Mund mit Schokolade verschmiert. Zum erstenmal lächelte der Russe, als er sich den Mund mit einem Kleenex abwischte.

»Die sind phantastisch, Genosse. Ich könnte sie den ganzen Tag lang essen.«

»Haben Sie die Dinger nie versucht, als Sie in den Vereinigten Staaten waren?«

»Habe ich dort nie gesehen.«

»Wie hat's Ihnen in den Staaten gefallen?«

Jakunin zuckte die Achseln. »Keine Probleme.«

»Erzählen Sie mir von Ihrem Agentenring.«

Der Russe stand auf und ging zum Fenster, aus dem er minutenlang hinausschaute. Dann drehte er sich um und sah Hoggart an.

»Es gab keinen Ring. Nur mich und manchmal zwei andere.«

»Aber Sie haben doch der Botschaft in Washington erzählt, Sie leiteten zwei Agentenringe aus Kanada.«

»Warum sollte ich dieser Frau auf die Nase binden, was ich mache?«

»Wie wär's dann, wenn Sie es mir erzählen?«

Jakunin kam zurück und setzte sich in den Sessel. Nachdem er sich eine Zigarette angesteckt hatte, blickte er Hoggart an.

»Ich habe John Walker geführt. Das war ein Vollzeitjob.«

»Wer war John Walker?«

»John Antony Walker, ehemals Norfolk, Virginia, und bei der US-Marine – festgenommen vom FBI am 20. Mai 1985 und zu lebenslänglich verurteilt wegen des Verkaufs hochgeheimer Informationen an die Sowjetunion.«

»War das der Fall, wo seine halbe Familie beteiligt war und er im Tausch für eine Strafminderung gegen die anderen aussagte?«

»Genau der.«

»Und Sie waren sein Agentenführer?«

»Ja.«

»Wollen Sie mir mehr darüber erzählen?«

»Nein.«

»Warum nicht?«

»Weil Sie es an die CIA weitergeben, und die setzen Himmel und Hölle in Bewegung, um mich ausgeliefert zu bekommen und mir den Prozeß zu machen.«

»Wir haben den Amerikanern nicht einmal gesagt, daß Sie zu uns übergelaufen sind, und unter keinen Umständen würden wir Sie irgendwohin ausliefern.«

»Wenn ich rede, was wird dann aus mir? Wie sieht mein zukünftiges Leben aus?«

»Vorausgesetzt, Sie haben nach bestem Wissen und Gewissen mit uns kooperiert, dann bekommen Sie eine neue Identität und einen britischen Paß. Sie bekommen eine Rente, von der Sie komfortabel leben können. Und wenn das, was Sie uns zu sagen haben, auch zukünftige Bedeutung hat, werden Sie als Berater für unsere Organisation bezahlt.«

»Und meine Sicherheit?«

»Sie bekommen einen neuen Namen und eine neue Identität. Nicht mehr als ein halbes Dutzend Personen wissen davon. Sie bekämen einen Codenamen.«

»Wie sieht's mit direktem Schutz aus, mit einer Leibwache?«

»Wie kommen Sie darauf, daß dies notwendig sein könnte?«

»Ich bin schon sehr lange im Geschäft, Genosse Hoggart. Die werden mich umbringen wollen.«

»Es gibt bislang keinerlei Anzeichen, daß sich der KGB für Sie interessiert.«

Jakunin lächelte. »Natürlich nicht. Die machen jetzt erst eine Schadensbegutachtung und überlegen sich, was ich Ihnen möglicherweise erzählen kann. Dann ergreifen sie Maßnahmen zur Schadensbegrenzung. Sie ändern Codes, ziehen Leute zurück und so weiter. Das gleiche, was Sie vermutlich auch gemacht haben, als Philby nach Moskau kam, und später, als Blunt gestanden hat.«

»Und?«

»Aber was ich euch zu sagen habe – meine Leute wissen nicht einmal, *daß* ich das weiß. Wenn ich's euch also sage, und ihr handelt entsprechend, dann weiß mein Verein, wer euch diese Information gegeben hat. Sie werden keine Mühe scheuen, um sich an mir zu rächen.«

Hoggart schwieg eine ganze Weile. Er spürte, daß die Vernehmung in eine entscheidende Phase getreten war, und wollte keinen Fehler begehen.

»Wissen Sie, Igor, egal ob jemand bei der CIA, beim KGB oder beim SIS ist, wenn er eine sehr hohe Position einnimmt, glaubt er immer, seine derzeitige Operation sei die wichtigste im ganzen Programm. Das geht uns allen so. Gehört zu unserem Job. Es rechtfertigt einige der möglicherweise unangenehmen Dinge, die wir tun müssen.« Hoggart hielt inne. »Sind Sie ganz sicher, daß Sie dem, was Sie uns zu sagen haben, nicht eine übermäßig große Bedeutung beimessen?«

Jakunin seufzte. »Ich bin mir völlig sicher.« Er drückte die Zigarette aus und sah dann Hoggart an. »Wenn jemand zu euch übergelaufen wäre mit dem *Beweis*, daß Philby und die anderen Verräter waren – lange bevor ihr auch nur einen Verdacht hattet –, hättet ihr diese Information für wichtig gehalten?«

»Selbstverständlich.«

»Also, was ich euch zu sagen habe, ist noch wichtiger.«

»Dann sagen Sie's mir«, erwiderte Hoggart gelassen.

Bedächtig schüttelte Jakunin den Kopf. »Wenn ich bereit bin, dann sage ich's Ihnen.«

»Erzählen Sie mir von John Walker und wie Sie ihn geführt haben.«

»Morgen reden wir darüber. Ein bißchen.«

Hoggart hatte einen Videorecorder an Jakunins Fernseher anschließen lassen, und nun sahen sie sich eine Kassette mit *Moskau am Hudson* an. Jakunin amüsierte sich köstlich über die Possen der beiden russischen Zirkusleute, die in New York die Fronten wechseln wollten. Er sparte nicht mit Ratschlägen und Kritik an ihrer Naivität, als sei es Realität und nicht nur ein Film. Aber der Schluß rührte ihn, und er hatte Tränen in den Augen, als er sich zu Hoggart umwandte.

»Er wird nicht überleben. Die machen das arme Schwein fertig.«

»Es ist nur ein Film, Igor. Nur Unterhaltung – eine Komödie.«

Jakunin blickte Hoggart kopfschüttelnd an. »Verstehen Sie jetzt, warum ihr mir Kopfschmerzen macht?«

»Ich verstehe den Zusammenhang nicht.«

»Ihr dreht solche Filme, weil ihr glaubt, daß das Leben tatsächlich so ist. Alle sind nett und hilfsbereit, und die Russen sind Provinztrottel, denen man ein bißchen auf die Sprünge helfen muß.« Mit verzerrtem Gesicht rief Jakunin: »Sie sind cleverer als ihr und cleverer als die Yankees. Sie möchten euch glauben machen, daß sie im Ausland trottelhaft und harmlos sind. Das sind sie nicht. Waren sie nie. Nicht mal in der Zarenzeit.« Dann sank er in sich zusammen wie ein Reifen, aus dem Luft entweicht. »Ich war verrückt zu glauben, ihr Burschen wüßtet, was ihr tut.«

»Wollen Sie nach Moskau zurück, Genosse?« fragte Hoggart ungerührt.

»Ich kann nicht zurück. Das wissen Sie.«

»Und Sie wissen es auch. Also beruhigen Sie sich.« Er hielt inne. »Hatten Sie schon mal mit einem Fall zu tun, bei dem jemand zum KGB übergelaufen ist?«

»Nein. Das hat nicht zu meinem Aufgabenbereich gehört.«

»Dann lassen Sie sich gesagt sein, daß der KGB nach der gleichen Prozedur verfährt wie wir hier. Ich hatte eine ganze Anzahl sowjetischer Überläufer zu betreuen, und ich bin mit den Problemen vertraut, denen sie sich gegenübersehen.«

»Welche Probleme?«

»Sie kommen aus einer geschlossenen und privilegierten Gruppe wie dem KGB, wo sie wichtig und respektiert waren. Sie gehen in den Westen, und hier ist plötzlich alles anders. Sie sind außerhalb ihrer gewohnten Umgebung. Es ist ein fremdes Land. Sie sind wichtig, aber nicht in der gleichen Art. Sie fragen sich, ob sie das Richtige getan haben. Und sie vermissen

Moskau. Sie vermissen die Silberbirken und die *piroschkis* und das Alltagsleben. Sogar die *Prawda* und den Nachrichtensprecher im Fernsehen. Wenn sie, wie Sie, gewohnt sind, im Westen zu leben, haben sie trotzdem noch Zweifel. Vorher konnten sie immer nach Moskau zurückgehen. Dort waren ihre Wurzeln. Aber wenn ein Mann überläuft, kappt er seine Wurzeln.« Hoggart machte eine Pause. »Der Übertritt erfordert eine Menge Mut, und es erfordert eine Menge Mut, auf eine andere Art, mit der neuen Situation fertig zu werden. Es braucht Zeit, Igor. Und man sollte nichts überstürzen.«

»Wie alt sind Sie, Genosse Hoggart?«

»Nächsten Monat werde ich vierundvierzig.«

»Sie hören sich älter an als ich. Aber vielleicht haben Sie recht. Wir werden sehen.«

Es hatte von seiten der britischen Botschaft die üblichen Proteste gegeben wegen Charltons Festnahme, und nachdem, wie immer, keine Reaktion darauf erfolgt war, verlangte man, daß ein Botschaftsangehöriger ihn besuchen dürfe. Sein Chefredakteur war nach Moskau geflogen und hatte mit hohen Sowjetdiplomaten gesprochen, doch ohne jeden Erfolg. Der Außenminister sandte seinen sowjetischen Amtskollegen eine persönliche Note, erhielt jedoch keine Antwort, nicht einmal eine Eingangsbestätigung. Um so überraschter war man in der Botschaft, als ein Treffen mit Charlton angeboten wurde.

Der Erste Sekretär ging persönlich und schrieb vorsorglich ein halbes Dutzend Fragen auf Kärtchen, damit der Journalist lediglich zu nicken oder den Kopf zu schütteln brauchte, sofern der Besuch unüberwacht war. Man ging davon aus, daß der Besuchsraum elektronisch präpariert war und das Gespräch abgehört wurde. Als der Erste Sekretär zurückkam, erstattete er dem Botschafter in einer der »Sicherheitszellen« der Botschaft Bericht.

»Wo hat man Sie hingebracht, Stephen?«

»In das neue KGB-Gebäude an der Ringstraße.«

»Wie sieht's dort aus?«

»Moderne Architektur. Und innen drin wie bei IBM. Hell erleuchtet, Teakmöbel im schwedischen Stil. Große Mainframe-Computer. Große Geschäftigkeit. Viel konnte ich allerdings nicht sehen.«

»Waren Sie allein mit ihm?«

»Ja.«

»Das macht mich von vornherein mißtrauisch.« Er hielt inne. »Wie ist's gelaufen?«

»Er hat eine Menge Gewicht verloren und sieht zehn Jahre älter aus. Ich habe ihm die ersten beiden Karten gezeigt, worauf er nur die Achseln zuckte. Er gab mir einen kurzen Brief an seine Eltern mit, den ich an unsere Sicherheitsabteilung weitergeleitet habe, bevor er in den Postsack wanderte.« Er seufzte. »Er sagt darin, er sei am Ende. Oder fast am Ende. Und hätte sich in sein Schicksal ergeben.«

»Welches Schicksal?«

»Ich würde sagen, er hat ausgepackt, und sie haben genügend Material, um ihn zu verurteilen. Trotz der Wahrscheinlichkeit, daß wir abgehört wurden, habe ich ihn geradeheraus gefragt, ob er in irgendwelche Spionageaktivitäten verwickelt sei. Darauf hat er mich nur komisch angesehen, die Achseln gezuckt und weggeschaut.«

»Inwiefern komisch?« wollte der Botschafter wissen.

»Vielleicht liege ich falsch, aber mein Eindruck war, er ist überzeugt davon, daß er von unseren Leuten benutzt wurde und daß ich ihn mit meiner Frage über den Jordan schicken wollte. Damit die Lauscher annehmen sollten, wir hätten nichts damit zu tun. Eine reichlich naive Vorstellung, aber diese Leute sind sowieso sehr naiv. Sonst hätten sie sich nicht auf so eine Sache eingelassen.«

»Sie wissen ja nicht, was unsere Leute ihm für eine Story erzählt haben. Patriotismus et cetera.« Er seufzte. »Können wir oder kann London sonst noch etwas für ihn tun?«

»Weiterprotestieren, wie üblich.«

Im Gerichtssaal waren keine ausländischen Medienvertreter zugelassen, aber *Novosti* wollte nach jedem Verhandlungstag eine Pressekonferenz abhalten. Als der *Novosti*-Vertreter ankündigte, daß der Prozeß in zwei Tagen beginne, erwähnte er beiläufig, es sei nicht nur ein schweres Vergehen, Sowjetbürger auszuhorchen, sondern die Medien würden auch ihre wertvolle Zeit verschwenden, da die Öffentlichkeit ohnehin nicht zu dem Prozeß zugelassen sei. Die Verhandlung werde unter Ausschluß der Öffentlichkeit stattfinden. Nur Staatsvertreter und Zeugen dürften in den Saal.

Vier Fernsehteams hatten vor dem Gerichtsgebäude gewartet und gehofft, ein paar Aufnahmen vom Eintreffen der Angeklagten machen zu können, aber Polizei und Milizionäre in Zivil hatten sie unsanft zu ihren Fahrzeugen zurückgedrängt und aufgefordert zu verschwinden. Als die Teamchefs wissen wollten, warum sie nicht filmen durften, verstand die Polizei auf einmal kein Englisch mehr.

Das Moskauer Pressecorps war verblüfft über *Novosti,* als bereits nach dem ersten Verhandlungstag um 18 Uhr eine Pressekonferenz stattfand. Allerdings war die Verlautbarung höchst knapp und wenig informativ.

Gegen die Angeklagten werde getrennt verhandelt, zuerst gegen den Engländer. Der Richter sei eine Frau. Richterin Abramowa. Der Angeklagte habe gestanden, als Mittelsmann zwischen dem russischen Angeklagten und dem britischen Geheimdienst gearbeitet zu haben. Das Urteil werde verkündet, wenn der gesamte Prozeß abgeschlossen sei.

Der *Novosti*-Sprecher hatte sich erkundigt, ob es Fragen gebe, hatte sich jedoch geweigert, etwas zur Kleidung der Richterin oder zu ihrer Person zu sagen, zum Wortlaut der Anklage, zu den Strafgesetzbuchparagraphen, die der Anklage zugrunde lagen, oder zu den Verteidigern. Er sagte, dies seien irrelevante Fragen. Als jemand nach dem Namen und der Position des angeklagten Russen fragte, zögerte der *Novosti*-Sprecher und erklärte dann, bei dem Betreffenden handele es sich um einen höheren Regierungsbeamten, der in einer Abteilung des Verteidigungsministeriums gearbeitet habe. Als dies eine Flut weiterer Fragen auslöste, schüttelte er den Kopf und verließ das Podium.

Nach dem zweiten Verhandlungstag wurde keine Pressekonferenz abgehalten, dafür nach dem dritten Tag, um 16 Uhr.

Beide Angeklagten waren der Spionage für eine fremde Macht schuldig befunden worden. Der britische Journalist war zu sieben Jahren Zwangsarbeit verurteilt worden, und es wurde darauf hingewiesen, daß der gesetzliche Rahmen bis zu fünfundzwanzig Jahren zugelassen hätte. Der beschuldigte Sowjetbürger hatte lebenslänglich bekommen.

Der Sprecher überraschte die Medienvertreter, indem er auf eine entsprechende Frage des *Press-Association*-Reporters den Namen des sowjetischen Gefangenen preisgab. Denikin sei sein Name, und weitere Auskünfte dazu gebe es nicht.

Am nächsten Tag brachten die meisten europäischen Zeitungen den Namen Denikin mit dem KGB in Verbindung, wobei man sich auf »gewöhnlich zuverlässige Quellen« berief. Zwei Tage darauf wurde von vielen Medien berichtet, in Moskau gebe es ernstzunehmende Gerüchte, daß Denikin in der Nacht nach der Urteilsverkündung hingerichtet worden sei.

Die Botschaft schickte Kopien der sowjetischen Medienberichte über den Prozeß nach London. Alle SIS-Unterlagen über die Operation Nadel wurden auf zwei Mikrofilmen gespeichert und die Originale vernichtet. Diskrete Hinweise von sowjetischen Kontaktleuten in den folgenden Wochen deuteten darauf hin, daß Denikins Frau und sein Kind die Wohnung in Moskau verlassen hatten und ihnen die Moskauer Aufenthaltserlaubnis entzogen worden war. Tatsächlich waren sie seit Denikins Verhaftung von Nachbarn oder Bekannten nicht mehr gesehen worden.

8

Eddie Hoggart hatte ihr ein Zimmer in Paddington besorgt und sie dorthin gefahren, als sie aus dem Krankenhaus entlassen worden war. Und er hatte sie an diesem Abend zum Essen ins Bertorelli's auf der Queensway geführt.

Das Zimmer war verhältnismäßig groß. Sauber und ausreichend möbliert, mit einem Telefon und Sicherheitsschlössern, die Hoggart selbst angebracht hatte. Als er ihr zeigte, wie diese Schlösser funktionierten, fragte er sie, ob sie noch immer Angst habe.

Sie zuckte die Achseln. »Ein bißchen.«

»Wieso?«

»Die halten dich für einen verdeckten Drogenfahnder.«

»Wenn irgend jemand das zu dir sagt, rätst du ihm einfach, sich beim Revier West Central zu erkundigen.«

»Die glauben doch nichts, was ein Bulle ihnen sagt.«

»Die Pusher wissen, bei wem sie sich erkundigen können. Wie auch immer, dies solltest du zur Antwort geben. Kennst du den Mann, der dich zusammengeschlagen hat?«

»Nein. Aber ich weiß, wer ihn bezahlt hat. Das Schwein hat ihm eine Botschaft für mich übergeben.«

»Wer hat hat ihn bezahlt?«

»Ein Mann namens Sid. Sidney Cash.«

»Wo ist er normalerweise zu finden?«

»Er hat eine Wohnung an der Euston Road, und er liefert Rauschgift an Pusher in Soho – und er hat zwei Bodyguards.«

»Freut mich für ihn.« Er überlegte. »Wie sieht's mit deinen Finanzen aus?«

»Genug, um eine Weile davon leben zu können.«

»Wie lange?«

»Sechs Wochen. Acht, wenn ich's mir einteile.« Er war ja ein netter Typ, aber alles brauchte er nicht zu wissen.

»Im Kühlschrank steht was zu trinken. Wie wär's, wenn du uns zwei Drinks machst?«

Sie lachte. »Okay. Was möchtest du – Whisky, nicht wahr?«

»Gute Idee, Schatz.«

Als er ging, stand sie neben ihm an der Tür. Sie sah ihn an.

»Kann ich dich was Persönliches fragen?«

»Ja. Aber möglicherweise kann ich dir keine Antwort geben. Was willst du wissen?«

»Bist du schwul?«

Sein amüsiertes Lachen gab ihr die Antwort. »Wie kommst du darauf?«

»Du hast mich ausgeführt, hast mir das Essen bezahlt. Du hast dich im Krankenhaus um mich gekümmert. Du hast mir dieses Zimmer besorgt. Aber du hast nie versucht, mit mir ins Bett zu gehen. Das kapier' ich nicht. Warum gibst du dich mit mir ab, wenn du nicht mit mir ins Bett willst?«

Einen langen Moment schwieg er, dann sagte er sanft: »Setz dich, dann reden wir darüber.«

Sie setzte sich neben ihn auf die kleine Couch und sah ihm zu, wie er sich noch einen Whisky einschenkte. Dann wandte er sich zu ihr um und sah sie an.

»Erinnerst du dich an den Barkeeper im Monte Christo – James oder Jake oder so ähnlich?«

»Ja, natürlich erinnere ich mich an ihn«, erwiderte sie leise.

»Er hat mir eines Abends von dir erzählt.« Er hielt inne, sah ihr in die Augen und wandte dann den Blick ab. »Scheint eine Menge über dich zu wissen.«

»Was?« Ihre Stimme war nur mehr ein Flüstern.

»Er hat mir von deinem Alten erzählt und was er dir angetan hat. Und wie dann dein Leben so gelaufen ist.«

»Wann hat er dir das erzählt?«

»Bevor ich dich kennengelernt habe. Vielleicht zwei, drei Tage vorher. Es war eigentlich nur Klatsch. Aber anhand seiner Beschreibung habe ich dich gleich erkannt.«

»Und wie hat er mich beschrieben – lange Beine und große Titten?«

»Spielt doch keine Rolle. Der Hintergrund war mir wichtig.«

»Ja, klar. Eingeritten von ihrem Vater, der sie dann auf den Strich geschickt hat. Großartig.«

Er lächelte ihr zu. »Warum regst du dich nicht ab und hältst einen Moment die Klappe? Und läßt mich ausreden?«

»Ich will nichts über meine Vergangenheit hören, verstehst du?«

»Ich wollte dir nur folgendes sagen: Ich habe keinen Annäherungsversuch gemacht, weil ich dachte, es wäre mal eine erfreuliche Abwechslung für dich, wenn jemand freundlich zur dir ist, ohne gleich mit dir ins Bett steigen zu wollen.«

»Und du bist der Märchenprinz, nicht wahr?«

»Nein«, erwiderte er gelassen. »Aber ich habe eine ähnliche Vorgeschichte wie du, und der einzige Mensch, der mir je etwas bedeutet hat, war gut zu mir, ohne etwas dafür zu verlangen. All die anderen haben mich wie den letzten Dreck behandelt. So wie sie dich behandelt haben. Ich wollte nicht so sein wie all die anderen. Das ist alles.«

»Du bist ein merkwürdiger Mensch, Eddie.«

»Warum?«

»Ich weiß nichts von dir. Und Männern glaub' ich kein Wort. Aber dir glaube ich. Das, was du gerade gesagt hast.«

Hoggart lächelte und stand auf. »Ich komme irgendwann morgen vorbei. So zwischen sieben und acht.«

Kopfschüttelnd blickte sie ihn an, dann sagte sie leise: »Geh bitte nicht. Bleib heute nacht bei mir. Bitte. Ich möchte es gern.«

Einen Moment zögerte er. »Bist du sicher?«
Sie nickte. »Ja. Ich bin mir ganz sicher.«

Hoggart behielt seine beiden Zimmer in Fulham, aber einen Monat darauf zogen sie zusammen in eine gutgeschnittene Wohnung in Pimlico.

Es wäre falsch zu sagen, Eddie Hoggart hätte sich keine Illusionen über das Mädchen gemacht. Aber er wußte, was es bedeutete, in dieser kalten, brutalen Welt für sich selbst zu kämpfen, und er wußte genug von dieser Welt, um ermessen zu können, auf welch harte Art sie sich ihren Lebensunterhalt verdient hatte. Doch er wollte sich keine allzu großen Gedanken darüber machen.

Eine Woche nachdem sie zusammengezogen waren, las sie eine Meldung im Evening Standard, die ihr klarmachte, daß Eddie Hoggart – egal, was er nun tatsächlich von Beruf war – genau wußte, wie man Dinge erledigte. In der Meldung ging es um die Festnahme eines Mannes namens Sidney Cash. Er war übel zusammengeschlagen worden, und als er in der Unfallaufnahme des Charing Cross Hospitals eingeliefert wurde, hatte der zuständige Pfleger auf seinem Bauch angeklebt einen Beutel mit 100 Gramm Heroin gefunden und seinen Fund der Polizei gemeldet. Als Cash in seinem Krankenhausbett zu sich kam, wurde er des Besitzes von Rauschgift mit dem Ziel des Handeltreibens beschuldigt, ein Polizist bezog im Krankenhaus Posten. Aus einem Instinkt heraus zeigte sie den Artikel Eddie nicht, und auch er erwähnte nie etwas. Aber sie war überzeugt, daß Eddie Hoggart dahintersteckte. Und sie wußte, daß er eine Art Polizist sein mußte – oder aber ein sehr einflußreicher Ganove wie Harry Gardner. Ein Mann, der andere kontrollierte, ohne persönlich in das verwickelt zu sein, was sie taten.

Im Verlauf der nächsten Monate fiel zahlreichen Leuten auf, daß Eddie Hoggart ungewöhnlich entspannt wirkte. Bei-

nahe glücklich. Und Hoggart selbst bemerkte, daß Jacqui jünger aussah. Nachdem sie ihr altes Leben hinter sich gelassen hatte, schien sie regelrecht aufzublühen, und ihre ehemals zynische Einstellung anderen Menschen gegenüber verwandelte sich nach und nach in Selbstbewußtsein. Genug Selbstbewußtsein, um sich gelegentlich über seine maskulinen Angewohnheiten zu ereifern und sich über seine plötzlichen und unerklärten Abwesenheiten lustig zu machen. Und er bedeutete ihr so viel, daß sie nervös wurde, wenn er abends einmal später nach Hause kam.

Er hatte ihr nie gesagt, daß sie sich keinen Job suchen sollte, aber da er alles, was mit Wohnung und Haushalt zu tun hatte, völlig ihr überließ, nahm sie an, daß er zufrieden damit war, wenn sie zu Hause blieb. Er war großzügig mit Geld und beklagte sich nicht über ihre ziemlich dilettantischen hauswirtschaftlichen Fähigkeiten. Sein langes Junggesellendasein zeigte sich in einigen maskulinen Gewohnheiten, die er auch jetzt noch beibehielt. Zum Beispiel wusch er noch immer seine Unterwäsche selbst und neigte dazu, ihre Zahnbürste zu benutzen, und es irritierte ihn, wenn sie seine Oberhemden nach dem Bügeln zuknöpfte. Wenn sie sich liebten, was ziemlich oft geschah, war es energisch und traditionell. Nichts von der Spezialakrobatik und den Sonderwünschen, die früher von ihr verlangt wurden.

Ohne Absicht und ohne daß es ihnen bewußt wurde, ließen sie zwei Leben hinter sich, in denen es keine Familienbindung oder -unterstützung gegeben hatte, und erschufen sich eine neue Einheit. Wegen ihrer Vergangenheit und ihren Erfahrungen war es ein sehr zaghafter Prozeß. Vorsicht, angeborenes Mißtrauen allen anderen gegenüber und eine Neigung zum Zynismus waren ihre inneren Grenzen, aber beide überschritten von Zeit zu Zeit vorsichtig diese Grenzen, und es schien ihnen nicht zu schaden.

Für Eddie Hoggart wirkte die Tatsache, daß er jemanden zu beschützen hatte, als eine Art Sicherheitsventil für die aggressive Natur seiner Arbeit. Und Jacqui war sich bewußt, daß sie zum erstenmal in ihrem Leben Zärtlichkeit und Zuneigung im Austausch gegen Sicherheit gab, statt ihren Körper zu geben.

An Weihnachten heirateten sie vor dem Standesamt Chelsea. Der Taxifahrer und ein verständnisvoller Passant waren ihre Trauzeugen. Sie verbrachten die vier freien Tage über Weihnachten im Savoy Hotel.

Die Glückwünsche kamen von Fletcher und Renshaw und einigen anderen im Century House. Und die Eheschließung wurde offiziell registriert, so daß er die Familienzulage und die Zusatzversicherung in Anspruch nehmen konnte.

Er vermutete, daß sie das Mädchen überprüften, aber es würde keine hochnotpeinliche Sicherheitsprüfung sein. Auf jeden Fall erwähnte ihm gegenüber niemand etwas.

9

Brigadier (i. R.) Sir Arthur Renshaw war ein großer, stämmiger Mann mit trotz seines Alters kerzengeradem Rücken, fortgeschrittener Glatze, einem buschigen und sauber gestutzten Schnurrbart und wachen blauen Augen. Er trug einen olivgrünen Anzug aus kräftigem Harris-Tweed und dicksohlige braune Stiefel. Die letzten verbliebenen Haarsträhnen flatterten in der leichten Sommerbrise. Er hatte den großen Kopf zur Seite geneigt, während er seinem Sohn zuhörte. Als Tony geendet hatte, betrachtete sein Vater eine ganze Weile seine blankgewienerten Stiefel.

»Ich verstehe dich nicht, Tony, ich verstehe dich wirklich nicht.« Er hielt inne und blickte seinen Sohn an. »Es ist dein Geld.« Er zuckte die Achseln. »Okay, es ist in einem Trust angelegt, aber das sollte dich nicht daran hindern, dich dafür zu interessieren, wie sich dein Vermögen entwickelt. Der arme Hawkins reißt sich die Beine aus, nur um dir ein paar Extradollar zu verdienen.«

»Dann sag ihm, er soll es bleibenlassen, Vater. Ich brauche nicht mehr Geld. Ich habe alles, was ich brauche. Mehr sogar, als ich brauche. Es interessiert mich nicht.«

»Dein Großvater würde sich im Grab umdrehen, wenn er dich so reden hörte.« Er seufzte. »Charlie wenigstens kümmert sich um sein Geld.«

»Charlie braucht das Geld, er hat eine Frau und zwei Kinder und einen Lebensstandard, der finanziert sein will.«

Sir Arthur zog nachdenklich die Schultern hoch. »Und wann suchst du dir eine Frau, Junge?«

»Heiraten interessiert mich nicht. Ich liebe meine Unabhängigkeit.«

»Du hattest ein paar sehr nette Freundinnen. Aus gutem Haus und gutaussehend, und alle wären begeistert gewesen von der Idee, dich zu heiraten.«

»Das bezweifle ich, Pa. Ich liebe sie alle. Aber ich will sie nicht jede Minute meines Lebens auf dem Pelz haben.«

Sir Arthur lächelte. »Da ist vielleicht etwas dran, mein Sohn. Aber deine Mutter möchte gern, daß du endlich eine Familie gründest.«

Tony lachte leise. »Hat sie deswegen heute abend die Mercers zum Dinner eingeladen? Ein kleiner Spaziergang im Mondschein mit der hübschen Mary?«

»Daran habe ich noch gar nicht gedacht, aber du könntest recht haben. Was macht deine Arbeit? Gibst du noch immer den Russkis kräftig auf die Nase?«

Tony lächelte. »Wir schmeißen ihnen gelegentlich einen dicken Knüppel zwischen die Beine.«

»Was hältst du von diesem Gorbatschow? Meinst du, er bleibt an der Macht?«

»Wer weiß. Was Maggie geschafft hat, schafft er sicher auch. Allerdings ist es nicht ganz einfach, gegen eine etablierte und total verkrustete Bürokratie anzustinken.«

»Willst du morgen mit auf die Jagd gehen?«

»Nein, danke. Ich fahre nach London zurück.«

»Hast du das Interesse am Schießen verloren?«

»Ich hatte nie Interesse daran, Pa. Ich finde es widerlich, milde ausgedrückt.«

Sir Arthur lächelte. »Mutter hat das auch immer gesagt. Ich dachte, sie wollte mich damit nur ärgern. Na ja . . . jedem das Seine. Vielleicht sollten wir uns jetzt fürs Dinner umziehen.«

Am Ufer des Teichs lag ein umgestürzter Baum, und Tony Renshaw faltete sein Jackett und legte es auf den Stamm, bevor das Mädchen sich setzte. Mary Mercer war zweiundzwanzig und ausnehmend hübsch. Sie hatte heute erfahren, daß sie ihr Diplom geschafft hatte und ihr Vater ihr einen Mini schenkte. Metallic-silber mit Rallyestreifen.

»Warum schaust du mich so an, Tony?«

»Aus den üblichen Gründen.«

»Sprich.«

»Weil du jung und happy bist und sehr hübsch. Und du siehst aus wie ein präraffaelitisches Gemälde.«

»Ich dachte, präraffaelitische Mädchen lägen immer tot in Teichen.«

»Nur eines.« Er zögerte. »Was wirst du jetzt tun, nachdem du dein Diplom hast?«

»Keine Ahnung – was würdest du empfehlen?«

»Was genau hast du studiert?«

»Volkswirtschaft.«

»Aha. Wenn ich jung und schön wäre und Volkswirtschaft studiert hätte, würde ich all diese Theorien mit der Praxis vergleichen wollen. Also würde ich in die Vereinigten Staaten und nach Tokio gehen und mir ansehen, wie der Kapitalismus funktioniert. Dann vielleicht die Sowjetunion und Kuba, um zu sehen, wie der Sozialismus funktioniert.«

»Nicht heiraten und Kinder haben?«

»Ich war schon immer der Meinung, daß Kinder sich nicht lohnen. Du hast fünf oder sechs Jahre deine Freude an ihnen, und dann hassen sie dich – nicht weil du etwas falsch gemacht hast, sondern weil du in unserer Gesellschaft nicht wirklich ›in‹ bist, wenn du nicht deine Eltern haßt. Und was Heiraten anbetrifft, na ja, wir wissen ja alle, wie so was heute endet. Jede Heirat beginnt ja schon mit einer Lüge.«

»Ach ja?«

»Du versprichst, jemanden bis an dein Lebensende zu lieben. Das ist verrückt. Es ist nicht nur verrückt, es ist schlicht unmöglich. Ich mag Swinburnes Dichtung und Jerome Kerns

Melodien, und ich mag Klavierspielen, aber ich würde nie versprechen, all das bis an mein Lebensende zu mögen, ganz zu schweigen von lieben. Frankie Sinatra hab ich früher sehr gemocht, doch heute finde ich ihn entsetzlich langweilig. Früher habe ich auf Hemingway gestanden – heute halte ich ihn für einen verschwitzten Macho, der gern getötet hat.«

»Aber mögen ist was anderes als lieben.«

»Wenn du jemanden nicht magst, wirst du ihn auch nicht sehr lange lieben, Mary.«

»Was ist mit deiner Mutter und deinem Vater und mit meinen Eltern? Die lieben sich doch auch.«

»Ich würde mir nie erlauben, etwas zu der Beziehung deiner Eltern zu sagen, aber was meine betrifft, nun ja, sie sind wie zwei Felsblöcke, die sich seit Millionen von Jahren aneinander gerieben haben. Sie sind glatt geworden, indem sie ihre ursprüngliche Form verloren haben. Meine Mutter haßt vieles, was mein Vater bewundert, aber er sorgt bestens für die Familie. Mein Vater hat diese fixen Ideen über Klassenbewußtsein und Wertvorstellungen und weiß sehr wohl, daß meine Mutter sehr entgegengesetzte Ansichten darüber hat, aber sie sorgt für ein gutes Heim für ihn und für seine Kinder.« Er lachte. »Sie sind ein Musterbeispiel für die Vor- und Nachteile eines Parlaments ohne solide Mehrheiten. Über das heute so oft diskutiert wird.«

»Liebst du sie?«

»Ich bewundere, wie sie alle die Jahre zusammengehalten haben.«

»Aber du liebst sie nicht?«

»Nein, ich *mag* meinen Vater nicht einmal.«

»Warum nicht?«

»Er ist ein Snob. Er ist rücksichtslos. Und er ist egoistisch. Zwar ist er sehr furchtlos und körperlich tapfer. Aber das ist er nur, weil ihm die Phantasie fehlt.«

»Wie lange denkst du schon so?«

Er seufzte. »Seit meinem neunzehnten oder zwanzigsten Lebensjahr.«

»Hast du jemals geliebt?«

»Einmal, beinahe.«

»Und, ist nichts daraus geworden?«

»Etwas hat mich abgelenkt.«

»Stehst du überhaupt auf Mädchen?«

»Du meinst Sex und so?«

»Ja.«

»O ja. Ich stehe nur auf Sex.« Er lächelte, und sie lächelte zurück.

»Hättest du gern Sex mit mir?«

»Ich habe mir in der Tat Hoffnungen gemacht.«

»Hast du mich deswegen hierhergebracht?«

»Ich kann's nicht leugnen.«

»Wo sollen wir hingehen?«

»Am anderen Ende des Sees ist ein Sommerhaus. Dorthin könnten wir uns zurückziehen.«

Hoggart stand auf der Hügelkuppe und schaute über das Tal zu den Ruinen von Bayham Abbey. Dann wandte er sich zu Jakunin um.

»Setzen wir uns ein bißchen in die Sonne.« Er deutete auf eine freie Stelle zwischen den Rebstöcken.

»Kannten Sie in Moskau einen Mann namens Denikin?«

»Ich kenne einen Dichter namens Denikin. Viel getaugt hat er nicht.«

»Ich meine einen KGB-Mann.«

Jakunin runzelte nachdenklich die Stirn. »In welchem Direktorat war er?«

»Keine Ahnung.«

»Weshalb interessieren Sie sich dann für ihn?«

»Er hat gerade in der Sowjetunion lebenslänglich bekommen wegen Spionage.«

»Für wen hat er spioniert? Oder ist er aufs Kreuz gelegt worden?«

»Weiß ich nicht. Für uns jedenfalls nicht. Warum sollte man ihn aufs Kreuz legen?«

Jakunin grinste. »Vielleicht war jemand scharf auf seinen Posten. Oder auf seine Freundin.«

»Wurden Sie vom Dserschinskijplatz aus geführt oder von dem neuen Haus an der Ringstraße?«

»Weder noch. Ich bin von einer Spezialabteilung im Kreml geführt worden.«

»Wie oft haben Sie mit ihnen in Verbindung gestanden?«

»Nach dem ersten Jahr, als ich dort die Operation aufgebaut habe, gab es nur Kommunikation in einer Richtung. Moskau zu mir.«

»Wie?«

»Verschlüsselte Nachrichten im englischsprachigen Dienst von Radio Moskau. Sie spielten russische Volksmusik, wobei der russische Liedtext leicht verändert war. Man mußte allerdings ein Volksliedforscher sein, um die Unterschiede festzustellen.«

»Warum so wenig Kommunikation?«

»Ich habe ihnen weit mehr Material geliefert, als sie in ihren kühnsten Träumen erwartet hatten. Sie waren vollauf zufrieden, es mich auf meine Art machen zu lassen.« Der Russe lächelte. »Wie die Yanks sagen – ich habe den Fang eingefahren, und sie wollten das Boot nicht zum Kentern bringen.«

»Wie häufig sind Sie nach Moskau zurückgekehrt?«

»Einmal im Jahr, für ungefähr drei Wochen. Manchmal war es Wien, nicht Moskau.«

»Welche Route haben Sie genommen?«

»Manchmal über Kanada, manchmal Mexiko, einmal über Tokio.«

»Wem haben Sie in Moskau Bericht erstattet?«

»Marschak. Er ist Oberstleutnant. Einer von der alten Garde.« Jakunin lächelte. »Er war hocherfreut über die Resultate, aber er hat mich nicht gemocht.« Er hielt inne. »Es war nicht so sehr, daß er *mich* nicht gemocht hätte – meine Methoden haben ihm mißfallen. Warf mir immer vor, ich würde mich nicht an die Vorschriften halten.« Er lachte. »Natürlich habe ich mich nicht an die Vorschriften gehalten. Diese Vorschriften stammen von Leuten, die nie im Feldeinsatz waren. Leute wie Marschak. Ich bekam Ermahnungen zu hören, aber ansonsten ließ man mich in Ruhe.« Jakunin zuckte die Achseln. »Sein wirklicher Name war Uljanow, aber die Controller hatten alle Tarnnamen. Seinen richtigen Namen habe ich durch Zufall erfahren. Mangelnde Sicherheitsvorkehrungen von *seiner* Seite.«

»Wer war zuständig für den Funkverkehr?«

»Radschenko, und später ein Bursche namens Guschkow, den ich nie persönlich kennengelernt habe.«

»Hatten Sie irgendwelchen Kontakt mit den Leuten, die Agenten in England geführt haben?« Hoggart sagte es beiläufig, doch Jakunin wandte rasch den Kopf und blickte Hoggart an. Einen Moment schwieg er, dann sagte er gelassen: »Der alte Trick. Die eine Frage, um die es wirklich geht, gut verpackt in der sonstigen Unterhaltung, damit sie nicht auffällt. Richtig?«

Hoggart lächelte. »Richtig. Also, wie ist die Antwort?«

Jakunin seufzte und wandte den Blick ab. »Sie haben mich manchmal konsultiert, wenn ich in Moskau war. Erzählten mir von Problemen und wollten meine Ansicht dazu hören.«

»Welche Probleme?«

»Probleme mit zuviel Erfolg. So wie sie es mit mir hatten.

War das nicht alles zu schön, um wahr zu sein? Alle Überprüfungen und Nachforschungen ergaben, daß die Informationen echt waren. Aber wenn die andere Seite Spielchen mit uns trieb, war das schließlich zu erwarten. Eine kleine Dosis Desinformation, verpackt in eine Menge nur mäßig bedeutsamer echter Informationen. Von Zeit zu Zeit eine richtige Perle. Aber immer dieses nagende Gefühl des Zweifels auf der Empfängerseite. War es unser Mann, oder hatte man ihn erneut umgedreht? Der Dreifachagent. Und dann ist da ein Problem, wenn der Mann mitten im Herzen des Systems sitzt.«

»Welches spezielle Problem?«

»Wenn er wirklich an der Spitze steht, besteht das wichtigste Material, das man bekommt, nicht aus Dokumenten oder Fakten, sondern aus Meinungen. Seiner Meinung. Aber nur die zählt wirklich. Seine Interpretation von Kabinettsentscheidungen. Seine Meinung über die wahren Gedankengänge der Premierministerin in Sachen Gipfeltreffen mit Gorbatschow. Die Innenansichten des Kabinetts über Abrüstung. Wird der Druck der Öffentlichkeit sie dazu veranlassen, eine Vereinbarung zu unterzeichnen, die uns insgeheim einen Vorteil bringt? Wer in der Opposition oder in der Friedensbewegung hat den größten Einfluß auf die Medien und die öffentliche Meinung? Er kann trotz bester Absichten falschliegen in seiner Einschätzung. Oder er gibt das weiter, was seine Agentenführer ihm servieren.«

»Haben Sie eine Lösung gefunden?«

»Ich habe sie gebeten, mir den Mann zu beschreiben. Seine Herkunft. Sein Leben. Seine Arbeit. Warum hilft er uns? Oder was sagt er, warum er uns hilft?«

»Und?«

»Das haben sie alles getan.« Er zuckte die Achseln. »Mir schien er okay zu sein. Aber sie waren trotzdem nicht ganz glücklich mit ihm. Immer dieses Mißtrauen. Immer dieser nagende Zweifel. Am Ende schlug ich ihnen vor, mich mit dem Mann zu treffen. Mit ihm über alltägliche Dinge zu reden. Nur ein Schwätzchen. Danach könnte ich zu neunundneunzig Prozent sicher sein. Aber sie weigerten sich. Sagten, niemand außer seinem russischen Controller habe ihn je zu Gesicht bekommen. Und so werde es auch bleiben.«

»Erzählen Sie mir, wie er Ihnen beschrieben wurde.«

Jakunin grinste. »Sie sind verrückt, wenn Sie glauben, daß ich Ihnen das sage, bevor ich mir sicher bin über Sie und Ihre Leute. Wie gesagt, ich möchte nicht als Wasserleiche in der Themse enden, egal ob der KGB oder Ihr Verein dafür verantwortlich ist. So habe ich's jedenfalls nicht geplant für mich!«

»Was kann ich tun, um Sie zu überzeugen, daß wir fair spielen?«

»Ich weiß es nicht. Aber ich werde es wissen, wenn es soweit ist.«

»Ist es einer von meinen Leuten? Ein SIS-Mann?«

»Vergiß es, Eddie. Kein Wort mehr.«

Als Hoggart an jenem Abend nach London zurückfuhr, ließ er sich alles, was Jakunin gesagt hatte, noch einmal durch den Kopf gehen. Aufgefallen war ihm, daß der Russe ihn zum erstenmal beim Vornamen genannt hatte. Er war guter Hoffnung, daß es nun nicht mehr allzu lange dauern würde, bis der Russe ihm so weit vertraute, daß er ihm alles erzählte, was er wußte. Jetzt würde er Renshaw Bericht erstatten, nach Hause fahren und sich frisch machen und dann Jacqui zum Essen ausführen.

Der Weinladen hatte geschlossen, und so ging Hoggart zum Monte Christo Club. Es war lange her, seit er dort gewesen war, und doch schien sich nichts verändert zu haben. Er stand an der Bar und schaute sich um. Der Barkeeper unterhielt sich mit einem großen, breitschultrigen Mann, der an einem Tisch in der Nische bei der Treppe saß. Er sah, wie der Barkeeper zu ihm hinsah und dann etwas zu dem Mann sagte, worauf dieser ebenfalls zu ihm schaute. Er hörte den Barmann lachen, aber der andere Mann blickte weiterhin in seine Richtung.

Als der Barkeeper zur Bar zurückkam, lächelte er.

»Lange nicht gesehen, Chef.«

»Ich möchte eine Flasche Rotwein. Einen Claret. So was in der Art.«

»Ich habe einen sehr schönen Mouton Cadet. Vier Pfund für Mitglieder.«

»Okay. Der tut's.«

Als Hoggart nach seiner Brieftasche griff, stand der große Mann am Tisch auf und kam zu ihm geschlendert, die Hände in den Taschen. Hoggart fiel sein sehr elegant geschnittener Anzug auf. Der Mann hielt ihm seine große Pranke hin und sagte: »Freut mich, Sie kennenzulernen. Mein Name ist Gardner.«

»Sehr erfreut.«

»Was trinken Sie?«

Hoggart lächelte. »Ich kann nicht bleiben, wollte nur eine Flasche kaufen. Vielleicht ein andermal.«

Gardner nickte freundlich. »Wie mir Jake sagte, haben Sie die kleine Jacqui geheiratet. Wie geht's ihr so? Früher habe ich sie oft hier gesehen.«

»Gut geht's ihr.« Mit diesen Worten griff Hoggart nach der Weinflasche und legte das Geld auf die Theke.

»Hab' mir immer gedacht, sie könnte was aus sich machen, die Kleine, wenn sie in feste Hände kommt.« Gardner lächelte. »Mir ist sie immer wie eine kleine Marilyn Monroe vorgekommen. Braucht eine Vaterfigur.«

Einen Moment starrte Hoggart Gardner an, dann wandte er sich wieder dem Barkeeper zu, sagte: »Gute Nacht«, nickte Gardner zu und ging zu der Treppe, die zur Straße hinaufführte.

Er erwähnte Jacqui gegenüber weder den Clubbesuch noch Gardner. Warum, wußte er nicht genau. Irgend etwas an der Begegnung beunruhigte ihn. Die professionellen roten Warnlämpchen blinkten auf, und von fern erklangen Alarmsirenen. Wie die meisten SIS-Mitarbeiter hatte Hoggart lernen müssen, seine beruflich bedingte Haltung ständigen Mißtrauens und ständiger Skepsis nicht auf sein Privatleben zu übertragen. Schon in der Grundausbildung wurden Ratschläge hierzu gegeben. Trotz aller Warnungen und Vorsichtsmaßnahmen waren gescheiterte Ehen und Beziehungen an der Tagesordnung. Manchmal quittierte ein Mann den Dienst, um eine Ehe oder Liebesbeziehung zu retten, aber selbst ein derartiger Verzicht hatte nicht immer die gewünschte Wirkung. Männer, die eines Morgens weggingen und erst nach zwei Wochen zurückkamen und nicht einmal eine Erklärung für ihr Fernbleiben liefern konnten, gaben nicht gerade ideale Ehemänner und Väter ab. Nicht einmal gute Liebhaber. Seeleute kamen zumindest mit vielen Storys zurück und konnten in Southampton oder Liverpool verabschiedet und wieder abgeholt werden. Und es gab Kollegen und Frauen von Kollegen, die ebenfalls Abschied nehmen mußten und gemeinsam über die Vorschriften und Dienstpläne der Reeder jammern konnten. Aber SIS-Männer haben solche Gemeinsamkeiten nicht, und es ist nicht leicht, sich auf Hypothekenzinsen oder eine kaputte Geschirrspülmaschine zu konzentrieren, wenn man gerade in einem Westberliner Leichenschauhaus eine aufgedunsene Leiche identifiziert hat. Wenn genug zwischenmenschliche Beziehungen kaputtgegangen waren, wurden die meisten Männer zu Einzelgängern. Zumindest wurden sie von den anderen als Einzelgänger angesehen, aber die meisten waren durch die Umstände dazu getrieben worden, nicht aus freier Entscheidung. Hoggart allerdings war schon so lange ein Einzelgänger, daß er sich von vagen Gefühlen des Unbehagens nicht sonderlich stören ließ.

Hoggart stand am Fenster. Ein kurzes, heftiges Sommergewitter hatte sich gerade verzogen, und jetzt, als die Sonne durchbrach, tropfte der Regen von den Blättern der Buchen und aus den Regenrinnen um die Giebelfenster. Jakunin war guter Laune. Entspannt und redselig. Aber Hoggart wollte nicht riskieren, daß wieder diese mürrische, unkooperative Stimmung aufkam. Er wandte sich um und betrachtete den Russen. Jakunin drehte von Sender zu Sender an dem kleinen UKW-Radio, das Hoggart ihm besorgt hatte. Am liebsten hörte er den Polizeifunk ab.

Hoggart kam vom Fenster zurück und setzte sich Jakunin gegenüber an den kleinen Tisch. Er holte tief Atem, bevor er zur Sache kam.

»Igor, wie ist eigentlich die Beziehung zwischen Gorbatschow und dem KGB?«

Jakunin schaltete das Radio aus, schaute zum Fenster hin und blickte dann Hoggart an.

»Du weißt, daß er vorhat, den KGB zu reorganisieren?«

»Wir hatten gewisse Hinweise, hielten es aber nur für ein Gerücht.«

»Nein. Er hat ein spezielles Komitee dafür eingesetzt. Er hält den KGB für zu groß und zu unkontrollierbar. Und er hat natürlich recht.«

»Was will er machen?«

»Die Funktionsbereiche voneinander trennen. Eine Organisation für innere Sicherheit. Eine andere für Auslandsaufklärung. Eine Rechtsabteilung und eine separate Organisation für Industrie- und High-Tech-Spionage.«

»Wird der KGB das zulassen?«

»Gorbatschow versteht sich gut mit Tschebrikow und dem Führer der Reformgruppe, Mikyanow. Mikyanow hat mit ihm an der Moskauer Universität Jura studiert. Es hat schon einige Machtproben gegeben. Gorbatschow ging jedesmal als Sieger daraus hervor.«

»Erzähl mir mehr.«

»Gorbatschow hat in der Ukraine den gesamten Führungskader gefeuert. KGB und Parteifunktionäre. Sie hatten einen Journalisten verhaftet, der dabei war, die dortige Korruption und die Machtmißbräuche zu enthüllen. Die örtliche Parteimafia machte ein Riesentheater im Politbüro und fiel damit auf die Nase. Ein paar Wochen später gab Gorbatschow die Order, Sacharow freizulassen, worauf sie die üblichen bürokratischen Spielchen begannen, um ihn weiter festzuhalten. Gorbatschow schickte Tschebrikow höchstpersönlich nach Gorki, um ihn loszueisen.

Wieder ein paar Wochen später fand dieses internationale Friedensforum in Moskau statt, und Fernsehzuschauer in der ganzen Welt konnten mit ansehen, wie der KGB auf ältere Demonstranten und ausländische Fernsehteams einprügelte. Hardliner im KGB steckten dahinter, die Gorbatschow in Verlegenheit bringen wollten. Der KGB-Oberst, der den Einsatzbefehl gegeben hatte, landete in einem Straflager. Das ist ein zäher Bursche, dieser Gorbatschow. Und der KGB wandelt sich innerlich.«

»In welcher Beziehung?«

»Die neuen Jungs sind viel cleverer und haben eine viel bessere Ausbildung. Die alte Schlägergarde gibt es zwar noch, aber sie hat nicht mehr viel zu sagen.«

»Wird im KGB offen über diese Dinge gesprochen?«

Jakunin grinste. »Bist du verrückt? Ich habe solche Dinge nur deswegen erfahren, weil ich so selten in Moskau war. Sie wußten, daß ich ein wichtiger Mann war, hatten aber keine Ahnung, wo ich operierte und was ich tat. Und ich gehörte nicht zu der Moskauer Clique.« Er lächelte. »Bei mir fühlten sie sich einigermaßen sicher. Ich hielt einfach nur Augen und Ohren offen – und es sind nicht nur die Worte, es ist auch das Schweigen, das bedeutsam ist und dir sagt, was vorgeht.«

Hoggart nickte. »Um auf ein anderes Thema zu kommen, Igor – willst du ein Mädchen?«

Jakunin lächelte und schüttelte den Kopf. »Ein andermal vielleicht. Warten wir ab, wie es läuft.«

»Kann ich sonst irgend etwas tun, damit du dich sicherer fühlst?«

»Werden deine Leute ungeduldig, Eddie?«

»Nein.«

»Machst du dir über irgend etwas Sorgen?«

»Nein. Warum?«

»Ich habe bemerkt, wenn du ärgerlich oder ungeduldig mit mir bist, dann schwillt ein Äderchen an deinem linken Auge an. Es ist jetzt zu sehen.«

»Nein. Ich bin okay.« Er zögerte. »Vor einiger Zeit hast du von einem Maulwurf im SIS gesprochen. Bist du jetzt soweit, daß du darüber reden kannst?«

Jakunin lächelte. »Du glaubst, ich halte dich zum Narren, nicht wahr?«

»Am Anfang hatte ich diesen Verdacht. Jetzt, nachdem ich dich besser kenne, glaube ich das nicht mehr.« Er hielt inne. »Was nicht heißt, daß ich glaube, du hättest recht. Du bist vielleicht der ehrlichen Überzeugung, daß du etwas weißt – und könntest trotzdem falschliegen oder dich irren.«

»Ich irre mich nicht, Eddie. Was ich weiß, sind harte Fakten, keine Gerüchte. Ich kenne sogar den KGB-Typen, der ihn führt.« Jakunin zögerte. »Ich kenne den Namen des Engländers nicht und auch nicht seine genaue Position, aber ich weiß, daß er ein ganz, ganz hohes Tier ist. Er ist der größte Fang des KGB in diesem Land.«

»Wann bekomme ich die Informationen?«

Jakunin holte tief Atem. »Ich werde wissen, wann die Zeit gekommen ist, Eddie. Ich weißt nicht wie, aber irgendwie werde ich es dann wissen. Okay?«

»Okay. Schnappen wir ein bißchen frische Luft.«

Fluchend hackte Hoggart mit einem Finger auf der Olivetti-Reiseschreibmaschine herum, bis Fletcher ihn angrinste.

»Für einen Kaffee und eine süße Schnitte tippe ich dir das Zeug.«

Hoggart riß das Blatt aus der Maschine. »Top, mein Freund. Ich bin in zehn Minuten wieder da.«

Fünfzehn Minuten später verglich Fletcher das getippte Blatt mit Hoggarts handgeschriebenem Konzept.

An: AR

Von: EMH

Zielperson 1098 an Standort K 19 zeigt sich in den letzten zwei Wochen kooperativer. Beträchtliche Mengen nützlicher Informationen konnten gesammelt werden. (Siehe separate Berichte.)

1. Personal und Standorte der Chiffrierabteilung der Abteilung S, inklusive Verhältnis zwischen Petrowski und Abteilungsleiter.
2. Führungs- und Berichtssystem von KGB-Operationszentrale bei UN zu Illegalen in Kanada.
3. Ablenkungs- und Täuschungsmethoden gegenüber FBI und CIA während der Walker-Operation. Analyse der Operation und Wert für russische Marine.
4. Standort von 2 konspirativen KGB-Häusern in Washington.
5. Namen und Status von 4 US-Bürgern, die High-Tech-Informationen an die Sowjetunion liefern. (Standorte Raum Los Angeles und San Francisco.)
6. Standort des von Zielpersonen in den USA benutzten Senders.

Wie bereits berichtet, macht Zielperson häufig Andeutungen über einen hohen SIS-Mitarbeiter, der für den KGB arbeiten soll. Solche Behauptungen werden häufig von Überläufern aufgestellt, sie waren bislang immer unfundiert und werden als ein Mittel angesehen, mit dem der Betreffende seine Bedeutung und seinen Status erhöhen will. Mit zunehmend besserer Beziehung zu Zielperson nehmen besagte Andeutungen jedoch an Häufigkeit zu. Es erscheint möglich, daß Zielperson in den nächsten Wochen bereit sein wird, ihr Wissen preiszugeben.

Als Hoggart mit einem Tablett, dem Kaffee und den Gebäckstücken zurückkam, deutete Fletcher auf das Blatt.

»Deine Handschrift ist grausig, Eddie. Kontrolliere bitte selbst noch einmal, ob ich alles richtig entziffert habe.«

Hoggart lächelte und beugte sich über die getippte Seite auf seinem Schreibtisch.

»Das ist okay. Vielen Dank.«

»Ist das für Renshaw?«

»Ja. Ich glaube nicht, daß er es überhaupt liest, aber wenn ich nicht ab und zu etwas Schriftliches schicke, wird er sauer.«

»Du scheinst dir einen recht merkwürdigen Fisch an Land gezogen zu haben.«

»Kannst du laut sagen. Ein komischer Kerl. Dickköpfig und dauernd am Meckern. Arg von seiner eigenen Wichtigkeit überzeugt. Aber ich schätze, er ist ziemlich einsam.«

»Ach, übrigens, ich habe vier Freikarten für *Cats*, für Samstag. Wie wär's, wenn du und deine Madame mit mir und Rachel ins Theater gehen?«

Einen Augenblick zögerte Hoggart. Sein erster Impuls war, nein zu sagen, aber irgend etwas veranlaßte ihn, seine Meinung zu ändern. Er lächelte und nickte.

»Das wäre nett. Sie wird sich freuen. Ich führe euch anschließend zum Essen aus.«

»Das brauchst du nicht, Eddie.«

»Ich möchte es aber.«
»Okay, treffen wir uns um sieben an der Kasse?«
»Großartig.«

Als Rachel und David Fletcher zu Bett gingen, sagte er: »Was hast du von Eddie gehalten?«

»Er hat ruhiger und entspannter auf mich gewirkt. Sie scheint einen wirklich guten Einfluß auf ihn zu haben. Trotzdem, mir ist er immer noch ein bißchen zu sehr Macho.«

Fletcher lachte. »In welcher Beziehung?«

Sie zuckte die Achseln. »Es ist schwer zu definieren. Mir kommt er vor wie eine gespannte Feder – die jederzeit losschnellen kann. Ich würde sagen, bei ihm können sehr leicht die Sicherungen durchbrennen, und wenn ihn jemand aufs Kreuz legt, kann er vermutlich sehr gewalttätig werden.«

»Und all dies von einem netten ruhigen Dinner in einem Soho-Restaurant.«

Sie lächelte. »Vielleicht sehe ich es auch übertrieben. Hast du auf ihn geachtet, als wir das Restaurant verließen und nach einem Taxi suchten? Er hat sich benommen, als erwarte er, daß prompt eines eigens für ihn auftaucht. Wie ein Gangster in seinem Territorium.«

»Er hat eine ziemlich üble Kindheit hinter sich. Vielleicht kommt es daher.«

»Inwiefern übel?«

»Vom Jugendamt den Eltern weggenommen. In einem Waisenhaus aufgewachsen. Das hab' ich irgendwann so nebenbei erfahren.«

»Was hältst du von Jacqui?« fragte Rachel.

»Sie ist süß. Alle Männer im Lokal haben sie angestarrt, aber für sie gab's nur ihren Eddie.«

»Sie ist arg jung für ihn.«

»Na und? Sie hatte nur Augen für Eddie. Ganz offensichtlich liebt sie ihn. Und das zählt für einen Mann wie Eddie.«

»Wahrscheinlich hast du recht.«

»Was soll das heißen?«

Sie lachte. »Nichts. Aber ich hoffe nur, daß er gut im Bett ist.«

Fletcher starrte sie an. »Wie in aller Welt kommst du denn *darauf*?«

»Du hast recht, alle Männer haben sich nach ihr umgedreht. Aber du irrst dich, wenn du glaubst, das sei ihr nicht bewußt gewesen. Es war ihr sehr wohl bewußt. Glaube mir. Dieses kleine Mädchen versteht mehr von Männern, als dein Macho-Freund von Frauen versteht.«

»Du überraschst mich. Woher willst du das alles wissen?«

»Weil ich auch eine Frau bin, Liebling. Möchtest du noch was zu trinken, bevor wir ins Bett gehen?«

»Eine Tasse Tee wäre nicht schlecht.«

»Okay, ich trinke eine mit.«

Fletcher lag im Bett und starrte zur Decke. Tief in Gedanken über das, was Rachel gesagt hatte. Nicht über Hoggart und seine Jacqui. Nein, über sich. Er fragte sich, ob *er* genug von Frauen verstand.

10

Lenski hatte die Nachricht aus London selbst dechiffriert. Ein Kurier brachte sie ihm in die Datscha. Sie hatten bereits genaue Pläne für diese Eventualität ausgearbeitet, sobald sie sicher wußten, daß Jakunin zu den Briten übergelaufen war. Aber er hatte gehofft, sie müßten diesen Plan nicht zum Einsatz bringen.

Er ging allein zum See hinunter und setzte sich auf den Baumstamm, wo er mit Uljanow gesessen hatte. Aber damals war es Uljanows Problem gewesen, nicht seines. Und noch vor ein paar Tagen hatte es so ausgesehen, als bräuchten sie den Plan nicht. Doch die Nachricht aus London machte es notwendig. Selbst jetzt hatten sie nur eine verschwommene Idee, wieviel Jakunin tatsächlich wußte. Vielleicht bluffte er. Wollte seinen neuen Freunden noch ein paar weitere Zugeständnisse abpressen. Aber sie konnten das Risiko nicht eingehen.

Er müßte zu seiner eigenen Sicherheit sogar Halenka etwas vorlügen, und das haßte er. Sie hatten geschätzt, es werde zwischen zwei und sechs Monate dauern, einschließlich dem einen Monat in Paris, bevor er nach England ginge. Man war von einer Erfolgswahrscheinlichkeit von höchstens 45 Prozent ausgegangen, trotz seiner großen Erfahrung. Und egal, wie es ausging, es bedeutete, daß London von nun an nur noch unbedeutendes Routinematerial liefern würde. Der Ruhm seines Stars war bereits am Verblassen, und wenn der Plan vollzogen war, hatte er bestenfalls noch mittelmäßigen Wert für den KGB. Wenn er, Lenski, den Plan gewissenhaft ausführte, durfte er wahrscheinlich seinen Dienstgrad behalten, aber in Zukunft bekäme er nur noch Routineaufgaben, und sein Status wäre nie genau definiert. Was sein Schicksal wäre, wenn er scheiterte, daran wollte er gar nicht denken. Die Entscheidung über sein Schicksal lag ohnehin nicht bei Moskau.

Langsam ging er zur Datscha zurück und telefonierte mit Moskau. Sie beriefen eine Konferenz ein, und zwei Tage später flog er über Warschau und Amsterdam nach Paris, ausgestattet mit einem Diplomatenpaß und einer sorgfältig konstruierten neuen Identität und Lebensgeschichte.

Eine Woche lang machte sich Lenski mit den Namen und Funktionen aller Mitarbeiter der Pariser Botschaft und dem Direktorat für Illegale in dem großen Haus in Passy vertraut. Er war sich bewußt, daß man ihm, weil keiner wußte, warum er in Paris war, mit erheblichem Mißtrauen begegnete, angefangen von Seiner Exzellenz, dem Botschafter, bis zu den Chauffeuren, die seltsame, nicht näher erklärte Touren durch die Stadt mit ihm machen mußten.

Er sah sich die Häuser aller leitenden Mitarbeiter an und lauschte aufmerksam den Gesprächen. Mit einem bestimmten Fahrer und einer Telefonistin freundete er sich ein wenig an. Von ihnen erfuhr er alles über das Privatleben der maßgeblichen Bediensteten, einschließlich des Botschafters.

In der zweiten Woche nahm er als stiller Beobachter an allen Einsatzbesprechungen des KGB-Stabs in Passy teil. Und an den Abenden besuchte er die vier sicheren Häuser in Paris. Am Ende der Woche zeigte sein Charme den gewünschten Erfolg bei einer hübschen Mitarbeiterin in der Personalabteilung für Illegale. Sie hatte ein Zimmer in der Nähe des Gare St. Lazare, wo sie die meisten Abende miteinander verbrachten. Wie stets bei Lenski war der Sex nur ein kleiner Teil der Beziehung. Er führte sie zum Essen und ins Kino aus, und sie saßen in kleinen Cafés auf den Plätzen von Les Batignolles. Er amüsierte sich ersichtlich über das, was sie ihm über das Privatleben von KGB-

Offizieren, die die Freiheiten von Paris genossen, zu erzählen wußte. Und als er vor seiner Abreise aus Paris seinen Abschlußbericht für Moskau schrieb, spürte er ein paar Gewissensbisse, als er empfahl, das Mädchen zurückzubeordern und als Sicherheitsrisiko einzustufen.

Als stünde er vor einer Prüfung, verbrachte er die dritte Woche damit, seine Notizen durchzusehen und sich Namen, Fakten und Gesichter einzuprägen. In der vierten Woche entspannte er sich. Er wollte sein Gedächtnis nicht überfordern. Das konnte zu Verwirrungen führen. Außerdem mußte er sich allmählich von der Botschaft und dem KGB-Personal distanzieren. Schließlich wollte er überlaufen, und er mußte denken und handeln wie ein Überläufer. Zwei Tage vor seiner geplanten Abreise inszenierte Moskau eine vorher abgesprochene Show. Er wurde in das Haus in Passy gerufen, wo der Direktor ihm auf Anweisung vom Dserschinskijplatz eine scharfe Rüge verpaßte. Er hatte sich umgehend in Moskau zurückzumelden. Nach dem Gespräch hatte er seine Freundin aus der Personalabteilung wissen lassen, wie sehr er sich über die Behandlung seitens Moskaus ärgerte und aufregte.

Es war ein französischer Reisepaß, und der Name lautete auf Delarge. Jacques Delarge. Der Paßbeamte schaute nur kurz hinein und gab dann den Paß zurück. Er verglich nicht einmal das Foto mit dem Gesicht, aber selbst wenn er es getan hätte, wäre das kein Problem gewesen. Es war ein echter Paß, bis auf die Personaldaten. Eine kleine Gefälligkeit für die Pariser Botschaft von einem alten Freund im französischen Paßamt.

Er griff nach seinem Koffer und ging durch den grünen Zollkorridor in die Vorhalle zu dem Hinweisschild »TRAINS«. Eine Stunde später hatte ihn der Schnellzug an der Victoria Station abgesetzt, von wo er ein Taxi ins Reubens Hotel nahm. Zwei Tage darauf spazierte er in die Polizeiwache West Central an der Savile Row. Ein Sergeant in blauem Hemd und Pullover kam lächelnd auf ihn zu.

»Kann ich Ihnen behilflich sein, Sir?«

»Ja – ich möchte mit Ihrem Special-Branch-Beamten sprechen.«

Das Lächeln verschwand, und die Augen waren plötzlich wachsame, professionelle Polizistenaugen.

»Um was geht es bitte, Sir?«

»Das möchte ich doch lieber mit dem Special-Branch-Mann besprechen. Es ist Mr. Fowler, nicht wahr?«

»Einen Moment, Sir.«

Der Sergeant bedeutete einem anderen Polizisten, den Schalter zu übernehmen, und verschwand in einem Büro. Der neue Mann war jünger und freundlicher.

»Glauben Sie, daß Elton Sie nun doch verkauft?«

»Entschuldigung, ich verstehe nicht, was Sie meinen.«

Der junge Polizist lachte. »Sie sind bestimmt kein Fußballfan. Ich meine, ob Elton John Watford verkauft.«

»Ach so. Er wird sicher das tun, was ihm richtiger erscheint.«

Das Telefon läutete, und der Konstabler nahm ab. Er lauschte aufmerksam und legte dann den Hörre auf.

»Haben Sie irgendeinen Ausweis, Sir? Führerschein oder so was?«

»Wären Sie mit einem Reisepaß zufrieden?«

»Wunderbar.«

Er studierte den Paß sehr eingehend, sah sich jede Seite an, blätterte sogar manchmal zurück. Nachdem er den Paß zurückgegeben hatte, beugte er sich vor und drückte drei Tasten der elektronischen Verriegelung.

»Gehen Sie durch diese Tür, Sir. Einfach drücken.«

Fowler hatte noch nie mit einem Überläufer zu tun gehabt, und so hielt er sich peinlich genau an die Vorschriften. Als der

Mann mit dem französischen Paß erklärte, in Wirklichkeit ein Russe zu sein und Major beim KGB, notierte er dies alles getreulich und mit ausdrucksloser Miene.

»Wie lautet Ihr richtiger Name?«

»Belinski. Sergej Belinski. Erstes Direktorat, Abteilung S.«

»Wo waren Sie stationiert?«

»In Paris.«

»Warum sind Sie dann hierhergekommen?«

Der Russe lächelte. »Ich spreche besser englisch als französisch, und ich hatte früher mit Operationen in den Vereinigten Staaten zu tun.«

»In welchem Teil der Vereinigten Staaten?«

»New York.«

»UN oder Illegale?«

»Illegale. Kein Kontakt mit anderen UN-Leuten.«

»Ich muß Ihren Koffer und Sie durchsuchen. Sind Sie damit einverstanden?«

Belinski zuckte die Achseln. »Was Sie wollen.«

Während die Durchsuchung stattfand, telefonierte Fowler mit New Scotland Yard und bat um weitere Instruktionen. Er erfuhr, daß ein Beamter des SIS den Überläufer abholen werde.

Fowler fand es merkwürdig, daß MI 5 so ohne weiteres den Russen dem Konkurrenzverein MI 6 überließ. Aber die Leute in der Gower Street, die sich mit solchen Dingen befaßten, waren alte Hasen, und vielleicht war der Russe Teil irgendeines Deals zwischen den beiden Organisationen.

Es war 2 Uhr morgens, als Fletcher den Anruf bekam, und er zog sich rasch an und hinterließ Rachel einen Zettel. Ein Dienstwagen mit Chauffeur fuhr vor, als er auf die Straße trat, und er rasierte sich mit einem Batteriegerät, während sie ins Westend fuhren.

Er unterschrieb für den Russen und brachte ihn in die Wohnung an der Sloane Street. Dort bot er dem Russen an, vor der Vernehmung ein paar Stunden zu schlafen, doch Belinski zuckte nur die Achseln und wollte lieber die Formalitäten gleich hinter sich bringen.

Belinski war ganz anders als die üblichen Überläufer. Er schien bereit, über alles zu reden. Freundlich und selbstbewußt und, was noch wichtiger war, offenbar sehr gut informiert über die inneren Abläufe am Dserschinskijplatz.

Tony Renshaw stellte Fletcher für die Vernehmung von Belinski ein Haus in den Außenbezirken von Southampton zur Verfügung. Es war das erstemal, daß der SIS gleichzeitig zwei Überläufer vernehmen mußte. Und beide mit all den üblichen Bewertungsproblemen, die solch ungebetene Gäste mit sich brachten.

Das Haus gehörte zu einer neuen Siedlung von relativ teuren Einfamilienhäusern mit vier Schlafzimmern, Doppelgaragen und imitierter Tudor-Fassade. Ein Chauffeur/Hausverwalter wohnte in den zwei Zimmern über der Garage. Er war in den Vierzigern, gebräunt und kräftig gebaut. Ein ehemaliger SAS-Unteroffizier, dessen tatsächliche Aufgabe es war, für die Sicherheit des Hauses und seiner Bewohner zu sorgen.

Der Russe schien sehr gelassen und sprach mit zynischer Belustigung über seine Ex-Kollegen im Direktorat S. Die Archivverwaltung überprüfte die angegebenen Namen und Details, und soweit Unterlagen existierten, bestätigten sie Belinskis Aussagen. Renshaw hatte zweimal mit dem Russen gesprochen und schien überzeugt, daß zumindest Belinskis Identität echt war.

Nach dem zweiten Gespräch hatte Belinski Fletcher gefragt, wer Renshaw sei.

Fletcher schüttelte lächelnd den Kopf. »Ich kann Ihnen in diesem Stadium keine Namen von Kollegen nennen, Sergei. Sie kennen die Vorschriften genausogut wie ich.«

»Auf jeden Fall spricht er ausgezeichnet russisch. Ist er Ihr Boß?«

»Stellen Sie keine Fragen. Das ist mein Vorrecht. Später vielleicht werden Sie andere Leute kennenlernen.«

»Sind Sie verheiratet?«

»Wieso fragen Sie?«

Belinski lächelte. »Sie sehen aus wie ein verheirateter Mann.«

»Wie sehen verheiratete Männer aus?«

»Wie solide Bürger. Zufriedene Menschen.«

»Nein, ich bin nicht verheiratet, Sergei. Und Sie?«

»Nein, leider nicht.«

»Es ist nicht fair in unserem Metier, meinen Sie nicht auch?«

Belinski seufzte und zuckte die Achseln, erwiderte jedoch nichts.

Als Hoggart die Treppe hochstieg, sah er, wie der Mann aus der Wohnung kam, an der Tür stehenblieb und sich lächelnd mit Jacqui unterhielt. Hoggart sah die Überraschung in Jacquis Augen, als er sich ihnen näherte. Der Mann hatte es ebenfalls bemerkt und drehte sich hastig zu Hoggart um. Es war Gardner, der Mann aus dem Club.

»Hallo, Mr. Hoggart«, sagte er freundlich. »Nett, Sie wiederzusehen.« Er lächelte. »Ich habe gerade eine alte Schuld beglichen. Hab' überhaupt nicht daran gedacht, als ich Sie im Club sah.« Er wandte sich Jacqui zu. »Tut mir leid, daß es so lange gedauert hat, aber ich wußte deine Adresse nicht.« Zu Hoggart gewandt, sagte Gardner dann: »Sie hat eine großartige Nase für ein Pferd, unsere Kleine.« Er grinste. »Ich würde dreißig zu eins auf sie setzen.« Er hielt inne. »Also, wir sehen uns sicher mal.«

Mit diesen Worten wandte er sich zum Gehen und stieg die

Treppe hinunter, leise durch die Zähne pfeifend. Und die betonte, übertriebene Lässigkeit verfehlte ihre Wirkung auf Hoggart nicht.

Als er in die Wohnung trat, meinte sie: »Er hat mir erzählt, daß er dich im Club getroffen hat. Warum hast du mir nichts davon gesagt?«

Hoggart zuckte die Achseln. »Schien mir nicht wichtig.« Er blickte sie an. »Oder war es wichtig?«

»Wahrscheinlich nicht.«

»Wie hat er deine Adresse herausgefunden?«

»Keine Ahnung. Ich dachte, vielleicht hast du sie ihm gegeben?«

»Wie lange war er hier?«

»Fünf oder zehn Minuten – er hatte es sehr eilig.«

»Was macht er beruflich?«

»Weiß ich nicht genau. Er ist irgendein Geschäftsmann. Ist oft im Club. Früher zumindest.«

»Ich rasiere mich, dann gehen wir essen.«

»Bekomme ich keinen Kuß?«

Er küßte sie auf die Wange, und da wußte sie, daß er ihr nicht glaubte. Hoggart hatte die zwei Zigarrenstummel im Aschenbecher bemerkt und auch, daß sie verschwunden waren, als er ins Wohnzimmer zurückkam.

Beim Essen versuchte sie, die gespannte Stimmung zu lösen, aber er vereitelte jeden Versuch zu einem persönlichen Gespräch mit unverbindlichen Antworten. Sie war es gewohnt, Männer aufzuheitern, wenn sie ärgerlich waren oder schlechte Laune hatten, doch bei Hoggart verfingen solche Bemühungen nie. Er war höflich, aber es war die Höflichkeit eines Fremden, nicht ihr übliches Geplauder und ihre Neckereien, kein Augenzwinkern, kein Lächeln und kein Zeichen der Zuneigung. Und sie liebten sich nicht in dieser Nacht.

Am nächsten Tag blieb Hoggart in London. Er rief einen Bekannten beim Rauschgiftdezernat an und ließ sich von ihm an einen Kollegen beim Kriminalregister weiterempfehlen. Später saß er in einem Büro im fünften Stock von Scotland Yard und sah sich die Akte über Gardner an. Er hatte keine Vorstrafen, jedoch war bekannt, daß er hinter großen Raubüberfällen steckte. Als Planer, nicht als Beteiligter. Er wusch Mafiagelder in zwei ihm bekannten Spielclubs, die hauptsächlich von Arabern besucht wurden, und er hatte einschlägige Verbindungen nach Chicago, New York, Amsterdam und Marseille. Es gab eine Liste von Raubüberfällen im Ausland, die nicht nur seinen Stempel trugen, sondern bei denen auch einige der Tatverdächtigen zu seinem Londoner Bekanntenkreis gehörten.

Er war verheiratet, hatte zwei Kinder und ein großes Haus auf einem vier Hektar großen Grundstück in Kent. Es gab eine lange Liste von polizeibekannten Freunden und Komplizen, alphabetisch sortiert und mit Querverweisen auf deren jeweilige Polizeiakte. Der Name Jacqueline Lovegrove war ihm sofort ins Auge gesprungen, aber er hatte sich gezwungen, die ganze Liste zu lesen. Der Hinweis in Klammern neben ihrem Namen besagte nur lapidar »Callgirl«.

Er stand auf, trat ans Fenster und blickte hinaus auf Westminster Cathedral. Es überlief ihn kalt, während er den Verkehr beobachtete, der in den Parliamant Square einbog. Hunderte von Malen hatte er sich vertrauliche Dossiers mit intimen Details über das Leben von Menschen angesehen und die Fakten gelesen, die die Betreffenden für ihre ganz privaten Geheimnisse hielten, ohne daß sie ihn über das hinaus interessiert hatten, was er für seine Zwecke an Informationen brauchte. Ihre Süchte und Schwächen, ihre Heucheleien und Betrügereien ließen ihn kalt, soweit sie nicht nützlich waren für seinen jeweiligen Job. Warum also zögerte er bei Jacquis Akte? Und selbst das war nur eine Ausrede. Er zögerte nicht, er hatte schlicht Angst. Angst, die Wahrheit zu erfahren, Angst, daß alles aus sein würde. Entschlossen drehte er sich um, ging zu dem kleinen Tisch, suchte die Aktennummer heraus und rief das Zentralarchiv an.

Zehn Minuten darauf brachte eine hübsche Polizeibeamtin die Akte. Er quittierte den Erhalt und gab Gardners Akte zurück. Nachdem die Frau gegangen war, saß er noch einige Minuten da, bevor er die Akte aufschlug.

Sie enthielt einundzwanzig Seiten. Eintragungen über Gerichtsverfahren wegen Prostitution. Eine Verwarnung, einen Monat Bewährungsfrist und mehrere 25-Pfund-Geldstrafen. Es gab Berichte, wonach sie mit drei verschiedenen Männern zusammengelebt hatte. Zwei davon vorbestrafte Kriminelle. Der eine ein Hehler, der andere mit vier Vorstrafen wegen schwerer Körperverletzung. Der dritte Mann war Gardner, und er hatte keine Vorstrafen. Er war kein einziges Mal angeklagt worden. Aber es gab eine Liste von über zwanzig großen Raubüberfällen, bei denen man ihn der Urheberschaft und Planung verdächtigte. Auf einer anderen Liste waren Bankkonten in fünf verschiedenen Steueroasen aufgeführt, seine Vermögenswerte wurden auf zwei bis drei Millionen Pfund geschätzt. Aber nichts, was nicht bereits in Gardners Akte gestanden hätte. Es gab keinen Hinweis, daß Jacqui Lovegrove mehr gewesen war als seine Geliebte.

Die restlichen Seiten waren Durchschriften von Gesprächen mit der Bewährungshelferin und deren offizielle Berichte. Als er das erstemal vom Barkeeper im Monte Christo von ihr gehört hatte, war sie eine Person gewesen, die er bis dahin nie gesehen hatte. Und als er sie schließlich kennenlernte, hatte er nur eine vage Erinnerung an eine mitleiderregende und bittere Vergangenheit. Doch was er jetzt las, war in der gleichen kalten, offiziellen Amtssprache abgefaßt, die er von seiner Arbeit her kannte. Aber er las hier nicht die Akte eines Verdächtigen.

Er las über seine Frau. Kalte, harte Fakten mit Erklärungen, aber ohne Mitgefühl. Zu gefangen und zu festgefahren in ihrer schäbigen Lebensweise, als daß sie sich von den Behörden hätte helfen lassen. Keine allzu seltene Geschichte in den elenden, menschenunwürdigen Gassen der Londoner Slums. Sie kannten das alles bestens. Wahrscheinlich hatten sie sogar versucht, diese jungen Menschen vor einem schlimmen Schicksal zu bewahren, bis sie feststellen mußten, daß ihre Hilfe nicht nur unerwünscht war, sondern ignoriert oder gar abgelehnt wurde. Er verspürte eine heiße Wut auf den Vater und eine andere Art Wut darüber, daß sie nicht genügend Grips oder Mut gehabt hatte, etwas dagegen zu tun. Aber er wußte nur zu gut, daß ein Mensch aus solch einem Milieu nie zur Polizei oder einer sonstigen staatlichen Stelle ging. Das waren Feinde, keine Helfer. Er schloß die Akte und saß da, den Kopf in die Hände gestützt, die Gedanken in Aufruhr. Schließlich ging er ins Zentralarchiv und gab die Akte zurück. Auf dem Weg zum Ausgang entschloß er sich, zu dem sicheren Haus und zu Jakunin zu fahren. Und er war sich undeutlich bewußt, daß er dies aus zwei Gründen tat. Zum einen wußte er beim besten Willen nicht, wie er Jacqui gegenübertreten und wie er sich letztlich verhalten sollte. Zum anderen wurde ihm klar, daß er niemand hatte, mit dem er über seine Situation reden konnte. Er brauchte dringend einen guten Rat, kannte aber keinen Ratgeber, weder einen guten noch einen schlechten.

Er hatte so auffällig schweigsam mit Jakunin eine Partie Schach gespielt, daß der Russe ihn fragte, ob er über irgend etwas sauer sei. Ohne Antwort verließ er den Raum und lief über den Zufahrtsweg zur Straße. Es dämmerte bereits, und an der Straße zögerte er einen Augenblick, dann wandte er sich nach rechts. Er kam an einem Pub namens The Elephant vorbei, und am Ende des Hügels erreichte er den Zugang zu den

Ruinen von Bayham Abbey. Fünfzehn Minuten später sah er die düstere Silhouette der Abtei. Der Mond warf lange Schatten von den zerfallenen Mauern auf das feuchte Gras und die Steinhaufen, die einst Teil der Abtei gewesen waren.

Er setzte sich auf die Reste einer Mauer und schaute in den Himmel. Ein Wölkchen zog gemächlich vor dem Mond vorbei, eine Eule schrie irgendwo in den Wäldern, in der Ferne bellte ein Hund, und der Klang hallte in den Ruinen wider. Langsam und methodisch stellte er sich eine Reihe von Fragen, versuchte, seine aufgewühlten Gefühle unter Kontrolle zu bringen und die Angelegenheit eher mit Verstand und Logik anzugehen. Nach einigen Minuten schloß er die Augen und schüttelte den Kopf, als ihm bewußt wurde, daß er seine Fragen passend zu den bereits bekannten Antworten formulierte. Was er hier tat, war aus professioneller Sicht undenkbar. Er belog sich selbst. Es hatte nichts mit ihm zu tun, wie sie in der Vergangenheit gelebt hatte. Sie hatte es getan, weil es ihre einzige Möglichkeit zum Überleben gewesen war. Und vielleicht hatte Gardner *tatsächlich* nur eine alte Spielschuld bezahlt. Angewidert spuckte er in die Dunkelheit. Wenn er das glaubte, konnte er gleich an den Weihnachtsmann glauben. Polizeibekannte Verbindungen zwischen den beiden. Jacqui Lovegrove, Klammer auf, Callgirl, Klammer zu. Es war nicht wegen ihrer Gesellschaft gewesen. Gardner hatte Frau und Kinder. Sie war einfach da und bereit zum Bumsen, wann immer er Lust auf sie hatte. Wie er an der Wohnungstür gestanden und so getan hatte, als sei er gerade erst gekommen, wo er in Wahrheit am Gehen war. Zwei Zigarrenstummel im Aschenbecher. Wie lange brauchte man, zwei Zigarren zu rauchen? Spielte alles keine Rolle. Alles Vergangenheit. Ging ihn nichts an. Die Männer hatten ihr nichts bedeutet, sie hatte sie nicht geliebt. Sie hatte getan, was sie tun mußte. Um ihren Lebensunterhalt zu verdienen, um sich durchzuschlagen. Sie war seine Frau. In guten und in schlechten Tagen. Grübeln änderte gar nichts. Keine schlafenden Hunde wecken. Einfach weitermachen. Cool bleiben. Nicht wegen einer Nichtigkeit eine gute Beziehung aufgeben. Er erhob sich langsam. Die Sache war erledigt, und er ging zur Fran Road zurück und von dort zum Haus.

Als er die Tür seines Schlafzimmers hinter sich schloß, fiel ihm der Satz in dem zusammenfassenden Bericht der Bewährungshelferin ein: »Für mich besteht kein Zweifel, daß die Probandin genau weiß, was sie tut, und nicht auf wie auch immer geartete Hilfsangebote ansprechen wird. Hinter ihrer kindlichen Fassade verbirgt sich ein berechnender und selbstsüchtiger Charakter.« Er saß auf der Bettkante und weinte. Um sich und um das Mädchen.

Hoggart hatte sehr unruhig geschlafen, und beim ersten Morgenlicht zog er sich an und ging zu seinem Wagen. Als er auf die A 21 in Richtung London einbog, wußte er, was er zu tun hatte. Er wollte einfach zurückkehren, als habe sich nichts geändert, denn es *hatte* sich nichts geändert. Wie ein Idiot hatte er ein paar Akten gelesen. Überholte Akten. Er mußte all das vergessen und sie so sehen, wie er sie jetzt kannte. Fürsorglich und warmherzig und zufrieden mit dem Leben mit ihm.

Eine Stunde später erreichte er die ersten Vororte von London. Er hielt an einer Fernfahrerraststätte, wo er Kaffee trank und gebutterten Toast aß und dann an einem Stand neben dem Rasthaus einen Strauß Dahlien kaufte.

Es war 6.30 Uhr, als er vor dem Haus parkte und leise in die Wohnung ging, um sie nicht aufzuwecken. Er zog die Vorhänge im Wohnzimmer auf, nahm den Blumenstrauß vom Tisch und öffnete die Schlafzimmertür. Es lag nur eine Person im Bett, aber es war nicht Jacqui. Es war Jake, der Barmann aus dem Monte Christo Club. Er wachte auf, als sich Hoggarts große Hand um seine Kehle schloß. Die Augen quollen ihm fast aus dem Kopf, und hilflos zerrte er an Hoggarts Handgelenk. Hoggarts Gesicht war nur Zentimeter von seinem weg.

»Was machst du hier?«

»Ich mache ein Schläfchen, sonst nichts.«

Als er sich an die schmerzende Kehle faßte, krachte Hoggarts harte Faust ihm ins Gesicht, mit der anderen Hand packte er den Barkeeper an den Haaren und riß ihm den Kopf zurück, während das Blut aus der gebrochenen Nase schoß. Sein Schrei erstarb gurgelnd, als Hoggart erneut zuschlug.

»Noch einmal: Was hast du hier zu suchen?«

Der Mann zitterte heftig und war kaum fähig zu sprechen, während er um Luft rang. »Sie ... sie ist bei Gardner. Sie dachte, Sie wären verreist.«

»Wann ist sie gegangen?«

»Er hat sie gegen Mitternacht abgeholt.«

»Wo stecken sie?«

»Weiß nicht. Vermutlich in seiner Wohnung in der Hertford Street, beim Hilton. Sie reißen mir die Haare aus, Mann!«

»Was machst du hier?«

Der Barkeeper schloß die Augen. »Warum fragen Sie sie nicht selbst?«

»Soll ich weitermachen?«

Der Mann schlug die Augen auf und versuchte den Kopf zu schütteln.

»Sie hat mich angerufen, ich sollte vorbeikommen. Gestern war mein freier Tag. Sie hat mich oft angerufen, wenn Sie weg waren. Sagte, sie fühlt sich so allein.«

»Und du hast dir die Belohnung im Bett abgeholt, richtig?«

Der Mann seufzte heftig. »Ich dachte, Sie wüßten davon und es macht Ihnen nichts aus.«

»Wie lange geht das schon?«

»Ungefähr einmal die Woche.«

»Wie lange? Wann hat es angefangen?«

»Als sie aus dem Krankenhaus kam. Wir sind vorher schon ab und zu miteinander ins Bett gegangen, bevor Sie aufgetaucht sind.«

»Und seitdem pennst du mit ihr?«

»Erst in den letzten zwei Monaten.«

»Und Gardner?«

»Sie war seine Geliebte. Hat lange mit ihm gelebt, aber dann warf er sie raus, als er sie mit einem Aufpasser erwischt hat. Er war regelmäßig hier.«

»Bevor er das erstemal mit mir im Club gesprochen hat?«

»Ja. Er hat nur so getan, als wüßte er ihre Adresse nicht. Hat Sie gewissermaßen verarscht.«

Hoggart riß mit einer Hand die Bettdecke weg und drehte dem Mann mit der anderen den Arm auf den Rücken. Und als sich der Mann vor Schmerzen krümmte, riß ihn Hoggart vom Bett hoch, griff nach dem Bündel Kleider und beförderte ihn unsanft zur Tür. Als er die Tür öffnete, sagte er sanft: »Wenn du mir noch mal unter die Augen kommst, bring' ich dich um. Kapiert?«

Der Mann nickte, worauf Hoggart ihn splitternackt ins Treppenhaus stieß und die Kleider hinter ihm herwarf. Nachdem er die Tür geschlossen hatte, lehnte er sich dagegen, schwer atmend von der ungewohnten Anstrengung.

»Hier, trink das und nimmt diese Tablette.« Harry Gardner sah, wie ihre Hand zitterte, als sie nach dem Glas griff. Sie saß auf dem Bett und zitterte am ganzen Leib. Nachdem sie das Valium eingenommen hatte, sagte er: »Erzähl mir noch einmal, was er gesagt hat.«

»Ich soll nicht zurückkommen – er hat genug von mir – er will sich scheiden lassen.«

»Woher hat er gewußt, daß du hier warst?«

»Ich habe Jake in der Wohnung übernachten lassen. Er muß ihm gedroht haben, und dann hat Jake ihm wohl alles gesagt.«

»Du blöde Kuh. Warum hast du so etwas Dummes gemacht – Jake dort übernachten lassen?«

»Ich wußte ja nicht, daß er so früh zurückkommt.« Sie blickte Gardner an. »Was soll ich tun, Harry?«

»Wegen was?«

»Das alles.«

»Na, du kannst vorerst hierbleiben, Kleines. Kein Problem. Willst du dich von ihm scheiden lassen?«

»Nein.«

»Warum nicht?«

»Ich liebe ihn, Harry.«

»Na, na, Jacqui! Du würdest doch nicht mit mir und Jake rumficken, wenn du ihn liebst.«

»Liebst du deine Frau?«

»Natürlich liebe ich sie.«

»Und trotzdem fickst du mit mir.«

»Na und?«

Sie zuckte die Achseln. »Es ist nur ein Fick, aber für ihn ist es was anderes. Er versteht nicht, daß man sich von jemand ficken lassen kann, ohne daß es was bedeutet. Daß es nichts mit Liebe zu tun hat.« Sie zog die Schultern hoch. »Für ihn bedeutet es, daß ich ihn nicht liebe.«

»Glaubst du, er versucht wirklich, sich scheiden zu lassen?«

»Ich bin überzeugt davon. Wenn der Kerl sagt, daß er etwas tut, dann tut er's auch.«

»Du könntest eine Gegenklage auf Scheidung einreichen.«

»Was soll denn das bringen?«

»Vielleicht bringt es ihn das so weit zur Besinnung, daß er meinen Namen nicht mit reinzieht.«

»Ich könnte keinen Scheidungsgrund angeben.«

»Old Foxy wird sich sehr schnell einen Grund einfallen lassen. Willst du mal mit ihm sprechen?«

»Wie du meinst, Harry. Ich tu alles, was du sagst.«

Charles Stuart Fox war seit fast zwanzig Jahren Harry Gardners Anwalt. Seit den Anfangstagen war Charlie Fox der Wahlverteidiger einer illustren Schar von Edelgangstern gewesen, die sich seine Honorare leisten konnten. Man akzeptierte, daß er durchaus nicht abgeneigt war, mit den Bullen zu verhandeln und einen kleinen Ganoven ein paar Jahre in den Knast gehen zu lassen, als Teil eines Deals, bei dem der Boß nicht einmal angeklagt wurde. Die Opfer wurden natürlich während ihrer Haftzeit und auch danach bestens versorgt.

Sein Büro in einer schmalen Gasse hinter der Fleet Street war unordentlich, staubig und deprimierend. Manche behaupteten, dies sei pure Absicht, um das natürliche Selbstbewußtsein seiner temperamentvollen Mandanten ein wenig zurechtzustutzen. Niemand hatte je Foxys Honorarrechnung beim Finanzamt eingereicht, und nur einer hatte seine Rechnung nicht bezahlt. Der Betreffende war nach seinem nächsten Job für sieben Jahre nach Wormwood Scrubs eingefahren. Gegen keinen seiner Komplizen bei dem Bankraub war auch nur ermittelt worden. Man erzählte sich, Foxy habe ihm jedes Jahr eine Weihnachtskarte in den Knast geschickt.

Foxy trug stets eine betont Dickenssche Attitüde zur Schau, mit braunem Anzug und Weste und einer dicken Goldkette über dem Bauch, am einen Ende eine goldene Hunter-Uhr, am anderen vier Goldsovereigns in einer goldenen Schatulle. Dies waren allerdings seine einzigen offenkundigen Extravaganzen.

Während er geduldig Harry Gardner zuhörte, ging er in Gedanken das Diebstahlsgesetz von 1968 durch, und als Gardner geendet hatte, schob er die Brille zurecht und blickte seinen Mandanten an.

»Ich fürchte, da liegst du falsch, Harry. Okay, Abschnitt sechsundvierzig *schreibt* vor, daß ein Durchsuchungsbefehl nur von einem Magistratsrichter ausgestellt werden kann, wenn hinreichender Verdacht seitens der Polizei vorliegt et cetera, et cetera.« Er machte eine Pause. »Gemäß einer anderen Bestimmung kann jedoch jede beliebige Person solch eine eidesstattliche Versicherung abgeben – er muß nicht mal Bulle sein.«

Foxy stand auf, öffnete den kleinen Mahagonischrank und holte zwei Gläser und eine Flasche Bell's Whisky hervor. Ohne zu fragen schenkte er ein und setzte sich wieder.

»Was war das andere, Harry?«

»Ich möchte, daß du für jemanden eine Scheidungssache übernimmst.«

Foxy war schockiert. »Du weißt, daß ich mich mit diesem Bereich des Rechts nicht befasse, Harry. Habe ich nie und werde ich auch nie. Diese ganze schmutzige Wäsche und – nein, Harry, da kann ich dir nicht helfen. Tut mir leid.« Seine Miene heiterte sich auf. »Ich kann dir aber ein paar Namen geben. Ich empfehle dir weder den einen noch den anderen, aber du kannst dir ja selbst ein Bild machen.«

»Das ist keine Routinesache, Foxy. Es handelt sich um jemand, der mir sehr nahesteht. Und Geld spielt keine Rolle.«

»Sag deinem Freund, daß man heutzutage kein Vermögen für eine Scheidung ausgeben muß.«

»Es ist kein Mann, Foxy. Es ist eine junge Dame.«

Fox lehnte sich in seinen uralten Schreibtischsessel zurück und schüttelte in ersichtlicher Verzweiflung den Kopf. »Dann erzähl mal, um was es geht.«

Zehn Minuten später schenkte Foxy noch eine Runde Whisky ein und blickte fast sehnsüchtig zum Fenster hin, als suche er nach einem Fluchtweg. Er seufzte vernehmlich.

»Warum gibst du ihr nicht einen Tausender und einen von den Anwaltsnamen und überläßt ihr den Rest? Wäre doch viel billiger auf diese Art.«

»Weil ich dann keine Kontrolle mehr darüber hätte. Ich

komme in die Zeitung und stehe dann entweder als Krippenräuber oder als alter Lustmolch da – oder gar als beides. Und das bedeutet massenhaft Ärger von Hettie, außerdem verliere ich mein Gesicht ausgerechnet dort, wo es wichtig ist.«

Foxy griff nach Notizblock und Kugelschreiber. »Wie ist ihr Name, Harry?«

»Jacqueline Lovegrove.«

»Adresse?«

»Die gleiche wie meine. Die Hertford-Street-Adresse.«

Betont langsam legte Foxy den Kugelschreiber nieder. »Dann sieh zu, daß sie sofort von da verschwindet, mein Freund.«

»Warum die Eile?«

»Du sagst, du hast dich damals über sie erkundigt und festgestellt, daß sie zweimal wegen Prostitution vor Gericht gestanden hat?«

»Ja.«

»Und du wußtest das, bevor du sie als Geliebte genommen hast?«

»Ja.«

»Du selbst hattest Verkehr mit ihr, und sie hatte außerdem Verkehr mit einigen deiner Bekannten, Geschäftsfreunde? Manchmal in Hotels, manchmal in deiner Wohnung?«

»Ganz recht.«

»Ist dir klar, daß man dir vorwerfen könnte, du hättest ein Bordell geführt?«

»Das ist doch Unsinn, Foxy. Sie wurde von den Leuten ja nicht bezahlt. Es war einfach ein Freundschaftsdienst.«

»Ich erinnere mich nicht mehr an den genauen Wortlaut, Harry, aber da gab es einen Fall unter dem Sexualstrafgesetz von 1956. Winter gegen Woolfe. In den frühen sechziger Jahren. Es war eine Präzedenzentscheidung, daß es, gesetzlich gesehen, keine Rolle spielt, ob eine Zahlung erfolgt oder nicht.«

»Aha. Also, vertrittst du meine Interessen oder nicht?«

»Du läßt mir keine Wahl, Harry.« Er zögerte. »Ja, ich übernehme die Sache. Aber nur ungern.«

»Was meinst du, was wir tun können?«

»Wir kaufen den Ehemann, damit du nicht hineingezogen wirst, oder wir setzen ihn irgendwie unter Druck. Was macht er beruflich?«

»Sie weiß es nicht. Es gab Gerüchte, daß er Undercoveragent bei der Drogenfahndung ist.«

»Du meinst, er ist ein Bulle?« Der Schrecken auf Foxys Gesicht spiegelte sich in seiner Stimme wider.

»Es war nur ein Gerücht. Ich glaube nicht, daß es stimmt. Aber sie weiß nicht, was er macht.«

»Du meinst, eine Ehefrau weiß nicht, was ihr Mann für einen Job hat oder wohin er jeden Tag geht?«

»So ist es, fürchte ich.«

»Das ist ja unglaublich. Großer Gott. Wir müssen schleunigst herausfinden, *was* er tut.« Er hielt inne und sah Gardner an. »Du solltest mir einen Vorschuß geben, Harry, damit ich einen guten Privatdetektiv auf ihn ansetzen kann.«

»Wieviel brauchst du?«

»Fünftausend. Für den Anfang.«

Gardner griff in die Jackentasche und zog sein Scheckbuch hervor.

Obwohl keiner von Foxys Klienten eine Frau war, fand seine etwas altmodische Höflichkeit großen Anklang bei den Damen. Sie sahen in ihm mehr als den jovialen Onkel, auf jeden Fall nicht das beutegierige Männchen. Seine alte Mutter, bei der er immer noch wohnte, hatte durch vermeintlich spaßige Bemerkungen über die Fehler und Schwächen ihres Sohnes die wenigen Mädchen, die er in der Anfangszeit zum Tee mit nach Hause gebracht hatte, wirkungsvoll vergrault. Alle hatten sie hinter den Vertraulichkeiten von Frau zu Frau eine zu allem entschlossene Gegnerin gespürt. Sie wußte von den Fotos und Magazinen in dem abgeschlossenen Schrank des Arbeitszimmers in dem alten viktorianischen Haus. Und sie betrachtete sie als Versicherung gegen irgendwelche Dummheiten ihres einzigen Sohnes. Sie wußte nichts von den monatlichen Besuchen bei einer jungen Frau, die früher für ihn getippt hatte und jetzt verheiratet war. Aber sie würde sich wegen des Verhältnisses auch keine übermäßigen Sorgen gemacht haben, wenn sie davon gewußt hätte. Einige Mandanten von Foxy mit etwas mehr Menschenkenntnis bezeichneten ihn in vertrauter Runde als »Muttersöhnchen«, aber selbst hinter seinem Rücken äußerten sie das mit einem beinahe liebevollen Unterton.

Als eine ältliche Sekretärin, Miß Purvis, Jacqueline Lovegrove in sein Büro führte, bemühte er sich hingebungsvoll um sie. War der Sessel bequem? Hatte sie die Sonne in den Augen? Nachdem er endlich wieder hinter seinem Schreibtisch Platz genommen hatte, sagte er: »Erzählen Sie mir von Ihrem Gatten. Zum Beispiel, was macht er beruflich?«

»Ich habe keine Ahnung, Mr. Fox.«

»Darf ich Jacqui zu Ihnen sagen?«

Sie lächelte. »Natürlich.«

»Wollen Sie mir sagen, daß ein hübsches Mädchen wie Sie, das einen Mann heiratete, der beträchtlich älter ist, ihn nie gefragt hat, wie er seinen Lebensunterhalt verdient?«

»So ist es leider. Ich glaube, es ist etwas Geheimes. Aber ich habe keine Ahnung, was es ist.«

»Wie kommen Sie darauf?«

»Er war manchmal zwei oder drei Tage einfach weg. Und wenn er zurückkam, hat er sich nie dafür entschuldigt oder mir gesagt, wo er gewesen ist oder was er gemacht hat.«

»Er hat nie über seine Arbeit gesprochen? Daß sie ihn müde macht oder gefährlich ist oder dergleichen?«

»Nein.«

»Na gut. Als erstes möchte ich, daß Sie eine Liste von allem machen, was Ihrer Ansicht nach Ihnen gehört oder was während der Ehe erworben wurde. Möbel, Grundbesitz, Pachtverträge, Auto – alles. Und derweil werde ich sehen, was ich über den Job Ihres Mannes und über seine finanziellen Verhältnisse herausfinden kann. Wie wär's, wenn Sie am nächsten Mittwoch um die gleiche Zeit wiederkommen?«

Er eilte um den Schreibtisch herum, öffnete ihr die Tür und deutete gar eine Verbeugung an, als sie auf den Korridor hinaustrat, der zu den nackten, abgetretenen Holzstufen des Treppenhauses führte.

Zehn Tage später rief Foxy bei Gardner an, der gerade zu Bett gehen wollte.

»Hier ist Foxy, Harry. Bist du allein?«

»Nein.«

»Das Mädchen?«

»Ja.«

»Okay. Stell keine Fragen. Ich muß dich sofort sprechen.«

»Weswegen?«

»Keine Fragen, hab' ich dir gesagt. Zu gefährlich. Tu, was ich dir sage. Ich erwarte dich in meinem Büro.«

Gardner ließ das Taxi beim *Wig and Pen* halten und ging den Rest des Wegs zu Foxys Büro zu Fuß.

Eine einzelne 40-Watt-Birne erhellte das verwahrloste Treppenhaus, und Gardner fluchte über den Schmutz an Wänden und Geländer, während er langsam in den zweiten Stock und zu Foxys Büro hochstieg.

Die Drinks waren bereits eingeschenkt, und kaum hatte Gardner Platz genommen, kam Foxy schon zum Thema. »Ich habe schlechte Nachrichten, Harry.«

Gardner zuckte die Achseln. »Spuck sie aus.«

»Du weißt, wie Jacquis Mann seinen Lebensunterhalt verdient?«

»Nein. Wie?«

»Ich habe ihn vier Tage lang beobachten lassen.«

»Jetzt erzähl schon, Foxy, mach's nicht so spannend.«

»Er arbeitet im Century House.«

»Was ist das Century House?«

»Dort ist die Zentrale des SIS, der britischen Auslandsspionage – offiziell MI 6. Er ist ein verdammter Spion. Und das erklärt, warum er soviel über Jacqui weiß, ohne daß sie es ihm erzählt hätte.«

»O Scheiße. Kein Wunder, daß sie nichts von seinem Job wußte.«

»Du kannst granatenmäßig auf die Schnauze fallen, wenn wir nicht sehr, sehr vorsichtig sind.«

»Was verdienen diese Burschen im Jahr?«

»Ziemlich gut und steuerfrei dazu.«

»Warum steuerfrei?«

»Damit nicht irgendein Schlaumeier im Finanzamt den Russkis eine hübsche Namenliste verkaufen kann.«

»Sehr freigibig scheint er mit seinem Geld nicht umzugehen, so wie Jacqui erzählt.«

Foxy zuckte die Achseln. »Na und? Es bleibt die Tatsache, daß dieser Bursche genügend über dich weiß oder über seine Kanäle genügend herausfinden kann, um dich vor Gericht zu zerren und dir die Hölle heiß zu machen. Unser Hauptproblem ist jetzt: Wie können wir ihn daran hindern?«

»Was schlägst du vor?«

»Im Moment nichts. Ich habe diese Information erst vor einer Stunde bekommen. Ich möchte die Sache überschlafen, und dann reden wir weiter.«

»Vielleicht sollte ich Kopfgeld auf ihn aussetzen oder einen Killer anheuern.«

»Um Himmels willen! Du hältst gefälligst still und schlägst keine Wellen, während ich mir was einfallen lasse. Wenn du das nicht tust – denk dran, es kann dich dreißig Jahre kosten. Wenn du's nicht auf meine Art machen willst, dann such dir besser einen anderen Anwalt.« Er hielt inne und musterte Gardner scharf. »Ist das klar, Harry?«

Gardner zuckte die Achseln und stand auf: »Ruf mich morgen im Lauf des Tages an, dann setzen wir uns noch mal zusammen.«

Erst zwei Tage später trafen sich Foxy und Gardner wieder, und in dieser Zeit war Gardner aufgegangen – was Foxy erwartet hatte –, wie prekär seine Lage tatsächlich geworden war. Er war gewohnt, auf eigenem, vertrautem Terrain zu kämpfen, unter Einsatz der Machtmittel und Männer, die er zur Verfügung hatte. Und zwar so, daß er selbst sorgfältig abgeschirmt blieb, damit niemand ihn in Verbindung bringen konnte mit den Operationen, die er so genial plante. Und da Foxy alles im voraus überprüfte und abklärte, führten keinerlei beweiskräftige Spuren zu ihm. Aber daß ihn jetzt die Beziehung zu einem freundlich gesinnten Callgirl in Gefahr bringen sollte, schien ungeheuerlich. Seine Ehe, sein Status in der Unterwelt und sogar sein gewohntes Leben waren bedroht.

Mit einer Handbewegung lehnte er das angebotene Glas ab. »Hast du dir irgendwas einfallen lassen, Foxy?«

Foxy blickte seinen Klienten mit ernster Miene an. Mit einem Anflug von Schadenfreude betrachtete er die geknickte Gestalt vor seinem Schreibtisch.

»Ich habe eine Idee, die möglicherweise funktioniert.«

»Ja?«

»Wieviel ist es dir wert, aus dieser Sache herauszukommen?«

»Komm zum Thema, Foxy. Was hast du für eine Idee?«

»Es ist teuer, und es ist riskant, beantworte also bitte meine Frage.«

Gardner seufzte. »Ich zahle jeden Preis. Über welche Beträge reden wir – zehn Mille, fünfzig Mille oder was?«

»Kann doppelt soviel kosten. Ich weiß es noch nicht. Aber ich kann die Sache nicht in Angriff nehmen, wenn ich nicht gewissermaßen einen Blankoscheck von dir habe.«

»Spuck's endlich aus, Foxy. Ich bin nicht in der Stimmung für ein Quiz.«

»Dieser Hoggart will nicht nur die Scheidung. Er hat was gegen dich. Gegen dich persönlich. Er will, daß die ganze Welt erfährt, was er von dir hält. Stimmst du soweit zu?«

»Sprich weiter.«

»Wir müssen uns daher überlegen, wie wir das gleiche mit ihm machen können.«

»Hat er denn irgendwas Kriminelles auf dem Kerbholz?«

»Nichts, soweit ich weiß. Aber er ist ein Geheimdienstmann. Und wir wissen doch alle, was für Schweinereien diese Typen machen. Seinen Chefs wird es überhaupt nicht gefallen, wenn wir ihn über seine Tätigkeit vor Gericht ins Kreuzverhör nehmen. Er soll schließlich geheim bleiben. Deswegen gibt's ja das Geheimschutzgesetz, den Official Secrets Act.«

»Aber wir wissen doch gar nicht, was er genau macht. Vielleicht ist er bloß ein Schreibtischhengst.«

Foxy lächelte. »Ich weiß mittlerweile, daß er das nicht ist. Er tut irgendwas Geheimes.«

»Woher weißt du das?«

»Mein Schnüffler behält ihn diskret im Auge. Hoggart treibt irgendwas Geheimnisvolles in einem Cottage in Kent. Das Haus wird rund um die Uhr bewacht. Mindestens zwei Revolvermänner. Zweimal ist er mit einem älteren Mann gesehen worden. Ist nur mit ihm spaziergegangen Aber mein Schnüffler schwört, er hätte die beiden russisch miteinander reden hören.«

»Das Gericht würde keine Diskussion über so was zulassen. Es hat nichts mit einem Scheidungsverfahren zu tun.«

»Es könnte, wenn wir's richtig anfangen.«

»Wie?«

»Das müßtest du mir überlassen.«

»Es ist zu vage. Du hast mir Dutzende von Vorträgen gehalten, daß ein Gericht Beweise will, keine Vermutungen oder Meinungen.«

»Also verschaffen wir uns die Beweise.«

»Wie?«

»Auch das müßtest du mir überlassen.«

»Wenn dieser Typ was mit Spionage zu tun hat, wird er sehr bald deinem Schnüffler auf die Schliche kommen.«

»Mein Mann war früher beim SAS und hat in einer Sondereinsatzgruppe in Nordirland gearbeitet. Der ist genausogut wie Freund Hoggart. Vielleicht sogar besser.«

Mit Genugtuung sah Foxy die Erleichterung auf Gardners Gesicht.

»Also, wieviel Foxy?«

»Wie gesagt, ich weiß es noch nicht genau. Es könnte bis zu hunderttausend Pfund kosten. Ich kann mir nicht den geringsten Fehler leisten, sonst riskiere ich, mit dir einzufahren.«

Zum erstenmal lächelte Gardner. »Das wär' doch was, Foxy.« Er seufzte. »Also gut. Aber kein Blankoscheck, maximal hundert Mille. Und ich möchte am Schluß eine Abrechnung sehen.«

»Wo ist das Mädchen jetzt?«

»Ich habe ihr eine Wohnung bei der Victoria Station besorgt. Der Mietvertrag ist in ihrem Namen. Sie bezahlt die Miete. Und ich geb' ihr Geld.«

»Wie? Keine Schecks, hoffe ich doch.«

»Nein. Bar.«

»Gut. Also, ich melde mich wieder, sobald ich was Neues weiß.«

11

Als Hoggart ins Büro kam, saß Fletcher an seinem Schreibtisch und schrieb. Er blickte auf. »Hallo. Hab' dich seit Wochen nicht mehr gesehen.« Dann hielt er inne. ›Stimmt was nicht mit dir, Eddie?«

»Alles in Ordnung.«

»Du siehst völlig kaputt aus.«

Hoggart setzte sich an seinen Schreibtisch und holte aus seiner ledernen Aktentasche eine Kassette und ein Notizbuch. Während er in seinem Notizbuch blätterte, sagte Fletcher: »Wie läuft die Vernehmung?«

Hoggart lehnte sich seufzend zurück, und Fletcher war schockiert, als er jetzt Hoggarts Gesicht sah. Die tiefen Falten am Mundwinkel, die sonst so gesunde Gesichtsfarbe krankhaft blaß, die Augen blutunterlaufen und tief in den Höhlen. Da wußte er, daß Hoggart entweder ernsthaft krank oder sonst was Schlimmes passiert war.

»Zäh, aber ich sehe Fortschritte.«

»Wann warst du das letztemal in Urlaub?«

»Weiß der Himmel. Urlaub interessiert mich nicht.«

»Rachel und ich fahren am Wochenende in ein kleines Hotel in Devon. Warum kommst du nicht mit? Du und Jacqui? Gutes Essen, ruhig und friedlich, und ein willkommener Tapetenwechsel. Würde dir bestimmt gefallen, Eddie.«

Blicklos starrte Hoggart zum Fenster. Als er sich wieder zu Fletcher umwandte, sagte er leise. »Danke. Aber ich kann nicht. Ich habe Probleme.«

»Kann ich dir irgendwie behilflich sein?«

Hoggart schüttelte wortlos den Kopf und beschäftigte sich wieder mit seinem Notizbuch.

»Sind es Probleme mit deiner Arbeit oder private Sorgen?«

Er sah Ärger auf Hoggarts Gesicht aufflammen. »Vergiß es«, erwiderte Hoggart barsch.

Doch Fletcher ließ sich nicht so leicht entmutigen. »Wir haben einiges gespart, weil wir uns ein Haus kaufen wollen. Ich könnte dir was leihen, wenn du Geld brauchst.«

»Entschuldige, David«, antwortete Hoggart leise. »Nein, es dreht sich nicht um Geld, trotzdem danke für das Angebot.« Er holte tief Atem. »Was macht deine Vernehmung?«

Fletcher begriff, daß Hoggart das Thema wechseln wollte. »Ein sonderbarer Typ. Redselig, aber wenig informativ.«

Hoggart lächelte. »Wie meinst du das?«

»Klatscht bereitwillig über den KGB, wobei eine Menge nützlicher Informationen abfallen, aber weicht allen Fragen über seine eigene Tätigkeit aus. Sagt, er hätte eine Operation in den Staaten geleitet.«

»Hast du eine Ahnung, um was bei dieser Operation ging?«

»Er hat vage angedeutet, es handele sich um ein hochwichtiges Spionageunternehmen mit Zielobjekt US-Marine.«

»Mein Bursche hat genau das gleiche gemacht.«

»Wundert mich, daß ich keine Kopien von deinen Vernehmungsberichten bekommen habe.«

»Frag ihn, ob es irgendwas mit der Walker-Familie zu tun hat. Frag ihn, ob er etwas über einen KGB-Mann namens Jakunin weiß.«

»Ist das dein Mann?«

»Ja.«

»Vielleicht sollte ich Kopien von deinen Akten anfordern.«

»Ja, warum nicht? Das meiste ist amerikanisches Material. Sehr wenig über uns. Obwohl er immer wieder Andeutungen über einen sowjetischen Maulwurf im SIS macht.«

Fletcher lachte. »Das sagen sie alle. Gehört zu ihrem Repertoire.«

»Ich glaube, bei diesem Burschen ist es mehr als das.«

»Wenn ich keine Genehmigung für deine Akten bekomme, könnten wir uns ja inoffiziell austauschen.«

»Ist mir recht.«

»Renshaw ist ziemlich sicher, daß mein Mann echt ist.« Er lachte. »Er meint, mein Mann wüßte eine Menge zu erzählen, wenn ich ihn nur irgendwie festnageln könnte.«

Harry Gardner fühlte sich in Foxys Büro ein bißchen im Nachteil. Foxy rächte sich für all die Jahre, in denen er Anweisungen entgegennehmen und das tun mußte, was man ihm gesagt hatte. Und nun hatte Foxy das Heft in der Hand und sagte ihm, Harry Gardner, was er zu tun hatte. Freund Foxy wurde ein wenig zu keck und mußte zurechtgestutzt werden. Dies war der Grund, warum er, als Foxy ihn sprechen wollte, das Foyer des Hotels Savoy vorschlug. Foxy verkehrte normalerweise nicht im Savoy, aber er war durchaus mit den gesellschaftlichen Spielregeln vertraut, deren Einhaltung das Savoy von seinen Gästen erwartete; nichtsdestoweniger wies ihn Gardner ausdrücklich darauf hin, daß Anzug und Krawatte erforderlich seien. Er hatte Foxy nie ohne Anzug und Krawatte gesehen, aber die Versuchung war zu groß.

Gardner kam absichtlich zehn Minuten zu spät, doch Foxy wartete keineswegs auf ihn. Er traf fünf Minuten nach Gardner ein. Er wirkte selbstzufrieden, als er es sich in dem schweren Ledersessel Gardner gegenüber bequem machte. Gardner bestellte Drinks und wartete reglos, bis sie serviert waren.

»Was hast du zu berichten, Foxy?«

Foxy lächelte. »Es wird dir gefallen, Harry. Ich glaube, es nimmt langsam Form an.«

»Jetzt rede endlich, verdammt noch mal.«

»Ich hatte einen vorläufigen Bericht von meinem Detektiv.

Er scheint recht zu haben. Hoggart arbeitet definitiv für MI 6 – er nennt es SIS.«

»Woher weiß er das?«

»Er ist Hoggart zu Century House gefolgt, wo diese Burschen ihr Hauptquartier haben. Er muß einigermaßen wichtig sein, denn sein Büro liegt im neunten Stock. Er hat irgend etwas mit den Russen zu tun.«

»Wie hat er das rausgefunden?«

Foxy lächelte. »Er hat ein Mädchen aufgetrieben, das bis vor ein paar Wochen dort gearbeitet hat. Sie ist schwanger, und er zahlt für ihre Abtreibung. Sie liebt ihn. Hält ihn für den stolzen Ritter, der zu ihrer Rettung gekommen ist. Er war sehr vorsichtig mit seinen Fragen. Wie es scheint, ist Hoggart ein ganz abgebrühter Bursche. Laut Jacqui ist er in einem Waisenhaus aufgewachsen. Ging dann zur Armee und landete schließlich beim SIS. Sein Dienstgrad entspricht dem eines Majors.«

»Und was ist die gute Nachricht?«

Foxy lächelte. »Offenbar hat die kleine Jacqui irgendwann in seiner Brieftasche gestöbert, als er schlief. Fand sein Sparbuch. Was glaubst du, wieviel er drauf hatte?«

»Wieviel?«

»Neunzig Pfund. Mickrige neunzig Pfund. Und wenn ich alle juristischen Register ziehe und das Verfahren ewig verschleppe, hat er am Schluß eine Rechnung mit vielen Nullen am Ende.«

»Das ist sein Problem, nicht meines.«

»Du kannst es zu deinem machen und dir eine Menge Ärger ersparen.«

»Wie?«

»Kauf ihn.«

»Und wenn er ablehnt, hat er vor Gericht einen weiteren Punkt gegen mich in der Hand.«

Foxy lächelte. »Ich lass' es nicht so weit kommen, daß wir vor Gericht gehen.«

»Das sagst du. Wie willst du ihn stoppen? Hast du dir darüber Gedanken gemacht?«

»Selbstverständlich.«

Foxy freute sich über Gardners überraschtes Gesicht.

»Wie?«

»Ich habe seinem Anwalt einen neuen Schriftsatz geschickt, in dem wir behaupten, daß sein gewalttätiges Verhalten Jake gegenüber typisch für seinen Charakter ist.« Er machte eine Kunstpause. »Weil der auf Gewalt trainiert ist. Gehört zu seinem Job. Seine Bosse werden das nicht gern hören.«

»Vielleicht sagt er denen nicht, was du seinem Anwalt geschickt hast. Vielleicht sagt er ihnen nicht mal, daß er sich scheiden läßt.«

»Wenn er's nicht tut, dann tu ich's. Ein kleiner Schwatz mit einem höheren Tier dort. So in der Richtung, daß ich mir Sorgen wegen dieser Sache mache. Guter Patriot und so. Im Interesse der Sicherheit. Warum reden Sie nicht ein Wörtchen mit unsrem Freund. Die Scheidung selbst ist absolut kein Problem. Wegen unheilbarer Zerrüttung. Keine Partei braucht dann detaillierte Schriftsätze einzureichen. Und jeder ist am Schluß zufrieden.«

Gardner nickte bedächtig. »Vielleicht hast du recht, Foxy. Okay, versuch's.«

Foxy fiel es schwer, seine Enttäuschung zu verbergen. Er hatte sich als Helden gesehen, nicht nur als Überbringer guter Nachrichten. Egal. Er würde ihm einen weiteren Tausender auf die Rechnung setzen.

»In Ordnung, Harry. Derweil werde ich dir eine Zwischenrechnung schicken.«

»Wieviel macht es bisher, inklusive dem Detektiv?«

»Zwischen vier und fünf Mille.«

»Okay. Ich will mich nicht drüber streiten.« Gardner stand auf. »Laß mich wissen, wenn du etwas zu berichten hast.« Er nickte. »Bis bald.«

Foxy ging zu Fuß zu seinem Büro zurück, nahm den Nieselregen kaum wahr. Er versuchte, nicht allzu intensiv darüber nachzudenken, wie er dastehen würde, wenn er versagte und sein Mandant vor Gericht von der Gegenseite durch die Mangel gedreht wurde. Egal wie es ausging, Gardner würde Federn lassen. Er war zwar auch nicht besser oder schlechter als die anderen Gangsterbosse, die bewaffnete Raubüberfälle planten und organisierten, aber ein paar Monate lang würden sie Hohn und Spott über ihn ausgießen, und das würde ihn sehr treffen.

Cornish sprach sehr leise, aber sein Blick ruhte die ganze Zeit auf Hoggart.

»Darf ich fragen, Mr. Hoggart, warum Sie gerade zu mir gekommen sind?«

»Ihr Name stand im Branchenverzeichnis.«

Cornish lächelte. »Da stehen viele Namen drin. Seitenweise, wenn ich mich recht erinnere.«

»Ich arbeite ganz in der Nähe.«

»Das genügt mir. Nun brauche ich ein paar Angaben.«

Hoggart gab ihm seinen Namen und die Adresse der alten Wohnung, die er die ganze Zeit beibehalten hatte. Den Namen seiner Frau und den Mädchennamen. Einige Vermutungen zu ihrer derzeitigen Adresse. Dann legte Cornish seinen Füllfederhalter beiseite.

»Erzählen Sie mir, warum Sie eine Scheidung wollen.«

»Ehebruch.«

»Könnten Sie mir ein paar Einzelheiten erzählen?«

Nachdem Hoggart geendet hatte, schwieg Cornish eine Weile, dann sagte er: »Sie haben also den Verdacht, daß Jake, der Barkeeper, am Nachmittag sexuellen Verkehr mit Ihrer

Frau hatte, und dann ging sie zu Gardner, wo sie noch war, als Sie an diesem Abend angerufen haben. Ist das richtig?«

»Das ist richtig.«

»Wie lief das Telefongespräch mit Ihrer Frau an jenem Abend ab?«

»Gardner nahm das Telefon ab. Ich sagte ihm, ich wüßte, daß Jacqui dort sei, und wenn er sie nicht ans Telefon hole, würde ich persönlich vorbeikommen. Ich erzählte ihr von dem Barmann und was er mir gesagt hatte. Und ich sagte ihr, sie brauche nicht zurückzukommen und ich würde mich von ihr scheiden lassen.«

»Was hat sie darauf geantwortet?«

»Hat zu heulen angefangen. Ich solle ihr verzeihen. Sie sei einsam gewesen, weil ich so oft verreist sei. Es hätte jedoch nichts zu bedeuten. Ich sei der einzige Mann, den sie je geliebt habe, und diesen ganzen Schmäh.«

»Sie glauben nicht, daß sie es ehrlich gemeint hat – daß sie Sie liebt?« erwiderte Cornish gelassen. Er bemerkte den Ärger und den Unglauben in Hoggarts Augen.

»Um Himmels willen. Sie treibt es den ganzen Nachmittag mit einem Arschloch, dann abends mit Gardner. Nein, sie hat mich nur angelogen.«

Cornish spitzte die Lippen und sagte dann: »Wie wichtig war die sexuelle Beziehung zu Ihrer Frau?«

»Ich verstehe nicht.«

»War es das Wichtigste in Ihrer Beziehung?«

»Nein.«

»Was war das Wichtigste?«

»Sie hatte eine sehr schwere Kindheit. Ich wollte ihr helfen.«

»Erzählen Sie mir davon.«

»Sie hatte eine inzestuöse Beziehung zu ihrem Schwein von Vater und endete als eine Art Partygirl.«

»Aber Sie brauchten sie doch nicht gerade zu *heiraten,* um ihr zu helfen.«

»Am Ende schien es der einzige Weg, ihr eine gewisse Sicherheit zu bieten.«

»Wie lange kannten Sie Ihre Frau, bevor Sie geheiratet haben?«

»Ungefähr ein Jahr.«

»Und das beinhaltete auch eine sexuelle Beziehung?«

»Nein. Erst in den letzten Monaten.«

»Und Sie wußten von ihrer Vergangenheit?«

»Andeutungsweise.«

»Aber Sie wußten davon? Oder hat sie es Ihnen verschwiegen?«

»Wir haben nie davon gesprochen.« Hoggart rutschte unbehaglich auf seinem Stuhl herum. »Was hat das alles mit der Scheidung zu tun?«

»Wenn Sie nur eine Scheidung wollen, warum lassen Sie sich dann nicht wegen unheilbarer Zerrüttung scheiden? Warum bestehen Sie auf dem Vorwurf des Ehebruchs?«

»Damit dieser Gardner sein Fett abkriegt.«

»Ist Ihnen das wichtig?«

»Sehr wichtig.«

»Kennen Sie diesen Gardner?«

»Nicht näher. Ich habe ihn ein paarmal gesehen. Ich glaube, er ist ein ziemlich erfolgreicher Krimineller.«

»Können Sie das beweisen?«

»Im Moment nicht. Vielleicht in ein paar Tagen.«

»Kehren wir noch einmal zurück zu dem Zeitpunkt, als Sie Ihre Frau kennengelernt haben. Hat ihre ehemalige Lebensweise Ihnen etwas ausgemacht?«

»Gefallen hat's mir nicht, aber ich habe sie verstanden. Sie hielt sich damit über Wasser. Die einzige Art, die sie kannte, sich ihren Lebensunterhalt zu verdienen.« Er hielt inne.

»Warum fragen Sie das alles? Das hat doch nichts mit meinem Scheidungsverfahren zu tun.«

»Wenn sich jemand scheiden lassen möchte, Mr. Hoggart, haben die beteiligten Anwälte eine gewisse Verantwortung, bevor die Sache im Gerichtssaal landet. Sie sind Vertreter des Gerichts, und das Gericht verlangt von ihnen, die Möglichkeit einer Versöhnung zu erörtern. Ich muß Ihnen ganz offen sagen, viele Anwälte ignorieren diese Verantwortung. Nach ihrer Erfahrung funktioniert so etwas nur sehr selten. Aber in manchen Fällen sollte man zumindest den Versuch dazu machen. Dies ist ein solcher Fall.«

»Sie würden nur Ihre Zeit verschwenden, Mr. Cornish.«

»Da mögen Sie recht haben. Nichtsdestoweniger möchte ich Sie bitten, in zwei Tagen noch einmal vorbeizukommen. Um die gleiche Zeit wie heute. Und in der Zwischenzeit bitte ich Sie, ruhig und ernsthaft über die Sache nachzudenken. Wenn Sie trotzdem weitermachen wollen, ist das okay. Ich werde dann gerne Ihre Interessen vertreten.«

»Heißt das, Sie glauben, meine Scheidungsklage könnte abgewiesen werden?«

»Möglich. Bei solchen Dingen kann man sich nie sicher sein, und wenn wir weitermachen, brauche ich noch wesentlich mehr Informationen. Nein, ich meine, ich habe lange Jahre Erfahrung mit Scheidungen und mit Familienrecht, und ich erkenne gewisse Anzeichen.«

»Welche Anzeichen?«

Cornish lächelte. »In Scheidungsfällen sind die schwierigen Mandanten die guten, ehrlichen Menschen, die wenig oder nichts zum Scheitern der Ehe beigetragen haben. Die einfachen sind jene Männer und Frauen, die skrupellos oder charakterschwach, unmoralisch oder ohne jede Moral sind. Sie haben nicht verloren, was ihnen wertvoll war. Sie wollen nichts weiter als ihre Freiheit. Sie sind selten rachsüchtig. Sie haben im allgemeinen schon ein neues Leben angefangen. Neue Beziehungen. Sie sind zufrieden, deswegen machen sie weder mir noch dem einstigen Partner Schwierigkeiten. Die schwierigen Fälle sind die gradlinigen, anständigen Typen, die schockiert und wütend über den Verrat oder die Untreue von jemandem sind, den sie geliebt haben. Ein Großteil ihrer Welt ist zerbrochen. Sie haben es nicht verdient, und sie können nicht verstehen, warum ausgerechnet ihnen so etwas passiert. Sie sagen, sie wollen Gerechtigkeit, aber in Wahrheit wollen sie Rache. Und der einzige Verlierer bei der Sache sind sie selbst. Kummer, Frustration und fette Anwaltsrechnungen.«

Cornish stand auf und streckte die Hand aus. »Kommen Sie am Freitag wieder.«

Das Gespräch am Freitag mit Cornish war nicht so verlaufen, wie Hoggart es sich vorgestellt hatte. Tatsächlich hatte er keinen Gedanken an eine Versöhnung verschwendet. Er wußte genau, was er wollte. Er wollte frei sein von Jacqui, und er wollte Gardner soviel Schaden wie möglich zufügen.

Cornish schien nicht überrascht, als er ihm sagte, daß er seine Meinung nicht geändert habe.

»Ich habe mir eine Menge Gedanken gemacht über Ihren Fall, Mr. Hoggart. Und ich hätte von Ihnen gern Antworten auf einige Fragen, die mir gekommen sind.« Er lächelte. »Sie könnten nützlich sein, ganz egal, wie Sie sich entscheiden. Aber ich hätte ein schlechtes Gefühl, mich so einfach in den Fall hineinzustürzen, ohne zuvor ein wenig mehr zu wissen. Sind Sie damit einverstanden?«

Hoggart zuckte die Achseln. »Wie Sie meinen. Aber ich sehe keinen Grund dafür, daß wir bei dieser klaren Sachlage so einen Aufwand treiben.«

»Na schön. Sie sind der Grund. Ich halte Sie für einen ziemlich ungewöhnlichen Menschen. Und Sie sagten mir, Sie hätten mit niemand über die Scheidung gesprochen, weil es niemand gäbe, dessen Rat Sie vertrauen. Keinen Freund, der Ihnen einen guten Ratschlag geben könnte. Gerichte haben eine merkwürdige Einrichtung namens *amicus curiae* – Freund des Gerichts. Das ist die Rolle, die ich gerade bei Ihnen ausfülle.«

»Wieso meinen Sie, ich sei ein komischer Mensch?«

»Ich habe ungewöhnlich gesagt, nicht komisch.« Cornish hielt inne. »Sie sind ungewöhnlich, weil Sie einerseits ganz offenkundig sehr selbstsicher sind und sehr wohl fähig, Ihr Leben zu meistern, andererseits fällt mir aber auf, daß Sie auch sehr verletzlich sind. Ihre Hilfsbereitschaft Jacqui gegenüber. Ihr Verständnis für ihre Vergangenheit zeigt mehr Großzügigkeit und Toleranz, als die meisten Männer aufbringen würden.

Das einzige, über was Sie sich beklagen, sind diese neuen Fälle von Untreue Ihrer Frau. Die meisten Männer würden noch ein paar traditionelle Klagen hinzufügen. Faul, streitsüchtig, Szenen, Beleidigungen, herabsetzendes Verhalten – und so weiter. Aber Sie nicht. Könnte man sagen, daß Sie, wenn diese Ereignisse nicht stattgefunden hätten, immer noch zusammen wären?«

»Ja.«

»Jetzt muß ich mich auf ein heikles Gebiet begeben und Ihnen ein paar sehr persönliche Fragen stellen.« Hoggart schwieg, worauf Cornish fortfuhr. »Aus meiner Berufserfahrung würde ich sagen, daß Frauen, die mit Sex ihren Lebensunterhalt verdienen, weniger dazu neigen, Sex wirklich zu genießen, als andere Frauen. Es ist Routine für sie. Ein Job, der getan werden muß. Sie sind sehr selten promiskuitiv. Es bringt ihnen gefühlsmäßig nichts. Würden Sie mir zustimmen?«

»Ich glaube schon.«

»Sie haben mir gesagt, Ihre Frau sei nicht nur sehr jung, sondern auch sehr attraktiv. War das der Grund, warum Sie sie geheiratet haben?«

Hoggart schüttelte den Kopf. »Nein. Na ja, vielleicht doch. Ich hätte ihr auf jeden Fall geholfen, weil ich sie mochte. Aber ich glaube, wenn sie nicht so hübsch gewesen wäre, hätte ich sie nicht geheiratet.«

»Das dachte ich mir. Eine direkte, ehrliche Antwort. Ich möchte . . .« Cornish zögerte einen Moment, ». . . ich möchte Sie daher folgendes fragen.« Dann schüttelte er den Kopf. »Nein. Lassen sie mich zuerst etwas anderes sagen. Sie und ich sind, wie man so schön sagt, Männer von Welt, wir wissen daher, daß Sex, der für Geld oder andere Gefälligkeiten gewährt wird, nichts mit Zuneigung zu tun hat, nicht einmal sexuell befriedigend ist für die Frau. Stimmen Sie mir zu?«

Hoggart antwortete nicht, doch Cornish fuhr trotzdem fort. »Meine Frage ist folgende – bedeuten Ihnen zwei Sexakte mehr als all das andere, was Ihre Frau Ihnen gegeben hat – wie Liebe, Zuneigung, Zärtlichkeit, Fürsorge?«

Hoggart schwieg einen Moment, dann erwiderte er: »Sprechen Sie französisch?«

»Nein, leider nicht.«

»Die Franzosen haben ein Sprichwort. Ehe ist eine Burg. Wenn der Mann Ehebruch begeht, begibt er sich außerhalb der Burg. Wenn die Frau Ehebruch begeht, lädt sie einen Eindringling ein.« Er stockte. »Ich teile diese Ansicht, Mr. Cornish.«

»Sie möchten also, daß ich die Scheidungsklage vorbereite?«

»Ja, bitte.«

Cornish blickte in seinen Terminkalender. »Können Sie am nächsten Mittwoch um siebzehn Uhr wiederkommen?«

»Ja.«

»Dann habe ich den Entwurf fertig.«

Hoggart hatte für den folgenden Tag einen Spediteur beauftragt, Jacquis Sachen aus der Wohnung auszuräumen. Er hatte beschlossen, den Mietvertrag zu kündigen und in seine alte Bleibe zurückzukehren. Aber er wollte ihre Sachen packen, damit der Mann sie abtransportieren konnte.

Die Wohnung war seit Wochen nicht mehr gelüftet worden, und als er das Fenster öffnete, wehte ihm die Gardine ums Gesicht, und er hörte den Lärm von der Straße.

Die Hände in die Hüften gestemmt, sah er sich im Schlafzimmer um. Auf dem Boden neben dem Bett lagen ein Teddybär und eine Stoffpuppe. Beides hatte sie auf dem Trödelmarkt an der Berwick Street gekauft. Auf der Frisierkommode standen zwei Flaschen Parfüm und ein Zerstäuber mit Toilettenwasser; auf der Glasplatte lag eine dünne Staubschicht. Er öffnete eine Schublade nach der anderen, da lagen Modeschmuck, ordentlich gefaltete Unterwäsche, Strümpfe und Strumpfhosen. Und in einer Pralinenschachtel waren alle Weihnachts-, Oster- und Geburtstagskarten, die er ihr gegeben hatte. Jeweils zwei, dazu drei Karten zum Valentinstag. Er fand einen zusammengefalteten Zettel mit seiner Handschrift, auf dem er sie daran erinnerte, den Klempner anzurufen, und die Programme von einem halben Dutzend Shows, in die er mit ihr gegangen war.

Er wandte sich den eingebauten Schrankschubladen zu und öffnete sie – wie in seinem Job, bei einer professionellen Haussuchung –, die unterste zuerst. Obendrauf lag ein Kärtchen mit der Aufschrift »Eddies Hemden«, darunter ein Dutzend sorgsam gestapelte Hemden und ein kleiner Bund getrockneter Blumen in der rechten vorderen Ecke. Da waren eine Schublade für seine Socken und seine Unterwäsche, eine für Badetücher und Handtücher, zwei Schubladen mit Leintüchern und Kopfkissenbezügen und eine Schublade, die leer war. Die kleine Küche war sauber und aufgeräumt, in einem Drahtkorb befanden sich Geschirr und Besteck zum Abtropfen, an der einen Wand hing ein kleines gerahmtes Bild mit gepreßten Blumen, das er ihr auf einem Trip zu irgendeinem Nationalpark geschenkt hatte.

Er ging ins Wohnzimmer zurück und ließ sich schwer in einen Sessel fallen. Teil einer dreiteiligen Couchgarnitur, die sie gebraucht auf einer Auktion erstanden hatten. Eine ganze Weile saß er dort, und es überlief ihn kalt, trotz der Wärme des Zimmers. Es war ihm beinahe ungehörig vorgekommen, sich alles anzusehen. Die Dinge, von denen er nichts wußte. Ein seltsames, stilles Zeugnis ihrer Fürsorge. Teil eines Lebens, von dem sie nicht erwartet hatte, daß es so abrupt enden würde. Das mußte für sie genauso ein Schock gewesen sein wie seine Entdeckung ihrer Untreue. Mühsam stand er auf und suchte nach der Telefonnummer des Spediteurs. Am anderen Ende meldete sich nur ein Anrufbeantworter, und dem hinterließ er eine Nachricht, daß der Umzug morgen verschoben werden müsse. Er werde sich in ein paar Tagen wieder melden. Und nachdem er aufgelegt hatte, wischte er sich mit dem Handrükken die Tränen aus den Augen.

Der Wagen bog in der Senke nach rechts ab, weg von der Hastings Road und hinauf durch die Ortschaft Lamberhurst in Richtung Down. Dann rechts an der Kreuzung hinter dem *Swan* und dem nördlichen Rand des Weinbergs. Und eine Viertelmeile weiter bog Hoggart in den Zufahrtsweg zu dem Haus ein. Er bemerkte, daß das Schild »Bed and Breakfast« sanft im Wind schaukelte. Von Zeit zu Zeit wurde das »Voll«-Schild für einen oder zwei Tage entfernt, um die Tarnung aufrechtzuerhalten. »Bett und Frühstück« lieferte einen akzeptablen Grund für das ständige Kommen und Gehen, während das kleinere Schild darunter zur vorsorglichen Abwehr von echten Wanderern und Radtouristen diente.

Aus einem Instinkt heraus blickte er zur Straße zurück, als er die Wagentür schloß, und sah einen blauen Ford, der kurz abbremste, dann jedoch weiterfuhr. Er erinnerte sich dunkel, am Londoner Elephant-and-Castle-Kreisel zwei Fahrzeuge hinter sich einen blauen Ford gesehen zu haben. Aber da war er mit anderen Dingen beschäftigt gewesen. Und im übrigen machten blaue Fords vermutlich zehn Prozent des gesamten Fahrzeugbestandes in Großbritannien aus. Dennoch ging er langsam den Weg zurück, die Anhöhe hinauf zur Straße. Der Ford stand mit hochgeklappter Motorhaube ein paar hundert Meter weiter am Straßenrand. Hoggart lief zum Haus zurück.

Foxy war auch der Meinung, daß es sicherer sei, sich in Gardners Wohnung an der Hertford Street zu treffen. Er war dort noch nie eingeladen gewesen und war verblüfft über die luxuriöse Einrichtung. Offenbar hatte ein Profi die Wohnung eingerichtet, ohne Rücksicht auf Kosten. Sie sollte beeindrucken, und Foxy zeigte sich auch gebührend beeindruckt.

»Eine wunderschöne Wohnung, Harry. Muß dich ein Vermögen gekostet haben.«

Gardner zuckte die Achseln. »Wird alles von der Steuer abgesetzt, Foxy. Setz dich.«

Er deutete auf einen schweren Sessel, und Foxy ließ sich hineinsinken, wobei er sich an den Armlehnen festhielt, als habe er Angst, völlig in den Polstern zu versinken. Gardner schenkte Whisky ein und reichte Foxy ein Glas, bevor er ihm gegenüber Platz nahm.

»Was ist los, Foxy? Warum diese Geheimniskrämerei?«

»Keine Geheimniskrämerei, Harry. Nur zur Sicherheit. Aber zuerst ein kleines Problem. Das Datum, das du mir genannt hast, das Datum deines ersten Verkehrs mit dem Mädchen. Bist du ganz sicher, daß du mir das richtige Datum gegeben hast?«

»Ja, natürlich bin ich sicher. Ich habe in meinem alten Terminkalender nachgesehen.«

»Hast du den noch?«

»Ja, klar.«

»Dann vernichte ihn. Sofort. Nicht morgen, sondern heute. Sobald ich weg bin.«

»Warum denn, um Himmels willen?«

Foxy holte tief Atem. »Ich habe Nachforschungen über das Geburtsdatum des Mädchens angestellt. Zu dem betreffenden Zeitpunkt hatte sie noch zwei Monate bis zur Volljährigkeit. Vor Gericht wollen wir natürlich keine falschen Daten. Nur zur Vorsicht, Harry.«

»Ich kann die Seiten rausreißen, auf denen etwas von ihr steht.«

»Das wäre ja noch schlimmer. Wenn sie auf die Idee kommen, du hättest deinen alten Terminkalender aufgehoben, würden sie ihn glatt als Beweismaterial beschlagnahmen lassen, nur um mal drin schnüffeln zu können. Fehlende Seiten sind fast so schlimm wie die Einträge selbst.« Er hielt inne. »Okay?«

»Ja, okay.«

»Jetzt zu der wichtigen Entscheidung.« Er musterte Gardners rotes Gesicht. »Wir haben die Wahl, Harry. Ich habe noch ein paar Tricks im Ärmel, um das Verfahren weiter hinauszuzögern, aber früher oder später landen wir doch vor Gericht. Das will ich unter allen Umständen vermeiden. Egal, wie es ausgeht, du wärst auf jeden Fall der Verlierer. Wir können ihn auf zwei verschiedene Arten unter Druck setzen.« Er legte eine bedeutungsvolle Pause ein. »Physischen Druck oder internen Druck.«

»Was für internen Druck?«

»Ja, nun. Ich bin Anwalt. Vom Gericht bestellt. Außerdem bin ich ein guter Bürger. Patriotisch und so weiter. Und ich habe diesen dummen kleinen Fall. Aber es bedeutet, daß ich, um die Interessen meiner Mandantin – Jacqui – zu schützen, aufzeigen muß, daß letztlich das Verhalten ihres Ehemanns sie zu dem getrieben hat, was sie tat. Es ist natürlich nicht seine Schuld. Schließlich wurde er genau dazu ausgebildet, nicht wahr? Er ist gewohnt, mit ausländischen Agenten umzugehen. Brutal und skrupellos, und leider neigt er auch in seinem Privatleben zu Gewalt. Es wäre doch eine Schande, nur wegen einer ehelichen Streitigkeit die Karriere eines Mannes zu ruinieren. Wenn sie ein ernstes Wörtchen mit ihm reden, könnte das alles geglättet und ausgeräumt werden, geräuschlos und ohne Aufhebens. Sicherlich wären sie auch der Ansicht, daß dies die beste Lösung für alle Beteiligten wäre.«

Foxy lehnte sich zurück und suchte in Gardners Miene nach einer Reaktion.

Es dauerte mehrere Minuten, bis Gardner antwortete. »Wer sind diese ›sie‹, mit denen du reden willst?«

»Ich werde zuerst mit seinem Anwalt sprechen. Wenn das nichts nutzt, rufe ich bei MI 6 an. Ich habe die Nummer der Telefonzentrale von meinem Detektiv bekommen. Und ich weiß, mit wem ich sprechen muß.«

»Mit wem?«

»Mit einem Typ namens Latham. Rechtsabteilung.«

»Er wird sagen, daß es eine Privatsache ist, daß es sie nichts angeht.«

Foxy lächelte und schüttelte den Kopf. »Wird er nicht. Das können die sich nicht leisten. Die legen ganz gewiß keinen Wert darauf, Einzelheiten seiner Tätigkeit öffentlich vor Gericht ausbreiten zu lassen. Das mit dem Russen und so weiter.«

Gardner stand auf und ging zum Fenster, schaute hinaus, die Hände in den Taschen, während er sich das, was Foxy gesagt hatte, durch den Kopf gehen ließ. Foxy wäre von handgreiflicher Nötigung nicht begeistert, ihm würde es viel mehr Spaß machen, sich mit Regierungsbeamten herumzuschlagen. Aber damit war es noch lange nicht die optimale Politik. Und wenn

Foxy versagte, konnte Gartner nicht ersatzweise ein paar Schläger schicken, denn sie wußten dann natürlich genau, daß er dahintersteckte. Aber es gab eine Alternative, die Foxy nicht angesprochen hatte. Vielleicht hatte er auch nicht daran gedacht. Und es war nicht nötig, ihm etwas davon zu sagen. Er drehte sich zu Foxy um.

»Okay, Foxy, versuch's, wie du es vorgeschlagen hast. Es kann nichts schaden, wenn du mit ihnen redest.«

Foxy nickte und rappelte sich aus dem Sessel hoch. »Okay, Harry, ich werde mich drum kümmern.«

Foxy war die Liebenswürdigkeit in Person, als er Cornish die Hand schüttelte.

»Nehmen Sie doch Platz, Mr. Fox. Sie wollen über die Sache Hoggart sprechen, wenn ich recht verstehe.«

»Ganz recht.« Foxy lächelte und hob die Schultern. »Ich möchte einen Kompromiß vorschlagen, Mr. Cornish.«

»Sagen Sie mir, was Sie sich vorgestellt haben.«

»Ich meine, es wäre besser für beide Parteien, wenn wir uns auf Zerrüttung einigen könnten.«

»Mein Mandant wird damit nicht einverstanden sein, Mr. Fox. Und ich wüßte auch nicht, warum er sich darauf einlassen sollte.«

»Meine Mandantin würde auf Unterhalt verzichten oder, falls das Gericht darauf besteht, mit einem nominellen Betrag einverstanden sein. Keine Vermögens- und Zugewinnansprüche. Und sie zieht ihre Gegenklage zurück.«

Cornish schüttelte den Kopf. »Ich fürchte, da läuft nichts, Mr. Fox. Ich habe sehr eindeutige Instruktionen von meinem Mandanten. Ich werde Ihnen in den nächsten Tagen weitere Einzelheiten schicken.«

»Es würde ihm eine Menge Ärger wegen seines Leumunds und seines Jobs ersparen.«

Cornish zog ein überraschtes Gesicht. »Ich verstehe nicht.«

»Seine Chefs werden gar nicht begeistert sein, wenn all diese Dinge über seine Arbeit herauskommen. Spionage und dergleichen.«

Cornish holte tief Atem, wollte etwas sagen, besann sich dann anders, ging zur Tür und öffnete sie.

»Sie gehen jetzt besser, Mr. Fox.«

Foxy stand auf und ging zur Tür. Achselzuckend meinte er: »Sagen Sie nicht, ich hätte es nicht versucht, Mr. Cornish. Einen guten Tag.«

Cornish sah ihm nach, bis er durch das Vorzimmer in den Korridor gegangen war. An seinen Schreibtisch zurückgekehrt, saß er mehrere Minuten gedankenvoll da, bis seine Sekretärin ihm Briefe zum Unterschreiben brachte.

Eine männliche Stimme meldete sich am Telefon.

»Kann ich Ihnen behilflich sein?«

»Mein Name ist Fox. Ich bin Rechtsanwalt. Ich möchte mit Mr. Latham sprechen.«

»Welchem Mr. Latham?«

»Mr. Latham von der Rechtsabteilung.«

Einige Akkorde getragener Harfenmusik erklangen, dann sagte eine Stimme: »Latham.«

»Mr. Latham, mein Name ist Fox. Ich bin Rechtsanwalt. In einer Zivilsache werden Sicherheitsaspekte berührt. Ich möchte mit Ihnen darüber sprechen.«

»Was für Sicherheitsaspekte?«

»Nationale Sicherheit. Spionage.«

»Geben Sie mir Ihre Nummer, ich rufe zurück.«

Foxy gab ihm seine Büronummer. Zehn Minuten später kam der Rückruf.

»Latham. Wann können Sie bei mir vorbeikommen?«

»Ich stehe ganz zu Ihrer Verfügung, Sir.«

»Wie wär's heute nachmittag um vier?«
»In Ordnung.«
»Sie wissen, wo Sie mich finden?«
»Century House, nicht wahr?«
»Ja. Ich erwarte Sie am Empfang.«

Foxy war überrascht, als er Latham sah. Er wußte nicht recht, was er erwartet hatte, jedenfalls nicht diese ziemlich verdrießliche Gestalt in schwarzem Sakko und gestreiften Hosen. Latham unterschrieb im Dienstbuch für Foxy, heftete ihm eine Ausweiskarte ans Jackett und übernahm die Führung. Latham sprach kein Wort, während sie breite Korridore entlanggingen und mehrere verschlossene Metalltüren passierten, die Latham mittels Plastikkarten öffnete.

Das Zimmer, in das er geführt wurde, hatte nackte weiße Wände und kein Fenster. Vier Stühle standen darin und ein einfacher Holztisch. Nachdem sie Platz genommen hatten, sagte Foxy. »Entschuldigen Sie die Frage, Mr. Latham, wird dieser Raum abgehört?«

»Nein, Mr. Fox. Sie können frei sprechen.«

»Es werden keine offiziellen Aufzeichnungen gemacht?«

»Nicht, wenn Sie es nicht wünschen.«

»Hier arbeitet ein Mann namens Hoggart. Edward Hoggart. Kennen Sie ihn?«

»Fahren Sie fort, Mr. Fox. Ich beschränke mich vorerst aufs Zuhören.«

»Ich weiß, daß er hier arbeitet. Ich habe es überprüft.«

Foxy wartete auf eine Reaktion, doch als keine kam, fuhr er fort. »Es geht um eine Scheidungssache. Scheidungsklage, Gegenklage. Nicht daß seine Frau, die meine Mandantin ist, es so gewollt hätte. Aber er wirft ihr Ehebruch vor und noch ein paar andere Dinge, auf die ich nicht näher eingehen möchte.

Zur Verteidigung meiner Mandantin muß ich daher Mr.

Hoggart in den Zeugenstand rufen und ihn über Akte körperlicher Gewalt befragen. Ich habe eine entsprechende eidesstattliche Versicherung von einem seiner Opfer. Ich muß seinen Leumund herausarbeiten, und wie ich gehört habe, bekommen diese Burschen eine spezielle Ausbildung in sogenannter waffenloser Selbstverteidigung. Ich muß vor Gericht nachweisen, daß physische Aggression zu seinem Beruf gehört. Wie ich höre, hat seine Arbeit etwas mit Russen zu tun.«

Er wartete, doch Latham sagte nur: »Fahren Sie fort, Mr. Fox.«

»Ich dachte, vielleicht könnten Sie mal mit ihm reden. Ihn davon überzeugen, daß es klüger wäre, sich mit einer Konventionalscheidung einverstanden zu erklären.«

Latham stützte die Hände auf den Tisch und sah Foxy an.

»Haben Sie Kopien von den zwei Scheidungsbegehren und von der eidesstattlichen Versicherung wegen angeblicher Körperverletzung?«

Foxy griff nach seiner abgewetzten Aktentasche, kramte darin herum und übergab Latham ein Bündel Fotokopien.

Latham erhob sich. »Vielen Dank für Ihre Zeit, Mr. Fox.«

»Sie sprechen mit ihm, ja?«

»Ich bringe Sie zur Tür.«

»Soll ich Ihnen meine Visitenkarte dalassen?«

Latham lächelte flüchtig. »Ich habe Ihre Adresse und Telefonnummer, Mr. Fox.«

»Ach ja.« Er lächelte. »Ich nehme an, ich komme jetzt auf irgendeine schwarze Liste.«

»Bestimmt nicht, Mr. Fox.«

Latham hätte beinahe gesagt, daß bei Scotland Yard seit über zehn Jahren eine Akte über Foxy existierte. Doch er begleitete ihn nur wortlos zum Ausgang.

In sein Büro zurückgekehrt, bat er seine Sekretärin um die Personalakte Hoggart, Edward.

Es war eine Woche später, als Latham Eddie Hoggart zu einem Gespräch holte.

»Kennen Sie einen gewissen Fox, Eddie?«

»Sagt mir nichts. Was macht er beruflich?«

»Er ist ein Rechtsanwalt. Der Anwalt Ihrer Frau.«

Latham sah, wie sich Hoggarts Gesicht vor Ärger rötete, und er bemerkte auch die angespannten Muskeln um seinen Mund.

»Ich habe nicht auf den Namen geachtet. Mein Anwalt kümmert sich um alles.«

»Er hat mich letzte Woche aufgesucht.«

»Wegen was?«

»Wegen der Scheidung. Wollte, daß ich Sie überrede, die Scheidungsgründe auf unheilbare Zerrüttung zu beschränken, dafür würde Ihre Frau die Gegenklage zurückziehen und auf Unterhalt sowie Vermögensforderungen verzichten.« Als er sah, daß Hoggart etwas sagen wollte, hob er abwehrend die Hand. »Sie könnten wahrscheinlich diesen Besuch für Ihre Scheidungssache verwenden. Er behauptet zwar, im Interesse seiner Mandantin gehandelt zu haben, aber das Gericht wird davon nicht sehr begeistert sein.«

»Und Sie haben ihm versprochen, sich um die Sache zu kümmern?«

»Absolut nicht. Ich habe ihn zur Tür gebracht. Aber ich hörte mir an, was er zu sagen hatte.«

»Und was war das?«

»Es war nicht so sehr das, was er sagte, als das, was unausgesprochen blieb. Er will Sie wegen Ihres Leumunds in den Zeugenstand holen. Behauptet, Ihre SIS-Ausbildung mache Sie von Haus aus aggressiv. Er hat eine unterschriebene Aussage von irgendeinem Barmann, der behauptet, Sie seien auf ihn losgegangen. Angeblich überlegt er gerade, Sie wegen Körperverletzung anzuzeigen.« Latham zuckte die Achseln. »Im

Klartext sagte er, wenn Sie an der Klage festhalten, wird er alles, was er über Ihre Arbeit weiß, an die Öffentlichkeit bringen, und zum Teufel mit der nationalen Sicherheit.«

»Er kann drohen, soviel er will. Ich will mein Pfund Fleisch.«

»Ihnen geht es um diesen Gardner, nicht wahr?«

»Ja.«

»Ist er es wert?«

»Für mich ja.« Hoggart zögerte. »Ist das eine offizielle Unterredung?«

»Sagen wir mal, offiziell, aber vertraulich.«

»Und unsere Bosse möchten Publicity vermeiden?«

»Das können Sie sich doch denken.«

»Sie haben mit ihnen darüber gesprochen?«

»Nur so grob. In Umrissen. Keine Einzelheiten.«

»Und was war ihre Reaktion?«

»Es Ihnen zu überlassen. Aber ich glaube, sie haben sich doch gefragt, ob es nicht klüger von Ihnen wäre, es auf die sanfte Art zu bereinigen. Sie möchten keine Öffentlichkeit, und genau darauf ist dieser Gardner offenbar aus. Bereit, soviel Dreck wie möglich aufzurühren, um seine Haut zu retten.«

»Und in der Zwischenzeit bin ich bis auf weiteres beurlaubt?«

»Absolut nicht. Für uns ist die Sache beendet. Wir werden sie nicht mehr auf den Tisch bringen. Lassen Sie's sich durch den Kopf gehen. Wir überlassen Ihnen die Entscheidung.«

12

Mathews gehörte nicht zu Renshaws Bewunderern. Dessen lässige Art und trügerisch sanfte Arbeitsmethode reizten ihn zu kaum verhüllter Grobheit. Aber Mathews führte einen Russen mit dem Codenamen »Wheel«. Der Russe war nicht vom KGB, sondern ein Auslandskorrespondent von *Novosti*. Ein echter Journalist, aber der KGB benutzte ihn bei Bedarf. Er war zwei Jahre zuvor von MI 5 enttarnt worden, als er eine Funknachricht nach Moskau schickte, in einem Code, der schon lange geknackt worden war. Die Funkpeilung hatte einen Monat lang den illegalen Sender eingekreist, und dann war er samt seinem Sendegerät bei einer frühmorgendlichen Razzia einkassiert worden.

Damals schien der KGB ihn nicht zum Sammeln von Informationen einzusetzen, sondern nur als Übermittler für Nachrichtenmaterial, das ihm ein anderer KGB-Agent gab. Die Sicherheitsexperten hatten ihn drei Wochen lang verhört und dabei festgestellt, daß er zu einer Zusammenarbeit bereit war, um in London bleiben zu können, nach wie vor als offizieller Journalist plus seinem KGB-Nebenjob. Er hatte eine Freundin in Barnes, und das war wohl ausschlaggebend. In den Monaten, nachdem er »umgedreht« worden war, nahm der Funkverkehr aus Moskau an Umfang zu, und am Ende mußte ihn MI 5 widerstrebend dem SIS überlassen. Nur der SIS war befugt, umgedrehte Agenten zu führen.

Mathews paßte es gar nicht, daß er Renshaw laufend über »Wheel« unterrichten mußte. Auf dem Papier hatten sie den gleichen Dienstrang und vergleichbare Positionen, doch er wußte, daß Renshaw bei den Bossen mehr galt. Aber nun war ein Problem aufgetaucht, über das er Renshaw informieren mußte. Er hatte ihm das Problem geschildert und wartete nun, voller Abwehrhaltung, auf Renshaws Kommentar.

»Was für einen Grund hat er angegeben, George?«

»Er sagte, Moskau hätte ihn zwecks Gesprächen zurückbeordert.«

»Wird das durch den Funkverkehr gestützt?«

»Ja. Ich weiß nicht, ob Moskau Verdacht geschöpft hat, aber in den beiden letzten Monaten gab es vergleichsweise wenig Funkverkehr. Und in der Rückruforder ist kein Hinweis darauf enthalten, was sie von ihm wollen. Sie haben jeden Tag den Code gewechselt. Laut GCHQ ist dies ein eindeutiges Zeichen, daß sie mißtrauisch sind.«

Renshaw nickte. »Und jetzt fragen Sie sich, ob wir ihn zurückkehren lassen sollen.«

»Ja.«

»Wir haben keine große Wahl, nicht wahr? Wenn wir ihn zurückkehren lassen und sie bringen ihn dazu auszupacken, dann ist das das Ende der Operation ›Wheel‹. Aber wenn wir ihn nicht zurückkehren lassen, ist die Operation sowieso beendet. Es ist ein bißchen wie eine Morton's-Fork-Situation.«

»Was?«

»Ein unauflösbares Dilemma«, erklärte Renshaw achselzuckend. »So oder so funktioniert es nicht. Wenn er allerdings nach Moskau geht und sie nicht mißtrauisch sind und er zurückkehrt, dann gewinnt Ihre Operation natürlich wesentlich an Qualität.«

»Also lasse ich ihn zurückkehren?«

»Uns bleibt wohl keine andere Wahl.« Renshaw stand betont langsam auf, um seine Irritation über die Begriffsstutzigkeit seines Kollegen zu überspielen. Jeder umgedrehte KGB-Spitzel hatte einen potentiellen Wert, aber es war offensichtlich, daß Moskau die SIS-Funkspielchen mit »Wheel« satt hatte. Schade, denn »Wheel« war recht nützlich gewesen.

Renshaw lächelte insgeheim. Nützlich für beide Seiten. Er trat ans Fenster, nachdem Mathews gegangen war, und schaute hinunter auf den Verkehr. Er fühlte sich unruhig, und das störte ihn. Die zähen Vernehmungen der beiden Überläufer machten ihn ungeduldig. Jakunin hatte offenbar etwas zu sagen, und er hätte nur zu gern gewußt, was es war. Für gewöhnlich war er ein recht geduldiger Mensch, doch seit ein, zwei Wochen quälte ihn ein undeutliches Gefühl kommenden Unheils.

Impulsiv drehte er sich um, griff sich den Regenschirm aus dem Ständer, kontrollierte die Tresore in seinem Büro und strebte den Fahrstühlen zu. Er nahm ein Taxi zur King's Road und kaufte bei Sainsbury's ein, bevor er in seine Wohnung zurückkehrte.

Dort schenkte er sich einen Whisky ein und nahm ihn mit zum Flügel, wo er es sich auf dem geschnitzten Bänkchen bequem machte und den Deckel hochklappte. Fast ohne zu denken spielte er ein Stück aus Saties *Trois gymnopédies*. Trotz ihrer hohen Ansprüche waren die Franzosen im Grunde Philister. Sie behandelten ihre Komponisten so lange mit Geringschätzung, bis sie schon fast tot waren. Satie, Ravel, der arme kranke Milhaud und ihr offener Haß auf Debussy. Wie in aller Welt hatte solch eine bourgeoise Nation nur den Ruf bekommen, romantisch zu sein?

Einer von Mathews' Beobachtern hatte mit angesehen, wie der Mann mit dem Codenamen »Wheel« die Aeroflot-Maschine nach Warschau und Moskau bestieg. Der Russe, der mit richtigem Namen Konstantin Bykow hieß, lehnte sich in seinen Sitz zurück und schloß die Augen. Er war sich sicher, daß die Briten ihm nicht mehr trauten, aber das brauchte ihn jetzt nicht mehr zu beunruhigen. Endlich hatte Moskau seiner Rückkehr zugestimmt. Früher oder später würde Mathews auf das zweite Funkgerät stoßen, oder die Abhörzentrale in Cheltenham würde sich die Zeit nehmen, die Sendekoordinaten zu überprüfen und den Code zu knacken. Es wäre natürlich ein Schock für das Mädchen, aber so lief es eben in diesem Metier.

Bykow behielt mit allen drei Voraussagen recht. Mathews' Suchtrupp hatte in der Nacht nach Bykows Abreise in dem Haus des Mädchens in Barnes das Funkgerät entdeckt. Das Gerät fand sich in dem Zimmer, das Bykow von dem Mädchen gemietet hatte, in einer Lautsprecherbox, die an eine billige Stereoanlage angeschlossen war. Mit dem Mädchen hatte er ebenfalls richtig gelegen. Mathews mußte einen Wagen schikken, um das Mädchen, das vollkommen hysterisch war, zu seiner Mutter nach Wimbledon zu bringen. Der Russe hatte gesagt, er müsse für drei Tage geschäftlich nach Paris. Die dritte Voraussage erwies sich bei einer Besprechung am nächsten Tag in einem Speziallabor des GCHQ an der Store Street als korrekt.

Bei dem darauffolgenden Zusammentreffen erwischte es Mathews. Nicht in Form eines hysterischen Schocks, aber mit einem Wutgefühl, an dem er fast erstickte. Armitage, der GCHQ-Techniker, hatte ihm die schlechte Nachricht so taktvoll wie möglich beigebracht. Er deutete auf das Funkgerät und die beiden Kassetten.

»Es ist ein ultramodernes Gerät. Unser Codename dafür ist Combine, die Russen nennen es Sojus 4. Die Nachricht wird mit normaler Geschwindigkeit aufgezeichnet, dann drücken Sie auf diese Kopiertaste, und sie wird mit hoher Geschwindigkeit umkopiert. Eine Sendung, die normalerweise sechs Minuten dauert, wird in fünfzehn Sekunden übertragen.« Er blickte Mathews an. »Deswegen haben wir keine Chance mit unserer automatischen Funkpeilung. Wir hören den Funkverkehr nicht einmal, ganz zu schweigen davon, daß wir die Quelle lokalisieren könnten.«

»Was ist mit dem Code?«

»Er ist hochkomplex. Eine Variante ihres Ambassador-Codes. Arbeitet mit einer neuen Version von Einmal-Schlüsseln. Ich will nicht in Einzelheiten gehen. Es ist sehr kompliziert. Aber wir haben ihn vor ein paar Monaten in unserer Außenstelle Hongkong geknackt.«

»Wie sah der Inhalt der Nachrichten aus?«

Armitage spitzte die Lippen und holte dann tief Atem. »Der Empfänger bekam von Moskau Instruktionen in Sachen Zusammenarbeit mit dem SIS. Es tut mir leid, aber er war ein Dreifachagent.«

Renshaw akzeptierte die Nachricht mit philosophischer Gelassenheit, als Mathews sie ihm überbrachte. Nur ein leichtes Hochziehen der Augenbrauen und ein schwaches Lächeln. »Ich würde trotzdem nicht aufgeben«, meinte er.

»Ich verstehe nicht. Was aufgeben?«

Renshaw lachte leise, als lägen die Antwort und deren Logik klar auf der Hand. »Sie machen vielleicht den gleichen Fehler, den Sie auch gemacht haben. Vielleicht merken sie nicht, daß er von uns enttarnt wurde, und schicken ihn nach London zurück. Dann sind Sie wieder dran.«

»Das würden sie nie riskieren. Und er auch nicht.«

Renshaw zuckte die Achseln. »Wie Sie meinen, mein Junge. Aber wenn ich Sie wäre, würde ich das Mädchen auf unsere Seite ziehen und sie wieder ins Haus bringen, falls er versucht, Kontakt aufzunehmen. Durchaus möglich, daß er einen Anruf riskiert, wenn auch nur, um herauszufinden, ob wir den Sender entdeckt haben.« Renshaw lachte. »Lassen Sie Ihren Charme spielen, alter Junge. Sie ist enttäuscht und einsam und verlassen.«

Mathews dämmerte es langsam. »Sie könnten recht haben. Ja . . . mal sehen, was ich tun kann.«

13

Uljanow hatte nie die Operation leiten wollen, und daß er jetzt mit Sostow die Verantwortung teilen mußte, grenzte an Demütigung. Die ganze Sache war überhastet. Elementare KGB-Regeln mißachtet und zuviel Gewicht auf Lenskis Improvisationen. Sie waren wie biedere Laienschauspieler der festen Überzeugung, daß am Premierenabend schon alles klappen würde. Aber es klappte nichts, es war ein einziges Chaos.

Das Material aus London war nutzlos. Vage Versicherungen, daß alles nach Plan laufe, daß jedoch Zeit und Geduld notwendig seien. Es gab keinen Plan. Es war eines dieser Blindekuhspiele, auf die sich die neuen Männer unter dem kleinsten Vorwand einließen. Vorschriften, sagten sie, seien dazu da, gebrochen zu werden, Vorschriften behinderten Fortschritt. Nach Uljanows Meinung galt *Glasnost* nicht für den KGB. Sie hatten ihre weltweite Macht und ihren Erfolg überlegter und sorgfältiger Planung zu verdanken, nicht wilden Ausbrüchen unangebrachter und riskanter Begeisterung.

Es kam ihm vor wie ein verrücktes Schachspiel, bei dem sie eine Figur nach der anderen opferten, um den König zu schützen, ohne zu bemerken, daß der Gegner nicht einmal einen Bauern verloren hatte. Und nun hatte Sostow ihre letzte Verbindung nach London gekappt, indem er Bykow zurückholte. Wenn sie vorher zuwenig Informationen bekommen hatten, bekamen sie jetzt gar keine mehr. Sie agierten blind. Jakunin übergelaufen, Lenski in Gefahr und jetzt Bykow kaltgestellt. Und Sostow hatte ihn nicht einmal konsultiert, bevor er Bykow zurückbeorderte. Hieß das, daß es höheren Orts initiiert oder abgesegnet worden war? Und wollte man ihm damit sagen, daß seine Tage gezählt waren?

Morgen stand eine Lageanalyse auf dem Programm, und Tschebrikow schickte seinen eigenen Berichterstatter. Vermutlich war es einer der neuen Burschen. In den alten Tagen hätten sie einfach ihre Verluste geschluckt und die ganze Sache abgeblasen. Sie vielleicht zwei Jahre auf Eis gelegt und dann wiederbelebt. Von ihm und Sostow wurde erwartet, daß sie eine Lösung parat hatten, und Sostow war nicht zu finden. Der Hund hatte sich wahrscheinlich einen neuen verrückten Plan ausgedacht und wollte ihm keine Möglichkeit geben, schon im Vorfeld dagegenzuschießen. Oder vielleicht war sein Plan so gut, daß er die Lorbeeren allein kassieren wollte. Uljanow fühlte sich alt und müde, und er hatte ein bißchen Angst.

Die Konferenz hatte um 20 Uhr begonnen und zog sich bis lange nach Mitternacht hin. Sechs weitere Personen waren anwesend, und Uljanow begriff, daß offenbar Gespräche stattgefunden hatten, zu denen er nicht eingeladen worden war. Tschebrikows persönlicher Vertreter war nicht einfach als Beobachter gekommen, er hatte einen Auftrag. Einen Plan, wie Uljanow zugeben mußte, der hohen Lohn versprach, wenn er funktionierte, jedoch viel zu riskant war. Uljanow wußte, wie der Hase lief. Wenn er und Sostow nicht mitmachten, mußte er mit Zwangspensionierung und reduzierten Bezügen rechnen, während Sostow, der nur Hauptmann war, in Zukunft an der chinesischen Grenze Wache schieben dürfte. Er spürte einen Anflug von Mitleid für seinen Rivalen. Sie wußten beide, wenn sie den Plan akzeptierten und er in die Hose ging, daß es dann *ihr* Plan war und *sie* die Verantwortung für das Scheitern trügen. Tschebrikows Mann hatte nicht einmal seinen Namen genannt. Die anderen hatten schweigend zugehört und sich nur gelegentlich Notizen gemacht, wenn er oder Sostow auf Schwachpunkte in dem Plan hinwiesen.

Tschebrikows Vertreter blickte Sostow an, kampflustig das Kinn vorgereckt.

»Ich verstehe deine Argumentation nicht, Genosse Sostow. Hast du irgendwelche Hinweise darauf, daß sie Bykow auf die Schliche gekommen sind?«

»Wir haben überhaupt keine Hinweise, weder in der einen noch in der anderen Richtung.«

»Ich habe einen Bericht gelesen, daß Bykow auf deine Anweisung hin das Mädchen angerufen hat. Sie erwähnte nichts davon, daß das Funkgerät entdeckt worden ist. Sie akzeptierte seine Erklärung, daß er überraschend nach Berlin gemußt hätte. Sie hat am Telefon geturtelt und geschäkert. Sind das keine Hinweise?«

»Die Briten benutzen vielleicht das Mädchen, um Bykow zurückzulocken.«

»Sie hat nicht mit ihm Kontakt aufgenommen, sondern er mit ihr.«

»Sie wußte nicht, wie sie ihn erreichen konnte.«

»Wenn die Briten das Mädchen eingesetzt hätten, wäre ihnen auch da etwas eingefallen.« Der Mann wandte sich an Uljanow. »Was meinst du, Genosse Oberst? Hast du auch Angst vor dem Risiko?«

Uljanow hob seine massigen Schultern. »Es geht hier nicht um Angst, mein Freund, es geht darum, die Risiken und den möglichen Erfolg gegeneinander abzuwägen.«

»Du hast völlig recht, Genosse. Also, zu welchem Ergebnis kommst du bei dieser Abwägung?«

»Wenn wir Bykow zurückschicken, gibt es drei denkbare Szenarien. Das beste ist, daß sie ihn gar nicht verdächtigen. Er hat dem Mädchen *und* seinem Controller gesagt, daß er zurückkommt. Und er kommt zurück. Das zweite ist, daß sie ihn bei der Landung verhaften, und das wär's dann. Oder sie wissen alles, sagen aber nichts. Sie machen weiter mit ihm, als sei nichts geschehen, und die Informationen, die wir von ihm bekommen, sind ihm eingeflößt worden, ohne daß es ihm bewußt ist.«

Tschebrikows Mann nickte. »Aber wenn Szenario eins zutrifft, können wir unseren Mann in London halten.«

»Ist er denn wirklich so wertvoll?« fragte Sostow. »Wir riskieren verdammt viel und bringen unsere eigenen Landsleute in Gefahr, nur um diesen Mann zu schützen.«

Tschebrikows Mann warf Sostow einen verächtlichen Blick zu und wandte sich dann an Uljanow.

»Der Mann in London ist unersetzlich.« Er machte eine bedeutungsvolle Pause. »Und das kommt von ganz oben.« Er zeigte mit dem Finger zur Decke, um den Punkt zu unterstreichen. Dann schwieg er einen Moment und blickte abwechselnd Uljanow und Sostow an. »Habt ihr das kapiert, ihr zwei?«

Sostow nickte nur, doch Uljanow erwiderte: »Wann soll Bykow zurückfliegen?«

»Wie lange brauchst du für seine Einweisung in Sachen Jakunin?«

»Nicht länger als eine Woche.«

»Drei Tage. Plus zwei Tage für seine Legende. Wenn's Probleme gibt, erreichst du mich im Direktorat. Frag nach Jewgeni.« Er holte tief Atem, erhob sich und faßte dann Uljanow scharf ins Auge. »Du hast die Leitung, Uljanow.«

Bykow hatte Angst, und er machte keinen Hehl daraus. Aber eine Menge Versprechungen und noch mehr Wodka hatten ihn wenigstens in einen Zustand versetzt, in dem er die Instruktionen zum Thema Jakunin aufnehmen konnte. Es waren gefälschte Dokumente zu lesen und Fotokopien gefälschter interner Aktenvermerke und Berichte. Alles mit dem Ziel, die Glaubwürdigkeit Jakunins bei den Briten zu erschüttern. Die Einweisung war sehr gründlich.

Moskau hatte ihm gesagt, das Haus in Barnes sei observiert worden, und es gebe nicht den geringsten Hinweis, daß das Mädchen nicht ganz normal seiner Arbeit als Sekretärin in einem Gartencenter nachginge. Die wenigen Besucher waren überprüft worden – es handelte sich um alte Schulfreunde. Sie schien sich mit dem Alleinsein soweit abgefunden zu haben, und zwei Handwerker renovierten gerade das Erdgeschoß des Hauses. Bykow ließ sich von den Einsatzvorbereitungen immer mehr in den Bann ziehen und überwand allmählich seine Angst. Der Mann, der sich Jewgeni nannte, kam persönlich auf den Flughafen und schüttelte ihm die Hand, als die Maschine nach Paris aufgerufen wurde.

Am nächsten Tag wurden Fotos von ihm an zahlreichen bekannten Pariser Touristenorten gemacht. Tags darauf flog er nach Heathrow. Er wendete all die Tricks an, die sie ihm beigebracht hatten, um irgendwelche Beschatter abzuschütteln, aber es gab keine Anzeichen, daß man ihm folgte. Er stieg in einem kleinen Hotel in Bayswater ab.

14

Martin Crowther war seit über zehn Jahren Deputy Director General – Vizedirektor – von MI 6. Obwohl er zweimal bei der Beförderung übergangen worden war, als man den Direktor pensioniert hatte, zeigte er keinen Groll und verspürte auch keinen. Er liebte das Leben beim SIS mit seiner sonderbaren Mischung aus Intellektuellen, Technikern und Ränkeschmieden, und diese wiederum mochten den rundlichen Mann in Harris-Tweed-Anzug, braunen Golfschuhen und Clubkrawatte. Und der SIS profitierte von dieser gegenseitigen Zuneigung. Keiner konnte Nachrichten von einer nicht gewährten Beförderung oder seiner Querabschiebung besser überbringen als Martin Crowther. Er war auch ein Opfer gewesen, und alle wußten das. Ein sehr hochrangiges Opfer, das sein Schicksal akzeptiert hatte und wie selbstverständlich davon ausging, daß sie, als erwachsene und erfahrene Männer, ihre Enttäuschung mit ebensolcher Fassung ertrugen wie er.

Tatsächlich hätte Martin Crowther die Verantwortung gehaßt, die mit der Spitzenposition einherging. Er liebte seine Rolle als Tröster. Ein alter, erfahrener Hase, der eine Lösung für irgendein aktuelles Problem vorschlagen konnte, die sich viele Jahre zuvor unter ähnlichen Umständen schon einmal bewährt hatte. Er brachte seine Ratschläge mit anekdotischem Humor an, gewürzt mit selbstkritischer Ironie, was für Dummköpfe sie damals doch gewesen waren, daß ihnen diese oder jene Lösung nicht früher einfiel. Viele nannten ihn »Onkel Martin«, ohne sich bewußt zu sein, daß sich hinter dieser patenonkelhaften Haltung, obwohl durchaus echt, umfassende Erfahrung im Umgang mit Menschen und Problemen verbarg. Darüber hinaus hegte er auf allen Ebenen echte Bewunderung für seine Kollegen beim SIS, von den scharfen analytischen Köpfen bis zu den menschlichen Wühlmäusen, deren Spürnase die tragende Kraft vieler geheimer Operationen war.

Niemand wußte so recht, was Martin Crowthers Aufgabe gewesen war, bevor er Stellvertreter des Direktors wurde, aber es schien keinen Bereich zu geben, in dem er sich nicht auskannte. Seine Funktion als interner Botschafter des guten Willens bedeutete ganz und gar nicht, daß man einem alten, verdienten Kämpen das Gnadenbrot gab; seine Talente wurden ganz im Gegenteil als doppeltes Sicherheitsventil eingesetzt. Als Puffer zwischen der Chefetage und unbotmäßigen Mitarbeitern einerseits, zum andern als verständnisvoller, inoffizieller Ratgeber für Operationschefs, deren Nerven nicht mehr mitmachten. Er war weder für diese Aufgaben ausgebildet worden, noch hatte man ihn jemals offiziell mit diesen Funktionen betraut. Er war einfach ein Mann, der schon sehr lange dabei war und sich mit all den Ungereimtheiten beim SIS auskannte.

An Martin Crowther übergab daher Latham seine Notizen und das potentielle Problem von Hoggarts Scheidung und der möglichen Enthüllungen vor Gericht. Zufällig kannte Crowther Hoggart ziemlich gut und hatte damals zu dem Auswahlgremium gehört, das über Hoggarts Bewerbung beim SIS zu entscheiden hatte. Nachdem er die Aktennotiz gelesen hatte, stellte er fest, daß das Material nicht einmal ausreichte, sich eine sachgerechte Meinung zu bilden, und ihm lag es nicht, sich Hals über Kopf in etwas zu stürzen. Er würde zuerst einmal diesen Foxy überprüfen lassen, bevor er auch nur einen weiteren Gedanken an die Sache verschwendete.

Sie hatte wieder ihren Mädchennamen Jacqui Lovegrove angenommen und sich ein Zimmer in einem alten Haus nicht weit von der Victoria Station genommen. Mehrere Wochen lang war sie nur aus dem Haus gegangen, um sich etwas zu essen und Zigaretten zu kaufen. Nacht für Nacht hatte sie sich in den Schlaf geweint, und tagsüber schrieb sie unzählige Briefe an Eddie Hoggart. Keiner war je zur Post gegangen. Sie wußte, daß es keinen Sinn hatte, ihm die Sache zu erklären. Sie hatte getan, was sie getan hatte, und nur das zählte für ihn.

Sie hatte ihm nie gesagt, wie einsam sie sich fühlte, wenn er einfach tagelang verschwand. Ihrer Meinung nach stand es ihr nicht zu, sich über den Job ihres Mannes zu beklagen. Dennoch zerbrach sie sich den Kopf, warum er ihr nie etwas sagte. Und wenn er zurückkam, zählte nur das. Sie war viel zu glücklich, um sich dann zu beklagen. Aber was sie getan hatte, war dumm gewesen. Kein Mann mit Ehre im Leib hätte sich das bieten lassen. Sie mußte verrückt gewesen sein, auch nur daran zu denken. Aber es war das einzige, was sie kannte, um die Zeit schneller vorbeigehen zu lassen, wenn er weg war. Sie brauchte nicht mehr als zwei, drei Stunden für die Wohnung und fürs Einkaufen und für den Waschsalon. Und in jenem Waschsalon hatte sie diesen verdammten Jake getroffen. Er hatte gemeint, sie sehe bedrückt aus, und sie zum Lachen gebracht mit seinen Witzchen und seinen Imitationen von Leuten, die sie aus dem Club kannte.

Nach und nach ergab es sich, daß sie sich zweimal die Woche in dem Waschsalon trafen. Nur zu einem harmlosen Schwätzchen. Dann war sie mit ihm auf einen Kaffee in ein italienisches Café gegangen, und dort hatte sie Gardner wiedergetroffen. Es schien ein Zufall zu sein, doch später erfuhr sie, daß es keineswegs ein zufälliges Zusammentreffen gewesen war. Gardner kam nicht jedesmal, doch nach und nach wurden seine Besuche regelmäßiger. Dann jene fatale Zeit, als Eddie eine ganze Woche verschwunden war. Nicht einmal ein Anruf. Und ihre Einsamkeit hatte sich in Angst verwandelt. Angst, daß ihm etwas zugestoßen sein könnte. Sie wollte die Wohnung nicht verlassen, falls er anrief, und Jake hatte ihr die Wäsche in den Waschsalon und wieder zurückgebracht. Er fragte sie dann, ob sie geweint habe, und das brachte sie erneut zum Weinen. Darauf hatte er den Arm um sie gelegt, um sie zu trösten. Aber es hatte im Bett geendet. Für sie bedeutete das nicht mehr als die übliche Art, wie es mit einem Mann endete, der nett zu ihr gewesen war oder ihr einen Gefallen getan hatte. Es war höchstens drei- oder viermal passiert, und einmal mit Harry Gardner in seiner Wohnung in Mayfair. Sie hatte 7000 Pfund auf ihrem Bankkonto übrig, und sie würde mit Freuden alles hergeben, um die Uhr zurückdrehen zu können. Sie hatte weder Jake noch Gardner wiedergesehen, nachdem Eddie sie zum Verlassen der Wohnung aufgefordert hatte, und sie war den beiden in keiner Weise böse. Sie hatte Gardner ganz offensichtlich in Schwierigkeiten gebracht, und bei Jake hatte sie nur das zugelassen, was jedes Clubgirl einem freundlichen Barmann zugestand.

Nach fünf Wochen wußte sie, daß es alles nur noch schlimmer machte, wenn sie allein auf ihrem Zimmer hockte. Sie fand einen Job in der Kosmetikabteilung eines nahe gelegenen Ladens, und die Kunden und die anderen Verkäuferinnen brachten ihr eine gewisse Ablenkung. Mehrere Männer versuchten, sich mit ihr zu verabreden, aber sie lehnte jedesmal ab. Von Männern hatte sie die Nase voll.

Harry Gardner saß in seinem Sessel, eine halbleere Flasche Bell's Whisky und ein volles Glas auf dem niedrigen Couchtisch, und las aufmerksam die Notizen von Foxys Mann, der Hoggart beschattete. Bisher hatte er die Berichte nie gelesen, doch nun, nachdem er die Einzelheiten kannte, fragte er sich, ob Foxy vielleicht doch recht hatte. Da war nichts, was sie wirklich beweisen konnten, aber mit einem guten Anwalt ließ sich eine Menge schmutziger Wäsche waschen. Vielleicht sollte er seinen eigenen Plan noch ein paar Tage aufschieben. Auf jeden Fall würde er es überschlafen.

Als Gardner in das große Doppeltor einbog, deutete ein alter Mann mit Käppi auf einen Holzschuppen. Doch Gardner fuhr an dem Schuppen vorbei und stellte seinen Wagen zwischen zwei hohen Stapeln mit verrosteten Autowracks ab. Er stieg aus und suchte sich einen Weg zwischen rostigen Getrieben und den Überresten zerlegter Motoren zu der Tür des Schuppens, wo ein Mann stand.

Es war ein riesenhafter Mann in einem ölfleckigen weißen Baumwollhemd und zerrissenen Drillichhosen, die in Cowboystiefeln steckten. Er hatte die massigen Arme verschränkt und machte keine Anstalten, Gardner zu begrüßen.

»Hallo, Rocky«, sagte Gardner.

»Was willst du diesmal?«

»Gehen wir rein, ich möchte mit dir reden.«

»Über was?«

»Laß die dummen Witze, Rocky. Ich hab' dir gesagt, ich muß mit dir reden.«

»Dann rede hier.«

»Was ist denn *dir* heute über die Leber gelaufen? Ich will drinnen mit dir reden. Hör jetzt auf mit dem Scheiß!«

Langsam und widerwillig drehte der Mann sich um und ging in den Schuppen. Er deutete auf eine Holzbank, aber als Gardner den Zustand der Bank sah, blieb er lieber stehen, die Hände in den Manteltaschen, und blickte den Mann an.

Rocky Miller war ein Mann mit vielen Talenten, keines davon sonderlich beeindruckend. Früher war er einmal ein mäßig erfolgreicher Ringer gewesen, jetzt bezeichnete er sich als Promoter und Manager. Die bestens einstudierten Fights bei seinen Veranstaltungen waren auf ein Publikum zugeschnitten, das auf krude Gewalt stand. Eine Zeitlang war Gardner sein Finanzier gewesen, aber dann war ihm Millers Privatleben zuviel geworden. Es war nicht so sehr das, was Miller tat, als vielmehr seine ersichtliche Sorglosigkeit um die Folgen. Foxy hatte ihn ein gutes dutzendmal vor Gericht herauspauken müssen wegen Delikten, die von schwerer Körperverletzung bis zu Vergewaltigung reichten. Nur massive Geldzahlungen und eingeforderte Gefälligkeiten hatten Miller vor dem Gefängnis bewahrt. Der Schrottplatz sicherte ihm ein regelmäßiges Einkommen, das er gelegentlich mit gestohlenen Autos und als angeheuerter Muskelmann bei Raubüberfällen aufbesserte. Er hatte Gardner nie verzeihen können, daß er ihm den Geldhahn zugedreht hatte.

»Ich habe einen Job für dich, Rocky, wenn du interessiert bist.«

»Wieviel?«

»Es springen ungefähr fünfhundert Mäuse raus.«

»Um was geht's?«

Gardner schlenderte zu dem Fenster mit der zersprungenen Scheibe, von dem aus man auf den Schrottplatz sah. Man mußte es wie einen Fight wirken lassen, um Rocky zu interessieren. Er wandte sich um und lächelte.

»Ich setze meine Kohle auf dich, Rocky. Es wird kein Spaziergang sein, aber ich wette, du gewinnst.« Er sah das Interesse in den blauen Augen des Mannes. Gardner senkte den Blick und kickte eine rostige Schraube beiseite, dann hob er erneut den Kopf. »Es ist nur ein einzelner Mann. Du und er. Aber er ist gut. Und er ist bestens trainiert.«

»Wer ist er?«

»Bist du interessiert?«

»Klar bin ich das.«

»Hast du noch den blauen Anzug, den ich dir mal gegeben habe?«

»Klar.«

»Komm heute abend in den Club. Um acht. Ich erzähle dir dann, worum es geht.« Er lächelte. »Wenn wir uns einig werden, gibt's anschließend noch Unterhaltung ... okay?«

Miller nickte und machte ein zufriedenes Gesicht. »Die Junge ... äh ... die Blondine.«

»Mal sehen, was sich machen läßt.«

Rocky Miller trank keinen Alkohol. Nein, nicht aus Gesundheits- oder Vernunftgründen, wie er immer betonte, sondern weil ihm Bier und harte Getränke noch nie geschmeckt hatten. Gardner sprach über eine Stunde mit ihm, ging behutsam und gewissenhaft auf alle notwendigen Details ein. Personenbeschreibung, Name, Adressen. Nachdem er alles mehrfach wiederholt hatte, fragte er Miller wieder und wieder über die entscheidenden Punkte ab.

»Vergiß nicht, Rocky, du hast es nicht mit einem Amateur zu tun. Er ist ein Profi. Kennt alle Tricks. Du brauchst keine größeren Schäden anzurichten. Nur so viel, daß er weiß, er hat so lange keine Ruhe vor dir, bis er zu einem Deal bereit ist.« Er hielt inne. »Du hast das alles kapiert, ja?«

Miller nickte. »Ja klar. Wann gibt's die erste Rate?«

Gardner reichte ihm einen Umschlag. »Gebrauchte Zehner. Mach's aber nicht hier auf.«

»Und das Mädchen?«

»Geh die Treppen neben der Bar hoch, oben ist ein Schild HERREN. Halt dich rechts, es ist die Tür am Ende des Korridors. Sie wartet auf dich.«

»Wieviel Zeit krieg' ich?«

»Solange du willst, aber nix Brutales. Sie heißt Penny.«

Miller grinste. »Biste jetzt fertig, Boß?«

»Ja. Halte mich auf dem laufenden. Ruf mich an. Aber sag nichts, außer ja oder nein, daß du es erledigt hast, dann schicke ich dir die nächste Rate.«

Der Umschlag hatte keinen Begleitbrief enthalten, an die erste Seite war lediglich eine Visitenkarte geheftet. Die Visitenkarte von Fox & Partnern, Rechtsanwälte und Notare. Und er wurde vom Motorradkurier eines Fleet-Street-Botendienstes überbracht.

Latham überlegte, ob er es lesen oder es gleich an »Onkel Martin« weiterleiten sollte. Aber Martin Crowther würde früher oder später eine juristische Stellungnahme haben wollen.

Die erste Seite war betitelt »Hoggart ./. Hoggart – Klageschrift (noch nicht eingereicht)«. Auf der letzten Seite waren Anlagen aufgeführt. Eine notariell beglaubigte Aussage eines gewissen Jack Gordon Nelson, von Beruf Barmann. Das Dokument enthielt Einzelheiten eines angeblich gewalttätigen Angriffs seitens des Beklagten. Es folgten mehrere Zeitungsartikel und Auszüge aus Büchern zum Thema Ausbildung von Militärangehörigen und anderer Personengruppen in Sondereinheiten, den sogenannten Special Forces. Bestimmte Passagen, in denen es um körperliche Gewalt ging und um Methoden, mit Gegnern fertig zu werden, waren angestrichen. Des weiteren gab es da eine pseudopsychologische Expertise der Charaktereigenschaften von Soldaten, die verdeckte Einsätze in Nordirland durchführten.

Die eigentliche Klageschrift umfaßte vier Seiten und schilderte das unglückliche Eheleben der Klägerin. Unverständliche Abwesenheit des Beklagten, ohne jede Erklärung. Dominierende Haltung. Angst vor Gewalttätigkeiten. Kein gesellschaftliches Leben. In einer kleinen Wohnung eingesperrt, praktisch eine Gefangene. Mangel an Zuneigung. Vergebliche Versuche der Klägerin, die Beziehung zu verbessern.

Die Klageschrift behauptete sodann, das unerträgliche Verhalten des Beklagten habe seine Wurzeln in seiner Ausbildung und seiner Arbeit.

Aus einer Seite mit Anmerkungen ging hervor, daß vor

Gericht ein Beweisantrag gestellt werden sollte, den Arbeitgeber des Beklagten – MI 6 – zu veranlassen, Einzelheiten über seine Arbeit während der Zeit der Ehe, über seine derzeitige Arbeit und über seinen Dienstgrad und seine Bezahlung zu liefern.

Latham seufzte und steckte die Papiere wieder in den Umschlag. Das Gericht würde nicht begeistert sein. Aber vielleicht ließ das Gericht den Beweisantrag zu, weil die Frau zum Zeitpunkt der Eheschließung und danach nicht die geringste Ahnung von der Tätigkeit ihres Mannes gehabt hatte. Es war ein Versuchsballon, aber sie konnten behaupten, daß die Frau ihn überhaupt nicht geheiratet hätte, wenn sie über seine Arbeit Bescheid gewußt hätte. Eine auf Täuschung beruhende Eheschließung. Er war neugierig, wie Hoggart darauf reagieren würde, wenn er diesen Schriftsatz mit der Post bekam. Latham beschloß, eine kurze Stellungnahme für »Onkel Martin« zu schreiben und ihm das Kuckucksei auf den Schreibtisch zu legen.

Zwei Tage darauf bekam Martin Crowther die Papiere und Lathams Anmerkungen. Er las alles mehrmals und verstaute es dann in seinem Safe. Ihm war etwas aufgefallen, was Latham wohl entgangen war, weil der alles nur aus juristischer Sicht betrachtet hatte. Diese Leute brauchten gar nicht vor Gericht zu gehen, um wirksamen Druck auszuüben. Ein Hinweis einer Zeitung gegenüber würde bereits genügen. Es war eine Warnung, die Art und Umfang der Druckmittel andeutete, aber noch nicht den tatsächlichen Einsatz dieser Mittel bedeutete.

Als Hoggart in seinen Wagen stieg und den Zündschlüssel drehte, lief zwar der Anlasser, aber der Motor sprang nicht an. Er versuchte es mehrmals, dann gab er auf und bat einen der

Sicherheitsbeamten, das Auto zu überprüfen und es gegebenenfalls in die Werkstatt zu bringen.

Jakunin schlief bereits, als Hoggart ins Zimmer schaute, und so ging er auf sein eigenes Zimmer und sah die Notizen durch, die er sich über die heutige Vernehmung gemacht hatte. Er hatte die Akten zum Fall Walker durchgearbeitet, die der FBI dem SIS übermittelt hatte. Entweder hatten sie absichtlich einen Teil des Materials zurückgehalten, oder aber die Informationen, die er von Jakunin bekommen hatte, zeigten, daß dem FBI aus der Anfangszeit von Jakunins Operation eine Menge entgangen war. Renshaw mochte entscheiden, ob die zusätzlichen Informationen dem FBI zugänglich gemacht werden sollten oder nicht.

Eine Stunde darauf klopfte der Wachbeamte und trat ein.

»Ist der Wagen repariert?«

»Ich habe nachgesehen.« Er zögerte. »Das hier war's.« Er hielt eine säuberlich durchgeschnittene Kartoffelhälfte hoch. Die Schnittfläche wies dunkle rußige Verfärbungen auf. Hoggart blickte den Sicherheitsbeamten an.

»Im Auspuff?«

Der Mann nickte. Ein alter Trick, der im Zweiten Weltkrieg bei der SOE sehr beliebt gewesen war. Eine Kartoffel oder ein Klumpen Erde ins Auspuffrohr, und der Motor konnte nicht atmen. Es verhinderte nicht nur eine schnelle Flucht, sondern bedeutete auch eine beträchtliche Verzögerung, bis der Fahrer, nach Überprüfung aller anderen möglichen Fehlerquellen, auf diesen ungewöhnlichen Trick kam.

Hoggart sah den Wachmann an. »Irgendwelche Fußabdrükke? Irgendwelche Spuren?«

»Nein, Sir. Soll ich die Spurensicherung einschalten?«

Bedächtig schüttelte Hoggart den Kopf. »Nein. Lohnt sich nicht.« Er holte tief Atem. »Sorgen Sie lieber dafür, daß die Wachposten verdoppelt werden.«

»Ich bin ans Telefon gerufen worden. Falsche Nummer. Dadurch hab' ich etwa sieben Minuten lang draußen nicht patrouilliert. Der Täter muß einen Helfer gehabt haben für den Anruf. Es war von einer Telefonzelle aus. Ich habe das Piepsen gehört und wie die Münze eingeworfen wurde.«

»Tragen Sie den Vorfall ins Wachbuch ein, aber belassen Sie es dabei.«

»Kann ich mich dabei auf Ihre ausdrückliche Anweisung berufen, Mr. Hoggart?«

»Ja, selbstverständlich.«

Erst nach Mitternacht erreichte Hoggart seine Wohnung in Pimlico. Während er sich langsam auszog, zerbrach er sich den Kopf, was für ein Motiv dahinterstecken mochte. Doch egal, wer dafür verantwortlich war, er wußte instinktiv, daß es nichts mit seiner Arbeit zu tun hatte.

Martin Crowther schüttelte seinen nassen Regenschirm auf den Stufen seines Clubs aus, dankbar dafür, daß Sir Graham nicht darauf bestanden hatte, sich mit ihm im Reform Club zu treffen. Ihm war der Reform Club zu steif. Er bevorzugte die Gesellschaft von kreativen Menschen, Musikern, Schriftstellern und Journalisten.

Sir Graham saß bereits im Foyer und las die Abendzeitung. Er blickte auf, als Crowther vor ihm stehenblieb, und klopfte dann auf den Sitzplatz neben sich.

»Ich habe mir erlaubt, einen Whisky zu bestellen, Martin.« Er lächelte. »Der zweite ist für Sie.«

Crowther hob sein Glas und trank einen kleinen Schluck, dann stellte er es wieder ab.

»Ich habe ein Problem, Sir. Hat eigentlich nichts mit dem SIS zu tun, aber auf gewisse Art doch. Ich dachte mir, ich spreche lieber zuerst mit Ihnen, bevor ich an die Sache herangehe.«

»Hört sich bedrohlich an.«

Crowther lächelte. »Eigentlich nicht. Es geht um einen von unseren Leuten, um eine Scheidungssache, die aus unserer Sicht ein wenig unappetitlich zu werden beginnt.«

»Erzählen Sie.«

Crowther gab ihm die Fakten, sachlich und zurückhaltend, ohne eine Meinung dazu zu äußern, abgesehen von Lathams juristischen Anmerkungen.

Eine ganze Weile saß Sir Graham sinnend da und starrte durch die große, offene Tür zur Bar hinüber, dann sagte er gelassen: »Ich habe Sie nicht verstanden, Martin. Zuviel Lärm in der Bar. Egal, was es war, erledigen Sie es selbst.«

»Aber . . .«

»Kein Aber, Martin. Erteilen Sie den Strolchen eine handfeste Lektion.«

»In Ordnung, Sir. Gehen wir nach oben und essen wir einen Bissen.«

»Gehen Sie voraus, mein Freund. Ist das nicht V. S. Pritchard dort drüben? Möchte nur wissen, wie er das macht. Sieht von mal zu mal jünger aus.«

Sir Graham nickte dem Schriftsteller zu, als sie vorbeikamen. »Freut mich, Sie zu sehen, Victor.«

Der Schriftsteller hatte offensichtlich keine Ahnung, wer ihn da ansprach, aber er lächelte zurück. »Ja, vielen Dank.«

Martin Crowther hatte eine der größeren Wohnungen am Dolphin Square, und dort sprach er tags darauf mit dem Direktor der Abteilung R, zuständig für verdeckte Operationen. Sie hatten vier Stunden lang diskutiert, ohne zu einer Entscheidung zu kommen. Schließlich sagte Crowther: »Würde es helfen, wenn ich mit dem Generalstaatsanwalt oder dem Kronanwalt rede?«

»Um Gottes willen, nein, Martin. Können Sie sich vorstellen, was unser oberster Strafverfolger sagen würde, wenn

Sie ihm eröffnen, daß wir uns mit dem Gedanken tragen, uns in eine Zivilsache, in ein Scheidungsverfahren einzumischen?«

»Aber dies ist ein Mann, der in einem höchst sensitiven Sicherheitsbereich arbeitet und dessen Haltung uns in peinliche Schwierigkeiten bringen kann oder der damit sogar seine derzeitige Operation gefährdet.«

Basil Moody war aufgebracht, und er zeigte es deutlich. »Den Generalstaatsanwalt interessiert es einen Dreck, ob es uns peinlich ist oder ob die Sicherheitsbelange berührt werden. Er wird Sie bestenfalls warnen, daß Sie selber vor Gericht landen könnten. Das läuft einfach nicht.« Er hielt inne. »Wenn wir etwas unternehmen wollen, dann müssen wir uns schlicht und ergreifend dafür entscheiden und es dann tun.«

Crowther zuckte die Achseln. »Also, auf wen gehen wir los? Auf das Mädchen oder auf diesen Gardner?«

»Ich möchte etwas klarstellen, Martin. Meine Abteilung kann eine Menge Dinge tun, die innerhalb des gesetzlichen Rahmens sind. Aber bei diesen Dingen den Generalstaatsanwalt oder den Kronanwalt zu konsultieren, das wäre kompletter Wahnsinn.«

»Ich mache mir Sorgen, weil sowohl das Mädchen als auch Gardner stinknormale Bürger sind. Sie haben nicht das Format, das wir in unserem Metier gewohnt sind.«

»Und warum reden Sie dann mit mir? Sie reden mit mir, weil irgendein schmieriger Winkeladvokat Sie erpreßt, um einen Klienten zu schützen, der zufällig ein Oberganove ist und sich bisher dem Gesetz entziehen konnte. Bis jetzt. Er ist kein stinknormaler Bürger. Er will Spielchen spielen, kennt aber die Spielregeln nicht, alter Freund. Wenn Sie möchten, daß ich ihm auf die Finger klopfe, ist das für mich eine legitime Sache.«

»Sagen Sie mir, was Sie vorhaben.«

Moody lächelte und schüttelte den Kopf. »Da sollten Sie

mich aber besser kennen, mein Freund. Sie drücken lediglich auf den Knopf, und mein Verein übernimmt den Rest.«

»Mir bleibt wohl keine große Wahl, Basil. Also, dann machen Sie mal.«

»Okay. Kann ich Kopien von allen Unterlagen haben?«

»Natürlich.«

Foxy war am Telefon, als seine Sekretärin ins Büro kam und darauf wartete, daß er auflegte. Aber er deckte die Sprechmuschel mit der Hand ab und fragte: »Was ist, Miss Purvis?«

»Da ist ein Gentleman, der Sie sprechen möchte, Mr. Fox.«

»Ich kann mich nicht erinnern, für heute morgen einen Termin ausgemacht zu haben. Wer ist er?«

»Das will er nicht sagen.«

»Dann soll er verschwinden oder sich von Ihnen einen Termin geben lassen.«

»Ich glaube, Sie sollten ihn empfangen, Mr. Fox.«

»Warum?«

Sie zuckte die Achseln. »Er sieht irgendwie offiziell aus. Sagte, er würde warten, egal, wie lange es dauert.«

Foxy runzelte die Stirn. »Dann bringen Sie ihn mal rein.«

Er sprach noch ein paar Sätze ins Telefon, bevor Miss Purvis den Besucher hereinführte. Und Foxy wußte sofort, daß dieser Besucher Ärger mitbrachte. Nicht wegen seiner Erscheinung. Er war ein Mann von Anfang Vierzig, mit jungenhaften Pausbacken und einem selbstsicheren Lächeln, der sich unaufgefordert hinsetzte. Aber Foxy hatte Anwälte dieser Sorte kennengelernt. Sie sahen aus wie zu groß geratene Pennäler, lächelten ständig und waren so ausgefuchst, wie ein guter Advokat nur sein konnte.

»Ich habe Ihren Namen nicht verstanden, Sir.«

»Ich habe ihn auch nicht genannt, Mr. Fox. Ich heiße Harris.«

»Was kann ich für Sie tun, Mr. Harris?«

»Ein paar Dinge, Mr. Fox. Ich möchte alle Unterlagen im Zusammenhang mit der Firma Gaylord Overseas Limited einsehen, die Sie hier in Ihren Geschäftsräumen haben. Und wenn ich schon hier bin, möchte ich Ihre Steuererklärungen der letzten acht Jahre gleich mit überprüfen.« Der Mann setzte ein strahlendes Lächeln auf. »Finanzamt, Steuerprüfung, Mr. Fox. Hier ist meine Karte.«

Zögernd griff Foxy nach der Visitenkarte und warf nur einen flüchtigen Blick darauf, bevor er sie auf seinen Schreibblock legte.

»Um was geht's eigentlich, Mr. Harris?« erkundigte sich Foxy mit gespielter Ruhe.

»Ach, wissen Sie, ab und zu stecken wir eine Nadel in die Liste, und da, wo sie landet, machen wir eine außerordentliche Betriebsprüfung der letzten acht oder zehn Jahre. Diesmal hat's Ihren Klienten Gaylord Overseas erwischt. Deswegen sind wir hier.«

»Wir?«

»Ja. Mein Team trinkt gerade gegenüber einen Kaffee. Sie werden in ein paar Minuten hier sein. Zwischenzeitlich muß ich Sie warnen, daß jeder Versuch, Unterlagen zu verheimlichen, ein Straftatbestand ist.«

»Warum *meine* Buchhaltung? Ich reiche jedes Jahr ordnungsgemäß meine Steuererklärungen ein.«

»Sie sind gewöhnlich ein bißchen verspätet, Mr. Fox.« Er lächelte. »Wir dachten, wir bringen Sie bei dieser Gelegenheit mal ein bißchen auf Trab.«

»Ich muß erst von meinem Mandanten die Genehmigung einholen, bevor ich Ihnen die Unterlagen geben kann.«

Harris schüttelte den Kopf. »Dies ist der offiziell eingetragene Firmensitz von Gaylord, und Sie sind der eingetragene Syndikus. Wir brauchen keine Genehmigung.« Er machte eine Pause. »Aber Sie können meine beiden Mitarbeiter begleiten, die Ihre Wohnung durchsuchen werden. Zwei andere werden gleichzeitig die Wohnung Ihres Kollegen durchsuchen.«

»Meines Kollegen?«

»Ja. Mr. Gardner, nicht wahr? Hertford Street, Mayfair.«

»Sie meinen, Sie wollen Harry Gardners Wohnung durchsuchen?« fragte Foxy entsetzt.

»Ja. Es ist seine Firma, um die es bei der Steuerprüfung hauptsächlich geht.«

»Weiß er davon.«

»Ich fahre selbst zu ihm, sobald sich meine Leute hier häuslich eingerichtet haben.«

Foxy schüttelte wie in Trance den Kopf. »Ich kann's nicht glauben.«

»Ja, für viele Leute scheint das wie ein Schock zu sein.«

»Wie lange wird das dauern?«

»Einige Wochen, so wie es aussieht. Ihre Klienten scheinen ein ganzes Netz von Zweigniederlassungen und Beteiligungen zu haben.«

»Und was ist mit meiner Arbeit? Das Büro hier ist ziemlich klein.«

»Sie machen einfach weiter wie gewohnt. Sobald wir alles haben, was wir brauchen, begnügen wir uns mit ihrem Vorzimmer.«

»Also, da hast du deine verdammte Antwort, Foxy.« Gardner war weiß vor Wut, während er Foxy ansah.

»Es kann auch reiner Zufall sein, Harry.«

»Zufall – von wegen! Wenn's nur einer von uns wäre, ja. Aber wir beide gleichzeitig – die wollen dir zeigen, wo die Harke hängt. Und mir auch.«

»Also, was sollen wir machen?«

»Du machst gar nichts und betest, daß die Schweine nichts finden.«

»Ich bin sehr vorsichtig gewesen, Harry. Das meiste steckt in der Cayman-Island-Firma.«

»Willst du wetten?«

»Was wetten?«

»Um wieviel sie mich schröpfen?« Er hielt inne und saugte an seinen großen, gelben Zähnen. »Ich schätze, ich darf hundert Mille ausspucken, und du fünfzehn.«

»Mit welcher Begründung?«

»Frag nicht so saublöd, Foxy. Die schröpfen uns, weil sie uns schröpfen wollen. Nur darum geht's. Es ist ihre Antwort auf deine dummen Spielchen mit ihnen. Die erteilen dir eine Lektion, Foxy. Und ich darf dafür bluten.«

»Was soll ich tun? Ich könnte ihnen sagen, daß Jacqui es sich anders überlegt hat und keine Schwierigkeiten mehr macht.«

»Aber ich habe nach wie vor Ärger am Hals!« Gardner tippte sich auf die Brust, um seine Frustration zu unterstreichen. »Ich bin da, wo ich angefangen habe, und Hoggart will mich ruinieren.«

»Okay, was soll ich tun?«

»Verpaß ihnen noch eine Ladung, erhöhe den Einsatz. Zeig ihnen, daß wir keine Angst haben.«

Foxy nickte folgsam, ohne die geringste Ahnung, wie er den Einsatz erhöhen sollte.

In ihrer Lohntüte am Freitagabend hatte sich ihre Kündigung befunden, mit einer Woche Frist. Kurz vor Feierabend ging sie ins Büro des Filialleiters und verlangte eine Erklärung. Er saß hinter seinem Schreibtisch und blickte sie an, dann deutete er auf einen Stuhl. Nachdem sie Platz genommen hatte, sagte er: »Tut mir leid, Jacqui, aber es ist Firmenpolitik.«

»Was ist Firmenpolitik? Ich verstehe Sie nicht.«

»Ihre Kündigung.«

»Ich verstehe immer noch nicht. Was hab' ich denn getan?«

Der Filialleiter seufzte. »Ich glaube, das wissen Sie ganz genau, meine Liebe.«

»Dann sagen Sie's mir, und geben Sie mir die Chance, es richtigzustellen.«

»Sie sind vorbestraft. Und Sie haben das nicht auf dem Bewerbungsbogen angegeben. Da ist eine entsprechende Frage. Sie haben sie einfach durchgestrichen.«

»Wie ist das rausgekommen?«

»Keine Ahnung. Vielleicht hat die Zentrale Auskunft eingeholt.«

»Aber das ist doch schon Jahre her.«

»Vielleicht hätte man ja diese alten Sachen ignoriert, aber Sie haben auf dem Bewerbungsbogen falsche Angaben gemacht. Es steht sehr deutlich darin, daß Verschweigen negativer Tatsachen zu sofortiger Kündigung berechtigt. Sie haben wenigstens noch eine Woche Zeit bekommen, sich nach etwas anderem umzusehen.« Er stand auf. »Versuchen Sie's in einem der kleineren Läden, die nicht so auf Formalitäten bestehen.«

Auf dem Nachhauseweg zerbrach sie sich den Kopf, wer sie verpfiffen haben konnte. Es war nicht einfach eine Überprüfung durch die Zentrale, dessen war sie sich sicher. Dazu hätten sie wochenlang Zeit gehabt. Wahrscheinlich konnte sie einen anderen Job finden, aber er wäre nicht so gut bezahlt, und es würde nicht ganz einfach sein ohne ein Zeugnis. Sie hatte zuerst an Harry Gardner gedacht, aber der konnte es schlecht sein, denn er hatte ihr eine Empfehlung für den Laden gegeben. Aber wer sonst? Sie hatte keine Feinde. Mit den Mädchen im Laden war sie bestens ausgekommen.

Nachdem sie sich eine Tasse Tee gekocht hatte, blieb nur ein Gedanke übrig, den sie die ganze Zeit zu verdrängen gesucht hatte. Aber sie wollte nicht glauben, daß Eddie so etwas tun würde. So ein Mensch war er nicht.

Schließlich nahm sie all ihren Mut zusammen und rief Harry Gardner an. Er wirkte zuerst sehr kühl, doch nachdem sie ihm erzählt hatte, was ihr zugestoßen war, bat er sie, sich mit ihm in dem Café an der Victoria Station zu treffen, einen kurzen Fußmarsch von ihrem Zimmer entfernt.

Er erwartete sie an einem Tisch, trank Kaffee, und für sie stand bereits eine Tasse heiße Schokolade da. Er erzählte ihr, was ihm und Foxy passiert war. Als sie den Zusammenhang nicht begriff, wurde er deutlicher.

»Es ist dein Ex-Mann, Hoggart. Darum dreht es sich.«

»Eddie? Aber was hat Eddie mit der Steuer und dem Finanzamt zu tun?«

»Er hat sie auf mich gehetzt, um mir eins auszuwischen. Wenn er's auf die eine Art nicht schafft, dann versucht er's auf eine andere.«

»Aber Eddie würde mir das nicht antun. Er liebt mich vielleicht nicht mehr, aber so was würde er nicht tun.«

»Da wäre ich mir nicht sicher, Jacqui. Diese ganzen Aktionen laufen bestimmt nicht ohne sein Wissen ab.«

Zwei Tage darauf war sie abends in ihre alte Wohnung gegangen. Sie lief auf der anderen Straßenseite. Es war noch nicht dunkel, aber in der Wohnung brannte bereits Licht. Sie ging bis zum Ende der Straße, rauchte eine Zigarette und kehrte zurück. Die Haustür stand offen, und sie stieg die Treppe hinauf, ohne zu wissen, was sie zu ihm sagen sollte.

An der Wohnungstür blieb sie stehen und drückte auf den Klingelknopf. Sie hörte die Klingel in der Wohnung, aber niemand kam an die Tür. Sie wartete einen Moment und klingelte noch einmal. Aber auch diesmal machte niemand auf. Sie besaß noch ihren Schlüssel zu der Wohnung, zögerte jedoch, ihn zu benutzen. Fast ohne zu denken drehte sie am Türknauf. Die Tür schwang auf, und sie sah, daß das Schloß aufgebrochen war. Das Holz ums Schloß war gesplittert. Und was sie sah, veranlaßte sie, in die Wohnung zu gehen.

Die ganze Wohnung war verwüstet. Alles zertrümmert. Möbel, das Geschirr zerbrochen, über die Teppiche irgendeine stinkende Flüssigkeit gekippt. Einen Augenblick dachte sie, Eddie hätte es vielleicht getan, in einem Wutanfall, nachdem er Jake hinausgeworfen hatte. Dann sah sie die Worte, die mit Lippenstift auf den Spiegel gekritzelt waren: »Wir mögen dich nicht, Eddie!«

15

Hoggart und Jakunin aßen Sandwiches in der Sonne und unterhielten sich.

»Als du Walker für den KGB geführt hast, hast du da das ganze Material über Unterseeboote verstanden, was er dir übergab?«

»Sobald es offensichtlich war, daß John Walker für uns sehr wertvoll sein würde, hat man mich nach Moskau zurückgerufen. Man schickte mich auf die Marineakademie in Frunse zu einem Schnellkurs über U-Boot-Kommunikation und Lenkwaffensysteme. Und eine Woche über Ortungsverfahren.«

»Und das hat genügt?«

»Nachdem ich sein offizieller Führungsoffizier war, bekam ich Instruktionen von Moskau, was man genau wollte. Die technischen Einzelheiten brauchte ich nicht zu verstehen.«

»Wie hast du Kontakt mit ihm gehalten?«

»Hauptsächlich über tote Briefkästen. Manchmal haben wir uns getroffen, aber meist nicht in den USA.«

»Wo habt ihr euch getroffen?«

»Zweimal in Mexiko, zweimal in Wien und ein paarmal in Washington.«

»Wo waren die toten Briefkästen?«

»Gewöhnlich dort, wo Walker gerade stationiert war. Amerikanische Marinehäfen. Norfolk, Virginia, in den letzten Monaten, bevor ihn das FBI hopsgenommen hat.«

»Welche Art von Briefkästen hast du benutzt?«

»Hauptsächlich in ländlichen Gebieten. Bäume, Telegraphenmasten, Abfallkörbe, in denen er Nachrichten in 7-Up-Dosen deponieren konnte. Die letzten Briefkästen befanden sich in Washington und im Montgomery County, Maryland.«

»Wer hat sich die Briefkästen ausgedacht?«

»Ich.«

»Wie ausgefeilt waren die Übergabestellen?«

»Ich habe wochenlang daran gearbeitet. Fotos von allen Zufahrtswegen, von dem Briefkasten. Kontrolle auf Überwachungs- und Beschattungsmöglichkeiten. Straßenkarten. Übergabeprozeduren. Zeitbedarf für jeden Streckenabschnitt. Verkehrsverhältnisse. Eine Tarnstory. Fahrzeugwechsel. Alle erdenklichen Maßnahmen, um die Übergabe möglichst sicher zu machen.«

»Und du meinst, sie wären ihm nie auf die Spur gekommen, wenn ihn nicht seine Frau verpfiffen hätte?«

»Er hat jahrelang aktiv für mich gearbeitet.« Jakunin zuckte die Achseln. »Aber im Privatleben war er ein Dummkopf. Junge Mädchen nebenbei und all das. Ich habe ihn oft genug gewarnt, aber er war zu arrogant, um sich von mir was sagen zu lassen.«

»Woher wußtest du, daß sie ihn geschnappt hatten?«

»Ich fuhr einen Leihwagen und sah auf der Route, die Walker nehmen sollte, binnen einer halben Stunde dreimal einen zivilen PKW vorbeikommen. Dann sah ich einen Helikopter über dem Gebiet kreisen, und da wußte ich, daß alles vorbei war.«

»Was hast du gemacht?«

»Ich fuhr in mein Zimmer zurück, das ich in Washington gemietet hatte, packte meine Sachen und ging nach San Francisco. Unterwegs habe ich den Sender, Codeblocks und sonstige Papiere verschwinden lassen. Ich habe mir dort ein Zimmer gemietet und über das sowjetische Konsulat in San Francisco einen Bericht nach Moskau geschickt.«

»Was hat dich dazu veranlaßt, zu uns überzulaufen?«

»Ich habe dort zwei Monate lang rumgehangen, ohne jede Nachricht von Moskau. Schließlich wurde ein Treff mit dem

Direktor der Illegalen in New York angesetzt. Nichts als Vorwürfe und Beleidigungen, daß die Operation zusammengebrochen sei. Kein Wort des Dankes für all die Jahre harter und erfolgreicher Arbeit. Sie stellten meine gesamten Spesenabrechnungen in Frage. Behaupteten, es wäre alles nicht passiert, wenn ich die Vorschriften für Illegale in den USA korrekt befolgt hätte. Vorschriften, die von Schreibtischhengsten geschrieben wurden. Leuten, die nie in Amerika waren. Die nie einen aktiven Feldeinsatz mitgemacht haben.«

»Was hat man dir gesagt, von wem die Kritik an dir stammte?«

»Angeblich von einem höheren Offizier namens Uljanow, aber ich glaube ihnen nicht. Er war dumm, ja. Aber nicht so dumm.«

»Kannst du dich erinnern, was das FBI für ein Fahrzeug verwendet hat an dem Tag, als der Wagen dreimal vorbeigekommen ist?«

Jakunin blickte Hoggart an. »Du enttäuschst mich, mein Freund. Du kontrollierst mich. Kontrollierst etwas, was du bereits weißt.«

»Ich überprüfe deine Aussagen, richtig. Aber nichts, wozu ich die Antwort bereits weiß.«

»Vielleicht ist mein Gedächtnis nicht mehr so gut. Vielleicht kann ich die unterschiedlichen amerikanischen Modelle nicht richtig unterscheiden. Was dann?«

Hoggart zuckte die Achseln und lächelte. »Okay, vergessen wir's?«

Jakunin erwiderte sein Lächeln. »Das FBI-Fahrzeug war ein Chevrolet Cherokee.«

»Möchtest du irgend etwas, was ich dir besorgen kann, Igor?«

»Ich hätte gern noch ein paar Bücher und vielleicht ein paar Zeitungen. Russische.« Er lachte. »Ich hätte nie gedacht, daß ich einmal die *Prawda* vermissen würde. Aber ich vermisse sie. Nicht wegen des Inhalts. Es ist einfach Heimweh.« Er lachte erneut. »Heimweh nach Gott weiß was. Bei dem Gedanken an eine Rückkehr schüttelt's mich.«

»Warum?«

»Ach, all diese Intrigen, diese Linkheiten. Der Kampf um Karrieren. Die Eifersüchteleien, der Haß. Die kleinen, einflußreichen Cliquen. Die Drähtezieher. Die Korruption.«

Hoggart lächelte. »Ich wette, in Langley bei der CIA gibt es Leute, die genauso denken.«

»In London nicht?« Jakunin lächelte jetzt auch.

»Vielleicht bin ich nicht clever oder nicht wichtig genug, daß es mir aufgefallen wäre.«

»Der treue Diener Ihrer Majestät«, meinte Jakunin lächelnd.

»Ich seh' mal, was ich dir an Lesestoff besorgen kann.«

Im Century House holte sich Hoggart einen Stapel *Prawdas* und einige Romane aus der Bücherei und bat Malins, den derzeitigen SIS/FBI-Verbindungsmann, beim FBI wegen des Automodells nachzufragen. Malins machte ihm keine großen Hoffnungen. Das FBI hatte wenig Lorbeeren geerntet für die Enttarnung von Walker und dessen Agentenring. Dafür eine Menge Kritik, daß man ihm nicht schon viel früher auf die Spur gekommen war. Die britischen Sicherheitsdienste waren eine derartige Behandlung gewohnt. Kein Lob für eine Festnahme, nur eine Flut von Kritik seitens der Medien, nicht schon früher darauf gekommen zu sein.

Am nächsten Tag lag die Antwort des FBI auf seinem Schreibtisch. Das wichtigste Fahrzeug bei der Festnahme von Walker war ein Chevrolet Cherokee gewesen.

Die andere Notiz auf seinem Schreibtisch befand sich in einem verschlossenen Umschlag, adressiert an ihn. Er war von seinem Anwalt an seine Büroadresse geschickt worden, weil er zu Hause telefonisch nicht erreichbar war, und der Brief, den er beigefügt hatte, trug die Aufschrift »Dringend«.

Die Adresse auf dem inneren Umschlag war getippt, die Aufschrift »Dringend« offenbar später handschriftlich hinzugefügt. Er war an die Adresse seines Anwalts geschickt worden mit dem Vermerk »Bitte weiterleiten«. Der Poststempel war Victoria.

Er öffnete den Umschlag und las den Brief. Knüllte ihn dann wütend zusammen und warf ihn in den Papierkorb. Zehn Minuten später holte er ihn wieder heraus, glättete ihn und las ihn noch einmal.

Lieber Eddie,
ich weiß nicht, ob es okay ist, Dir zu schreiben, wegen der Scheidungssache, aber ich tu's trotzdem.
Warst Du in letzter Zeit mal in Deiner alten Wohnung? Ich war letzte Woche da, wollte mit dir reden. Es ist eingebrochen worden und alles zerschlagen. Ich war's nicht, ich schwör's Dir.
Ich hab' meinen Job verloren, weil jemand denen von den Geldstrafen erzählt hat, die ich damals gekriegt habe. Seitdem werden mir Jobs versprochen, aber ich höre nie mehr was. Ich glaube, jemand macht das mit Absicht. Es tut mir ehrlich leid, was da passiert ist. Ich war dumm. Aber wenn Du mir keine Chance gibst zu arbeiten, geht's mir bald dreckig.
Ich hoffe, Dir geht's gut.

In Liebe

Jacqui.

PS: Sie haben sogar die neuen Vorhänge zerrissen, die ich genäht habe!

Einen langen Augenblick saß Hoggart da und dachte über den Brief nach. Warum brachte sie die Schäden in der Wohnung mit ihren Schwierigkeiten, einen Job zu bekommen, in Verbindung? Einbrüche gehörten in Zentral-London zum Alltag. Weshalb maß sie der Sache eine so große Bedeutung zu? Und vielleicht brachte sie nicht die erforderliche Qualifikation oder Erfahrung für die Jobs mit, für die sie sich bewarb. Wie es schien, hatte sie es sich nicht einfach gemacht und war zu ihrem alten Leben in den Clubs zurückgekehrt. Und offensichtlich lebte sie nicht mit Gardner zusammen. Aber wie in aller Welt kam sie darauf, daß er sie daran hinderte, einen Job zu finden? Er hatte nicht einmal gewußt, wo sie wohnte, bevor er diesen Brief bekam.

Er faltete den zerknitterten Brief so gut es ging zusammen, steckte ihn in die Tasche und war zwanzig Minuten später in der alten Wohnung. Die Tür war ausgehängt und lehnte am Treppenabsatz im ersten Stock an der Wand. Offenbar hatte es weitere Besucher gegeben. Die Wohnung war ausgeräumt worden, und die Sanitäreinrichtungen wie Badewanne und Waschbecken waren in Stücke geschlagen. Was nicht gestohlen war, hatte man zertrümmert. Aber aus irgendeinem Grund war der Spiegel verschont geblieben. Er stand davor und betrachtete die Botschaft. Jacqui hatte sie bestimmt auch gesehen und gewußt, daß es sich nicht um einen normalen Einbruch handelte, sondern um eine Warnung. Er hatte keinen Zweifel, von wem die Warnung stammte. Gardner mußte wirklich die Hosen voll haben, um so krude zu reagieren.

Er wandte sich von dem Trümmerfeld ab und lief die Treppe hinunter. Die Wohnung hatte keinerlei Bedeutung mehr für ihn. Es waren nichts weiter als zwei Zimmer, in denen er einmal gewohnt hatte. Gardner hatte vermutlich geglaubt, daß er noch immer dort wohnte. Er mußte den Hausbesitzer informieren und die Stadtwerke und die Telefongesellschaft. Das hätte er eigentlich schon früher tun sollen, aber er hatte nicht an die Wohnung erinnert werden wollen. Er sah auf die Uhr und stellte fest, daß ihm nur noch eine Stunde blieb bis zu dem zweimal im Monat stattfindenden Meeting seiner Gruppe.

Hoggart hatte Fletcher ein Foto von Jakunin gegeben, und eine Woche darauf trafen sie in ihrem gemeinsamen Büro im Century House zusammen.

»Hast du ein paar Minuten Zeit, Eddie?«

»Ja, natürlich.«

»Ich habe Belinski das Foto von deinem Typ gezeigt.«

»Hat er ihn erkannt?«

»Ja. Auf Anhieb. Ich hatte ihm nicht gesagt, um wen es sich handelt, aber er nannte sofort den Namen: Igor Jakunin.«

»An seiner Identität hatte ich sowieso kaum Zweifel. Hat er sonst noch was gesagt?«

»Ja. Es ist ein bißchen beunruhigend.«

»Sprich.«

»Er sagte, Jakunin sei ein Phantast, ein Lügenbaron – so eine Art russischer Walter Mitty. Hält sich anscheinend für einen kleinen James Bond.«

»Was war sein Job?«

»Anscheinend hat er früher in der wissenschaftlichen Abteilung des KGB gearbeitet. Baute Miniatursender und Abhörgeräte. Aber vor ungefähr fünf Jahren hatte er irgendeinen Nervenzusammenbruch und war ein Jahr lang im Krankenhaus. In einem psychiatrischen Krankenhaus.«

»Was hat ihm gefehlt?«

»So was Ähnliches wie Schizophrenie.«

»Okay, weiter.«

»Er wurde aus dem Krankenhaus entlassen und arbeitete in der gleichen Abteilung weiter, an Geräten, die bei verdeckten Operationen eingesetzt wurden. Vor zwei Jahren brauchte der

KGB-Typ, der in New York die Illegalen führt, einen Techniker für die Wartung und Reparatur von Geräten, darauf wurde dein Jakunin nach Amerika geschickt. Hatte einen deutschen Paß und eine Tarnlegende als deutscher Wissenschaftsjournalist.

Die letzten sechs Monate arbeitete er als Techniker bei der Walker-Sache mit und verpatzte, laut Belinski, die ganze Angelegenheit. Walker wurde vom FBI verhaftet.

Jakunin wurde nach Moskau zurückbeordert, begriff anscheinend, daß er in der Scheiße saß, und haute ab. Sie glauben, daß er übergelaufen ist, sind sich aber nicht sicher. Wenn er übergelaufen ist, vermuten sie, daß er eher zu den Amerikanern gegangen ist als zu uns, weil er nie in England gewesen ist.« Er hielt inne. »Sie waren ohnehin gerade dabei, ihn wegen seelischer Labilität in Rente zu schicken.« Er zuckte die Achseln. »Tut mir leid, daß ich dir so schlechte Nachrichten bringen muß.«

»Glaubst du, daß Belinski die Wahrheit sagt?«

»Ich glaube schon. Er hat das nicht sonderlich ernst genommen. War eher amüsiert als kritisch. Aber ich glaube, er weiß jetzt, nachdem ich ihm das Foto gezeigt habe, daß Jakunin bei uns ist.«

»Du hast ihm nicht gesagt, daß wir ihn haben?«

»Nein. Kein Wort. Ich habe durchblicken lassen, da wir ihn selbst überprüfen wollten, mit einem Foto aus unserem Archiv. Es schien ihn alles nicht sonderlich zu interessieren.«

»Wie weit bist du mit Belinski?«

»Ja, nun, Renshaw und die anderen haben seine Identität akzeptiert. Und ich verbringe meine Zeit damit, massenhaft Informationen über das Personal seines Direktorats zu sammeln. Einschließlich Chiffriertippsen, Sekretärinnen, Telefonistinnen und Schreibkräften. An manchen Stellen ist er ein bißchen vage, und ich glaube, es gibt Bereiche, wo er nicht recht mit der Sprache herausrücken will. Renshaw meint, er hält vermutlich

Informationen zurück, damit er einen besseren Handel mit uns abschließen kann, wenn wir mit der Vernehmung fertig sind. Was wir überprüfen konnten, stimmt soweit, allerdings haben wir bisher sehr wenig Material über die innere Struktur der Direktorate. Sieht recht brauchbar aus. Und wie steht's mit deinem Burschen?«

»Ich weiß nicht recht, nach dem, was du mir erzählt hast.«

»Paßt das, was Belinski gesagt hat, in irgendeiner Weise zu seiner Story?«

Hoggart zuckte die Achseln. »Schwer zu sagen. Beide Versionen haben etwas für sich. Seine Story hat den gleichen Hintergrund wie das, was Belinski sagt, nur ist sie anders interpretiert. Es bedeutet, daß ich wieder ganz von vorne anfangen muß. Ich muß seine Story aus einer anderen Perspektive ableuchten. Aber ich habe mittlerweile eine gute Beziehung zu ihm aufgebaut, und das hat lange genug gebraucht. Ich will mir das nicht verscherzen.«

»Ist das so wichtig?«

»Ja. Er deutet die ganze Zeit an, daß er etwas sehr Wichtiges zu sagen hat, wenn die Zeit dazu reif sei.«

»In welcher Richtung?«

»Ein KGB-Maulwurf an hochrangiger Position im SIS.«

Fletcher grinste. »Das zumindest hat Belinski mir nicht unterjubeln wollen.«

»Nun, Jakunin liegt vielleicht falsch, aber ich bin überzeugt, daß er ehrlich glaubt, etwas sehr Bedeutendes zu wissen. So bedeutend, daß er Angst hat, es mir zu sagen, bevor ich in seinen Augen irgendeinen dämlichen Test bestanden habe.«

»Was machst du heute abend?«

»Ich wollte nach Lamberhurst in das Haus zurückfahren.«

»Rachel spielt heute abend in einem Quartett am Smith Square. Wie wär's, wenn du mit Jacqui mitkommst? Ich habe überzählige Karten.«

Fletcher zerbrach sich den Kopf, warum sich Hoggarts Miene und sein ganzes Aussehen so abrupt veränderten. Dann sagte Hoggart steif: »Wir haben uns getrennt.«

»Ach du lieber Gott. Tut mir leid, Eddie. Ich hatte ja keine Ahnung. Können wir irgend etwas für dich tun, für euch?«

Hoggart schüttelte den Kopf. »Nein. Es ist aus und vorbei.«

»Ich weiß, du hast mit Freundschaft und so nichts am Hut, aber du sollst wissen, daß ich dein Freund bin. Jederzeit. Überall. Du brauchst nur zu pfeifen, und ich komme.«

Hoggart griff nach seiner Aktentasche und stürzte aus dem Zimmer. Den Tränen nahe und wütend darüber.

Der dunkelblaue Saab tauchte aus dem Nichts auf, und Hoggart schreckte erst auf, als an seiner linken Fahrzeugseite Metall gegen Metall schrammte. Er sah, wie der Fahrer des Saab an seinem Lenkrad drehte, um ihn auf den schmalen Gehsteig abzudrängen, wo wenige Meter weiter der Betonpfosten einer Bushaltestelle stand. Er sah Funken fliegen, als der Saab an seinem zerbeulten Wagen entlangschrammte, dann gab der Fahrer Gas und verschwand über den nächsten Hügel.

Er mußte auf die Polizei und die Feuerwehr warten, die ihn mit dem Schneidbrenner aus dem Wrack befreiten. Die Polizei bestand darauf, nachdem sie einen Alkoholtest mit ihm gemacht hatten, ihn ins Kent-and-Sussex-Hospital in Tunbridge Wells zu bringen.

Die Polizei rief bei ihrer Zentrale in Cranbrook an, die wiederum informierte den SIS-Fuhrpark, und Hoggart wurde in die Unfallaufnahme gebracht, wo man sein Handgelenk versorgte und Beine, Arme und Rippen röntgte. Die häßliche Fleischwunde am Kinn war unter örtlicher Betäubung genäht worden, weil er sich stur geweigert hatte, sich eine Vollnarkose geben zu lassen. Zwei Stunden darauf löste ein Beamter von der SIS-Überwachung die Polizei ab, die ersucht wurde, den Unfall lediglich als »Blechschaden« zu registrieren.

Rawson vom Century House setzte sich auf den Bettrand in dem privaten Krankenzimmer.

»Fühlen Sie sich fit genug, um zu reden, Mr. Hoggart?«

»Klar«, seufzte er. »Ich bin okay.«

»Erzählen Sie mir, was passiert ist.«

Hoggart berichtete ihm alles, woran er sich erinnern konnte, und Rawson fragte: »Konnten Sie den Fahrer erkennen?«

»Nur flüchtig. Vielleicht täusche ich mich, aber ich meine, er hätte eine Schlitzmaske getragen.«

»Sie sind von der A 21 nach rechts in das Dorf abgebogen?«

»Ja.«

»Da gibt es ein paar Läden an der Ecke. Erinnern Sie sich, ob dort Autos geparkt haben?«

»Möglich, aber ich habe nicht darauf geachtet. Um diese Zeit war kaum Verkehr dort.«

»Arbeiten Sie derzeit an einer Sache, die in irgendeinem Zusammenhang mit diesem Vorfall stehen könnte?«

»Nein.«

»Wo kamen Sie her?«

»Ich habe in der Cafeteria im Century House eine Kleinigkeit gegessen und bin direkt hierhergefahren.«

»Wo wollten Sie hin?«

»Nach Lamberhurst.«

»Haben Sie ein Haus dort, Mr. Hoggart?«

»So was Ähnliches.«

»Was heißt das?«

»Ich bin dort zur Zeit stationiert.«

»Dann überprüfe ich lieber das Haus, bevor Sie dorthin zurückkehren. Mir erscheint das alles sehr geplant.«

»Nicht nötig. Ich wohne dort in einem sicheren Haus. Wir haben unser eigenes Sicherheitspersonal.«

»Glauben Sie, es war ein Unfall?«

»Nein. Ich bin überzeugt, daß es Absicht war.«

»Warum sind Sie so sicher?«

Hoggart erzählte ihm von der verwüsteten Wohnung und dem Spruch auf dem Spiegel und von der Kartoffel im Auspuff.

»Hört sich an wie ein Verrückter mit einem Autotick. Haben Sie irgendeinen Verdacht, wer es sein könnte?«

»Ich weiß nicht, wer der Täter ist, aber ich weiß, wer ihm die Aufträge gibt.«

»Wer?«

»Ein Mann namens Gardner.«

»Nicht zufällig ein gewisser Harry Gardner?«

»Doch. Großganove, aber nie überführt. Woher kennen Sie ihn?«

Er sah, wie Rawson zögerte und dann die Achseln zuckte. »Wie's der Zufall will, haben wir ihn uns näher angesehen.«

»Was heißt das?«

Rawson lächelte. »Wir behalten ihn für Malins' Leute im Auge. Ich glaube, die drehen ihn durch die Mangel.«

»Wie?«

»Keine Ahnung. Sie sollten jetzt besser schlafen.«

»Können Sie mich zu der Kreuzung in Lamberhurst fahren?«

»Sie müssen erst mal ausschlafen, bevor Sie irgendwohin gehen.«

»Ich rufe mir ein Taxi, wenn Sie es nicht machen.«

»Sie sind verrückt, Mr. Hoggart, aber wenn Sie es unbedingt so wollen – von mir aus.«

Hoggart ging langsam von der Kreuzung zu dem Farmhaus. Zuvor war ein leichter Sommerregen gefallen, und obwohl es Hoggart nicht bemerkte, duftete es von den Hecken süß nach Geißblatt.

Sie hatten ein Mädchen mit dem Polygraphen geschickt. Die neuen Lügendetektoren waren viel kleiner, in einem Plastikköfferchen, ähnlich einer Kameratasche, mit samtverkleideten Innentaschen und Fächern für das Zubehör. Das Mädchen, Mitte Zwanzig, hübsch und freundlich, bemühte sich um eine entspannte Atmosphäre. Nicht daß Jakunin besonders nervös gewirkt hätte. Er sah eigentlich nie völlig entspannt aus, aber das konnte man von einem Überläufer wohl auch nicht erwarten. Er saß in seinem Lieblingssessel und sah der jungen Frau zu, wie sie das Aufzeichnungsgerät kalibrierte und einen kleinen Matrixdrucker anschloß. Das Protokoll war nicht mehr von den mehr oder weniger erfahrenen Augen eines Bedieners abhängig, der die Zeigerausschläge eines Meßgeräts beobachtete. Es gab eine digitale Anzeige, die die Spannungsschwankungen darstellte, und die gesamte Sitzung wurde über den Drucker auf Papierstreifen für eine spätere detaillierte Analyse ausgegeben.

Nachdem die Frau die vier Sensoren mit Klebestreifen angebracht hatte, setzte sie sich und wartete auf Hoggarts Zeichen, daß er bereit war. Als er nickte, begann sie mit ihren Routinefragen, um das Gerät abzugleichen.

»Sagen Sie mir bitte Ihren Namen.«

»Jakunin. Igor Jakunin.«

»Sitzen Sie bequem, Mr. Jakunin?«

»Ja, danke.«

»Was ist Ihre Lieblingsspeise?«

»Piroschkis.«

»Ihre Lieblingsblume?«

Jakunin war kein großer Blumenfreund, und es dauerte mehrere Sekunden, bis er sagte: »*Margaretka.*«

Auf den fragenden Blick des Mädchens übersetzte Hoggart: »Gänseblümchen.«

Sie nickte. »Ich bin soweit, Sir. Sie können loslegen.«

»Okay.«

Hoggart sah Jakunin an.

»Hast du das schon mal mitgemacht, Igor?«

Jakunin zuckte die Achseln. »Viele Male. Aber in meiner Muttersprache.«

»Das Programm berücksichtigt dies.«

Jakunin zog die Schultern hoch. »Also, dann fang an. Liebe ich meine Mutter mehr als meinen Vater?«

Hoggart lächelte. »Wie alt bist du, Igor?«

»Zweiundfünfzig im Oktober.«

»Warum bist du in die britische Botschaft in Washington gekommen?«

»Ich wollte übertreten.«

»Warum?«

»Ich wurde nach Moskau zurückbeordert, nachdem Walker verhaftet worden war. Ich wollte nicht zurück.«

»Warum nicht?«

»Sie wollten einen Sündenbock haben. Ich wußte, daß ich das sein würde.«

»Mit was hast du in Moskau gerechnet?«

Jakunin zuckte die Achseln. »Ein internes Gerichtsverfahren. Entlassung ohne Pensionsansprüche. Und vielleicht ein paar Jahre Arbeitslager.«

»Wie bist du in die Vereinigten Staaten gekommen?«

»Mit einem westdeutschen Paß über Toronto und Buffalo. Passende Dokumente von einer deutschen Presseagentur, die eine Tarnfirma des KGB in Hannover ist.«

»Wem warst du unterstellt?«

»Dem Direktor für Illegale in New York.«

»Und was sollte deine Aufgabe in den USA sein?«

»Den Walker-Agentenring zu führen.«

»Von Anfang an?«

»Ja.«

»Hast du eine besondere Ausbildung erhalten, bevor du Moskau verlassen hast?«

»Ich machte einen Lehrgang über Agentenführung mit. Tote Briefkästen, Streifkontakte, Codes, Zahlung, Anti-Observierungs-Maßnahmen. Das Übliche.«

»Funkerlehrgang?«

»Hatte ich bereits absolviert.«

»Wann warst du das letztemal im Krankenhaus?«

»Kurz vor meiner Abreise aus Moskau.«

»Wegen was?«

»Wegen meiner Zähne. Sie haben die russischen Füllungen entfernt und durch deutsche ersetzt.«

»Wie lange hat das gedauert?«

»Ungefähr fünf Tage.«

»Wenn du die Wahl hättest, was wärst du dann gerne? Laß dabei unberücksichtigt, ob du dafür qualifiziert bist oder nicht. Wie würdest du am liebsten deinen Lebensunterhalt verdienen?«

»Filme machen. Ein berühmter Filmregisseur sein.«

»Was für eine Art Filme möchtest du drehen?«

»Thriller, Spionagefilme, James Bond.«

»Wenn du Lügen erzählen würdest, abgesehen von notwendigen Lügen im Zusammenhang mit deiner Arbeit, auf welchem Gebiet würdest du dann lügen?«

»Sex.«

»Warum das?«

»Die meisten Leuten erzählen Lügen über Sex.«

»Welche Aspekte des Sex?«

»Was sie in Wahrheit gern tun würden – ihre sexuellen Phantasien.«

»Hast du Walker angelogen?«

»Manchmal.«

»Über was?«

»Wie Moskau ihn als Helden des Volkes behandeln würde, wenn er je aus Amerika flüchten müßte. Derartige Sachen.«

»Hat er russisch gesprochen?«

»Nein. Er versuchte es zu lernen, schaffte es aber nicht. Er war nicht besonders intelligent.«

»Aber er hat an hochkomplizierten Geräten gearbeitet.«

»Männer wie er haben oft eine Begabung für technische Dinge. Aber sie sind trotzdem nicht intelligent. Ich weiß nicht warum. Sie bauen ihre eigenen Kurzwellensender, Scanner und TV-Scanner, aber sie sprechen ihre Muttersprache schlechter als ich. Wenn sie zum Militär gehen, leisten sie phantastische Arbeit, per Instinkt, doch in anderer Beziehung sind sie schlicht Dummköpfe. Ordinär, Suffköppe, Weiberhelden.«

»Hattest du Feinde in Moskau?«

Jakunin lächelte. »Jeder hat Feinde in Moskau. Gorbatschow geht's da nicht besser als mir.« Er zuckte die Achseln. »Gehört zum System.«

»Wer, würdest du sagen, ist dein größter Feind in deinem Direktorat?«

»So kannst du Feinde nicht betrachten. Ich war seit Jahren im Ausland. Der Mann, der nicht da ist, bekommt alles in die Schuhe geschoben. Er weiß es nicht einmal. Sie haben mich gut behandelt, wenn ich mal ein paar Wochen da war, aber ich würde keinem von ihnen trauen. Es ist ein Dschungel, und du mußt das akzeptieren, wenn du überleben willst.«

»Keine Freunde? Nicht mal einen?«

Jakunin grinste. »Es gibt ein altes arabisches Sprichwort, das auch im Russischen gebräuchlich ist: ›Fürchte deinen Feind einmal. Fürchte deine Freunde hundertmal.‹«

Einschließlich einer kurzen Mittagspause hatten sie sechs Stunden lang Frage und Antwort gespielt, bis Hoggart genug hatte.

Am folgenden Tag besprach Hoggart die Polygraphenaufzeichnung mit der Bedienerin.

»Die Werte waren sehr stabil, Mr. Hoggart.« Sie lächelte. »Sie werden lachen, den einzigen deutlichen Ausschlag gab es, als ich ihn nach seiner Lieblingsblume gefragt habe.«

Hoggart lachte. »Das war vermutlich die einzige Blume, die ihm eingefallen ist. Alle anderen Antworten würden Sie als stabil und korrekt bezeichnen?«

»Ja. Aber wir hatten kürzlich Berichte, daß das KGB seinen Agenten, besonders Illegalen, ein Spezialtraining im Umgang mit Lügendetektoren verpaßt. Er sagt, er hat viele Tests gemacht, aber soweit ich weiß, hat man mit diesem Spezialtraining erst vor etwa einem Jahr begonnen, und nach den Unterlagen, die Sie mir gegeben haben, war er da nicht in Moskau.«

»Können Sie mir in den nächsten Tagen eine schriftliche Analyse zukommen lassen?«

»Ja, Sir.«

»Vielen Dank für Ihre Hilfe.«

Hoggart setzte sich mit Fletcher in Verbindung, der von dem Haus, wo Belinski untergebracht war, ins Büro zurückkam. Er spielte ihm die Bandaufzeichnung mit den Fragen und Antworten vor, und sie beschäftigten sich einen ganzen Tag lang damit, hörten sich wieder und wieder Ausschnitte an. Aber die Ergebnisse des Polygraphentests ließen sich nicht wegdiskutieren.

»Weißt du, Eddie, es ist wie diese Sinuskurven, die du auf einem Oszilloskop siehst. Zwei Sinuswellen, phasenverschoben, aber exakt die gleiche Form. Übereinstimmend, ohne sich je zu decken. Krankenhausbehandlung? Ja. Aber wegen seiner Zähne, nicht wegen eines Nervenzusammenbruchs. Ich würde sagen, er hat tatsächlich den Walker-Ring geführt. Vielleicht konnte ihn der Typ in New York nicht leiden und hat Moskau falsch informiert, um sicherzustellen, daß er nicht die Schuld zugeschoben bekam, wenn Walker einmal aufflog.

Sogar Belinskis Bemerkung über Walter Mitty und den Lügenbaron findet seine Entsprechung bei Jakunin, der gerne Filmregisseur geworden wäre. Auch seine Antworten über Bereiche, in denen er Lügen erzählen würde, passen in das Bild. Sexuelle Phantasien. Es könnten auch noch andere Phantasien sein.«

»Hast du mit Belinski einen Polygraphentest gemacht?«

»Nein. Renshaw wollte das nicht genehmigen.«

»Warum nicht?«

»Es sei nicht angebracht. Belinski rede auch so und arbeite fleißig mit, warum ihn also verärgern? Ich glaube, Renshaw hat recht.«

»Warum hast du dann die Genehmigung für einen Test beantragt?«

Fletcher zuckte die Achseln. »Vielleicht hatte ich den Eindruck, daß alles zu flott und flüssig lief.« Er lächelte. »Charmante Männer machen mich immer mißtrauisch. Und Belinski ist ein wirklicher Charmeur.«

»Schreibst du tägliche Berichte?«

»Ja. Für Renshaw. Und du?«

»Ja, auch.«

»Warum fragst du?«

»Als ich einen Test beantragte, hat er die Formulare unterschrieben, ohne mich nach einer Begründung zu fragen.«

Fletcher lächelte. »Du bist schon viel länger dabei als ich. Vielleicht akzeptiert er bei dir, daß du genau weißt, was du tust, während ich noch meine Qualifikation nachweisen muß.«

Obwohl Hoggart während seiner Ehe die alte Wohnung beibehalten hatte, war er nicht einmal dort gewesen, nachdem sie zusammengezogen waren. Aber jetzt, nachdem die Ehe vorbei war, hatte er seine wenigen persönlichen Besitztümer in die alte Wohnung zurückgebracht. Er machte keinen Versuch, die Wohnung gemütlich einzurichten. Für ihn war es ein Schlafplatz und ein Ort, wo er die Kleider wechseln konnte. Ein Stützpunkt, weiter nichts.

An jenem Abend erwartete ihn ein Brief in der Wohnung. Eine Zweizeilennotiz von seinem Anwalt, der ihn dringend sprechen wollte. Das Datum lag drei Tage zurück, der Poststempel war vom gleichen Tag. Er rief Cornish früh am nächsten Morgen an.

»Ich muß etwas mit Ihnen besprechen, Mr. Hoggart, so bald wie möglich. Wann können wir uns treffen?«

»Ich komme heute morgen vorbei, wenn Ihnen das paßt.«

»Ich würde lieber zu Ihnen kommen, wenn das möglich ist.«

»Verstehe. Gut, dann kommen Sie doch heute morgen vorbei.«

»Ich komme sofort. Wie muß ich fahren?«

Hoggart erklärte ihm den Weg und legte auf. Cornish hatte sich kühl und beinahe aggressiv angehört, und Hoggart fragte sich, warum ein offensichtlich vielbeschäftigter Anwalt einen Termin außerhalb seiner Kanzlei haben wollte. Er räumte ein bißchen auf, und zehn Minuten darauf stand Cornish bereits vor der Tür.

Cornish blickte sich kurz in der Wohnung um, setzte sich dann und öffnete seine Aktentasche. Mit einem Schnellhefter in der Hand blickte er Hoggart an.

»Haben Sie sich gewundert, warum ich mich hier mit Ihnen treffen wollte, statt in meinem Büro?«

»Ja, allerdings.«

»Es ist, weil ich ein Problem habe, Mr. Hoggart. Ich bin mir nicht sicher, ob ich weiterhin Ihre Interessen vertreten kann, und ich wollte erst mit Ihnen darüber reden, bevor ich mich entscheide.«

Hoggart nickte. »Ist mir recht.«

Cornish musterte ihn scharf. »Sagt Ihnen der Name Rawson etwas?«

Hoggart schüttelte langsam den Kopf. »Nein.«

»Was ist mit Malins?«

»Meinen Sie Phil Malins? Ach ja, natürlich sagt mir der Name Rawson etwas. Der Zusammenhang kam mir erst, nachdem Sie Malins erwähnt haben.«

»Arbeiten die beiden bei der gleichen Regierungsbehörde wie Sie?«

»Ja.«

»Ist es korrekt, daß sie in einem Bereich arbeiten, den Journalisten gerne als ›Abteilung für schmutzige Tricks‹ bezeichnen?«

»Malins würde es lieber als Abteilung für verdeckte Operationen bezeichnen.«

»Kann ich mir vorstellen.«

»Was haben sie mit meiner Scheidungssache zu tun?«

»Wollen Sie damit sagen, daß Sie es noch nicht wissen?«

»Hören Sie, Mr. Cornish, ich weiß nicht, auf was Sie hinauswollen, aber ganz offen gesagt, paßt mir Ihr Ton nicht. Was ist das, ein Verhör?«

»Wußten Sie, daß Ihre Frau im Charing-Cross-Hospital liegt?«

»Nein. Was fehlt ihr?«

»Sie hat eine Überdosis Tabletten geschluckt. Selbstmordversuch.«

»Wann war das?«

»Vor zwei Tagen.«

»Ist sie außer Gefahr?«

»Mehr oder weniger, aber sie befindet sich in einem sehr schlechten Zustand.«

»Woher wissen Sie das alles?«

»Dazu muß ich zwei Wochen zurückgehen. Ihre Frau hat mich aufgesucht. Natürlich ein unmögliches Verhalten. Sie gab einen falschen Namen an, und ich habe sie sehr deutlich gerügt wegen dieser Kontaktaufnahme. Aber wie Sie wissen, kennt sich Ihre Frau in den Gesetzen nicht aus, und bevor ich sie aufhalten konnte, hat sie mir ihre Geschichte erzählt. Ich warnte sie, daß das Gericht nicht nur ihren Besuch bei mir sehr mißbilligen, sondern auch mich ernsthaft kritisieren würde, daß ich ihr zuhörte. Und daß sie damit ihrer Sache großen Schaden zufügen würde. Aber . . .« Cornish zuckte die Achseln, »nichts, was ich sagte, konnte sie davon abhalten, mir diese traurige, schmutzige Geschichte zu erzählen.«

»Ich verstehe immer noch nicht, um was es geht, Mr. Cornish.«

»Ich bin erleichtert, das zu hören. Sehr erleichtert. Lassen Sie mich fortfahren.« Er entnahm dem Hefter ein großes Tagebuch und blätterte darin, bevor er erneut Hoggart anblickte. »Als Sie damals zu mir kamen, versuchte ich ein wenig Öl auf die Wogen zu gießen. Aber das funktionierte nicht, weil Ihr Scheidungsbegehren nicht so sehr gegen Ihre Frau als vielmehr gegen diesen Gardner gerichtet war. Sie wollten ihn vor Gericht, in aller Öffentlichkeit bloßstellen. Unklug und ganz und gar nicht mein Stil, aber Sie wollten es so.

Seitdem hat die andere Partei jedes juristische Mittel angewandt, um den Fall nicht vor Gericht kommen zu lassen. Ich habe getan, was ich konnte, aber da diese Verschleppungstaktik völlig legal ist, habe ich bisher keine allzu großen Fortschritte gemacht.

Was Ihre Frau mir erzählt hat, ist sehr beunruhigend, und, wenn ich ehrlich sein will, muß ich zugeben, daß ich Sie im Verdacht hatte, daran beteiligt zu sein. Offen gestanden bin ich nicht nur schockiert, sondern auch zutiefst beunruhigt über das, was da vorgefallen ist. Anscheinend ohne Ihr Wissen, nichtsdestoweniger betrifft es Sie.«

»Kommen Sie bitte zum Thema, Mr. Cornish.«

Cornish erwiderte kalt. »Ihre Frau wird von Ihren SIS-Kollegen unter Druck gesetzt.«

»Das glaube ich nicht. Warum in aller Welt sollten sie das tun?«

»Glauben Sie es, oder glauben Sie es nicht, es ist eine Tatsache. Das Hauptziel ist Gardner, aber sie bekommt eine ähnliche Behandlung. Viel milder in ihrem Fall, aber schlimm genug, um sie zu dem Selbstmordversuch zu treiben.« Cornish hielt inne. »Und wenn es ein Trost für Sie ist: Gardner scheint, trotz aller Abgebrühtheit, am Ende seines Lateins zu sein und weiß nicht mehr, wie er mit der Situation fertig werden soll.«

»Freut mich zu hören. Woher haben Sie alle diese Informationen?«

»Hauptsächlich von Ihrer Frau. Und von ein paar anderen Leuten.«

»Warum ist sie zu Ihnen gegangen? Warum nicht zu ihrem Anwalt?«

»Sie kam zu mir aus Sorge um Sie.«

»Um mich? Wie das?«

»Ist es richtig, daß man in den vergangenen Wochen versucht hat, auch Sie unter Druck zu setzen? Ein Vorfall mit einem Auto? Ihre Wohnung verwüstet? Ja?«

»Ja.«

»Das hat Gardner angestiftet, als Versuch, Sie abzuschrekken.«

»Woher wissen Sie das?«

»Er hat es Ihrer Frau gesagt.«

»Fickt sie also immer noch mit ihm herum?«

»Keineswegs. Er hat sie rausgeworfen, als die Scheidungssache anfing, und sie hat ihn nicht mehr gesehen, bis auf einen

Treff letzte Woche. Sie fand einen Job als Verkäuferin in einer Filialkette. Nach ein paar Wochen wurde ihr gekündigt. Andere Jobangebote wurden nach wenigen Tagen zurückgezogen. Gardner sagte ihr, er sei hinter Ihnen her. Wie es scheint, deutete er an, daß er notfalls sogar vor einem Mord nicht zurückschrecken würde. Er erzählte ihr von seinen Schwierigkeiten mit der Steuerfahndung. Seiner Ansicht nach lief bei ihr genau das gleiche ab. Daß man sie daran hindere, einen Job zu finden. Ein paar Tage darauf nahm sie die Überdosis, weil sie dachte, wenn sie nicht mehr da wäre, würde sich alles andere wieder einrenken. Sie sah alles als ihre Schuld an.«

»War es ein ernsthafter Selbstmordversuch?«

»Der Arzt meint, er sei ernsthaft genug gewesen. Aber eine ehemalige Kollegin aus dem Laden, wo sie gearbeitet hat, kam zufällig bei ihr vorbei, die Tür war offen, sie fand sie und hat einen Krankenwagen gerufen.«

»Wie ist Gardner auf Malins und Rawson gekommen?«

»Überhaupt nicht. Das habe ich herausgefunden. Ich habe ein paar Erkundigungen eingezogen.«

»Woher wußten Sie das mit Jacqui?«

»Man fand bei ihr einen an mich adressierten Brief.«

»Warum an Sie?«

»Vermutlich, weil sie dachte, ich sei der einzige Mensch, der sich um sie kümmert.«

»Ich kann's noch immer nicht recht glauben.«

»Halten Sie es für möglich?«

»O ja. Es paßt alles zu gut. Sie werden es natürlich abstreiten. Das ist immer die offizielle Politik.«

»Sogar Ihnen gegenüber?«

»Ja. In diesem Fall betrachten die mich als Außenstehenden.«

»Können Sie weitere Nötigungen und Belästigungen stoppen?«

»Was Jacqui betrifft, ja, aber je mehr sie Gardner unter Druck setzen, um so lieber ist es mir.«

»Ich habe die Hoffnung aufgegeben«, meinte Cornish trokken, »daß Sie je meinen Rat annehmen. Dennoch rate ich Ihnen dringend, diese Scheidung so rasch und so einfach wie möglich über die Bühne zu bringen. Die Sache gerät außer Kontrolle und zeigt mittlerweile Rückwirkungen auf das Leben zu vieler Menschen, einschließlich meines eigenen.«

»Soll ich mir einen anderen Anwalt suchen?«

»Nur wenn Sie das unbedingt wollen. Bei der Vorgeschichte werden Sie ohnehin nicht so leicht einen anderen finden.«

»Sie haben eine seltsame Vorstellung von Gerechtigkeit, Mr. Cornish. Dieser Mann begeht Ehebruch mit meiner Frau. Er versucht mich zu nötigen. Meine Frau schläft einfach mit zwei anderen Männern, aber Sie reden, als sei ich der schuldige Teil.«

»Sie sind mein Mandant, Hoggart, ich habe lediglich versucht, Ihre Interessen dem Gericht gegenüber zu wahren.« Er stand auf, sammelte seine Papiere ein und verstaute sie in der Aktentasche. Dann sagte er: »Ich entschuldige mich, wenn ich einen voreingenommenen Eindruck gemacht habe. Ich bin nicht voreingenommen. Aber das Dilemma, in dem sich Ihre Frau befindet, bewegt mich sehr. Sie hat sich in vieler Beziehung dumm verhalten, doch niemand außer Ihnen hat ihr wirklich eine Chance in ihrem ziemlich trostlosen Leben gegeben. Und man sagt zwar, daß Selbstmord ein feiger Ausweg ist, ich bin jedoch nicht dieser Meinung. Ich meine, daß es sehr viel Mut oder sehr viel Liebe erfordert. Nachdem Gardner ihr gesagt hat, daß er nicht davor zurückschrecken würde, Sie umzubringen, begriff sie, daß nicht nur sehr vieles hinter ihrem Rücken abgelaufen war, sondern auch, daß sie auf der falschen Seite stand.« Cornish erhob sich. »Ich muß in mein Büro zurück.«

An der Wohnungstür sagte Cornish leise: »Ich melde mich wieder.«

Weißglühend vor Wut raste Hoggart ins Century House und suchte auf dem Wegweiser nach Malins' Büro. Eine Sekretärin im Vorzimmer wollte ihn aufhalten, doch er rannte an ihr vorbei und riß die Tür zu Malins' Arbeitszimmer auf. Sie waren sich nie begegnet, und Malins erhob sich halb aus dem Stuhl, ließ sich dann wieder zurücksinken. Hoggart stellte fest, daß der zweite Mann im Zimmer Rawson war, der Mann, mit dem er nach dem Zwischenfall mit dem Saab gesprochen hatte.

Malins war ein massiger Mann mit breiten Schultern und muskulösen, behaarten Armen in hochgerollten Hemdsärmeln. Er hatte ein glattes Vollmondgesicht mit großen blauen Augen. Und trotz Hoggarts stürmischem Auftritt lächelte er freundlich. Er erkannte Gewalt und wußte all die Methoden, wie man mit ihr umzugehen hatte.

»Ich nehme an, Sie wollen mich sprechen. Leider kenne ich Sie nicht.«

Rawson kam ihm zu Hilfe. »Das ist Mr. Hoggart, Phil. Ich habe ihn in Tunbridge Wells getroffen – erinnerst du dich? Er hatte einen Verkehrsunfall.«

Malins streckte seine Pranke aus. »Setzen Sie sich doch, Mr. Hoggart.«

Hoggart ignorierte die ausgestreckte Hand und die Einladung. Mit vor Wut heiserer Stimme sagte er: »Ich warne Sie, Malins. Lassen Sie meine Frau in Ruhe, sonst nehme ich Ihren Laden auseinander!«

Malins warf Rawson einen Blick zu, doch der zuckte nur verständnislos mit den Achseln.

»Ich verstehe nicht, Mr. Hoggart. Da muß irgendein Mißverständnis vorliegen.« Dann, in ruhigerem Ton: »Setzen Sie sich, und sagen Sie mir, um was es geht.«

»Ihre Leute haben meine Frau verfolgt und unter Druck gesetzt, Malins. Und Sie wissen das ganz genau.«

Malins blickte Rawson an. »Weißt du was davon, Peter?«

Rawson schüttelte den Kopf und sah Hoggart an. »Ich kann Ihnen versichern, daß das nicht stimmt, Mr. Hoggart. Wie kommen Sie überhaupt auf so etwas?«

»Als wir im Krankenhaus miteinander gesprochen haben, ging es unter anderem um einen gewissen Gardner. Streiten Sie das ab?«

»Nein. Wir haben kurz über ihn gesprochen.«

»Und Sie sagten, Ihre Abteilung observiert ihn für Malins, der ihn durch die Mangel dreht.«

Malins sah Rawson an, doch der ignorierte den Blick. »Ja, das habe ich gesagt. Aber was zum Teufel hat das mit ihrer Frau zu tun?«

»Sie haben sie ebenfalls unter Druck gesetzt. Sie daran gehindert, einen Job zu finden. Die üblichen Tricks, die ihr Burschen anwendet.«

Malins unterbrach ihn. »Ich kann Ihnen versichern, daß Ihre Frau in keiner Weise etwas mit unserem Zielobjekt Gardner zu tun hat.«

»Ach – und warum liegt sie dann nach einem Selbstmordversuch im Charing-Cross-Hospital, weil sie jedesmal, wenn sie sich um irgendeinen Scheißjob bemüht, abgewiesen wird?«

Malins blickte Rawson an, und der Blickkontakt blieb mehrere Sekunden bestehen, bevor Malins erneut Hoggart ansah. Mit gepreßter Stimme sagte er: »Heißt Ihre Frau Jacqui, Jacqui Lovegrove?«

»Das ist ihr Mädchenname, ja.«

»Um Himmels willen, setzen Sie sich doch endlich, Hoggart. Ich kann nicht nachdenken, wenn Sie sich hier wie Rambo aufführen.«

Widerstrebend nahm Hoggart Platz und starrte Malins böse an.

»Ich hatte keine Ahnung, daß sie ihre Frau ist, Mr. Hoggart. Ich bekam eine Liste vom Archiv mit Bekannten und Komplizen von Gardner. Durch irgendeinen entsetzlichen Fehler stand dieser Name – Jacqui Lovegrove – ebenfalls darauf.«

»Haben Sie Jacqui daran gehindert, einen Job zu kriegen?«

»Sie wissen, daß ich das normalerweise strikt abstreiten müßte, aber unter den gegebenen Umständen, ja, wir haben leichten Druck ausgeübt.«

»Zum Beispiel?«

»Wir haben ihrem Arbeitgeber gewisse Informationen zukommen lassen, worauf sie entlassen wurde. Das gleiche machten wir, wenn sie sich bei anderen Arbeitgebern vorstellte. Darüber hinaus haben wir nichts unternommen, das versichere ich Ihnen.«

»Hat man Ihnen gesagt, weshalb Gardner durch die Mangel gedreht werden sollte?«

»Nein. Sofern es nicht relevant ist, bekommen wir das selten gesagt. Wir bekommen gewisse Spielräume, wie und wo wir Druck ausüben sollen, und das tun wir dann.« Er zögerte. »Wenn wir von Jacquis Selbstmordversuch erfahren hätten, würden wir sie sofort von unserer Liste gestrichen haben.«

»Auftrag erfolgreich ausgeführt, wie?«

Malins Blick drückte Verärgerung aus, als er leise erwiderte: »Du bist selbst im Geschäft, Hoggart. Also red nicht so einen Scheiß.«

»Wie weit seid ihr mit Gardner?«

»Warum interessiert Sie das?«

»Weil ich weiß, warum ihr auf ihn angesetzt worden seid.«

»Dann wissen Sie mehr als ich. Vielleicht könnte ich es auch erfahren?«

»Weil ich mich von meiner Frau scheiden lasse wegen ihrer

Beziehung zu Gardner und ich es ihm nach allen Regeln der Kunst heimzahlen will. Sein Anwalt hat sich an unsere Rechtsabteilung gewandt, um die dazu zu bewegen, mich zu stoppen. Er drohte, mich und die Arbeit, die ich im SIS mache, zu exponieren.« Er seufzte. »Sie haben ihn einfach wieder nach Hause geschickt, aber so, wie es aussieht, haben sie es dann hinter meinem Rücken eurer Abteilung übergeben.«

»Und Gardner hat dann versucht, sich dafür an Ihnen zu rächen?«

»Genau.«

»Ist sein Anwalt ein Typ namens Fox?«

»Richtig.«

Malins lächelte böse. »Wenn es Ihnen ein Trost ist, dieser Fox fühlt sich zur Zeit todunglücklich. Er hat ein Spezialteam der Steuerfahndung zu Gast.«

»Und Gardner?«

»Finanzamt und noch ein paar nette Überraschungen.« Er lächelte. »Kann anscheinend seinen Wagen nirgendwo parken, ohne daß sie ihm sofort eine Klammer an den Reifen heften.« Malins seufzte. »Mir tut das alles entsetzlich leid, Hoggart. Ehrlich. Es war nichts gegen Sie persönlich, nur ein klassischer bürokratischer Patzer. Kann ich mich irgendwie erkenntlich zeigen?«

»Ja. Rufen Sie das Krankenhaus an, und finden Sie heraus, wie es ihr geht.«

»Warum rufen Sie denn nicht selbst an?«

»Ich bin dabei, mich von ihr scheiden zu lassen, Mann.«

Rawson wählte die Nummer, und Hoggart und Malins saßen schweigend da, während er sich telefonisch bis zur Stationsschwester durchkämpfte. Er lauschte, stellte ein paar Fragen, legte dann auf und sah Hoggart an.

»Komisch, daß diese Leute einem nie eine klare Auskunft geben, aber soweit ich heraushören konnte, ist ihr Zustand einigermaßen stabil. Sie haben gehört, wie ich nach einer Prognose gefragt habe, aber darauf wollten sie nicht recht eingehen. Medizinisch gesehen sei die Prognose die, daß es offenbar keine Hirnschädigung gegeben hat, daß ihre psychische Reaktion jedoch negativ sei. Was immer das zu bedeuten hat.« Er hielt inne. »Soll ich mal vorbeifahren und sie mir anschauen?«

»Nein, danke.«

»Vielleicht ist es Ihnen ein Trost«, sagte Malins, »Gardner steckt wirklich tief in der Scheiße. Nach dem, was Steuer- und Zollfahndung mir sagen, ist er mit Sicherheit bankrott, wenn sie mit ihm fertig sind. Plus der Aussicht auf mindestens zehn Jahre Knast. Nicht eingerechnet das, was wir noch mit ihm vorhaben. Er ist ziemlich verzweifelt, mein Freund, glauben Sie mir. Sein Anwaltsfreund, Foxy, singt vor den Ermittlern wie eine Nachtigall. Harry Gardner ist erledigt.«

Hoggart stand auf und verließ ohne ein Wort das Zimmer.

»Armer Kerl«, meinte Rawson. »Die Sache mit seiner Frau und der Ärger mit Gardner sind ihm zuviel geworden. Kein Wunder, daß er durchdreht.«

»Was haben die noch gesagt im Krankenhaus?«

»Zustand sehr kritisch. Sie wissen nicht, ob sie es packt.«

»Hast du ihre Biographie gesehen?«

»Ja.«

»Warum in aller Welt heiratet ein Bursche wie Hoggart ausgerechnet so ein Mädchen?«

Rawson grinste. »Warum heiraten wir die Frauen, die wir heiraten?«

Bei der wöchentlichen Konferenz mit Renshaw mußten Hoggart und Fletcher über die Fortschritte berichten, die sie bei der Vernehmung der beiden Überläufer gemacht hatten. Und an jenem Tag warf Fletcher die Frage nach Belinskis Zukunft auf.

Renshaw zog die Brauen hoch. »Was stellen Sie sich vor? Oder, besser gefragt, was stellt *er* sich vor?«

»Ich habe nur sehr allgemein mit ihm darüber gesprochen. Logischerweise möchte er seine Freiheit. Er ist ein nützlicher Auskunftgeber, weil er sehr viel über das Personal des Ersten und des Zweiten Direktorats weiß, aber über aktuelle Operationen scheint er nicht sehr viel zu wissen.«

»Würden Sie ihn als kooperativ einstufen?«

»Ja.«

»Was könnte er tun, wenn wir ihn laufenlassen? Wie könnte er sich den Lebensunterhalt verdienen?«

»Ich glaube, er hofft auf irgendeine finanzielle Belohnung. Einen Pauschalbetrag und ein monatliches Salär.«

»Was soll er tun?«

»Er könnte sich in unserer Leseabteilung nützlich machen. BBC World Service ist vielleicht interessiert an ihm, ich könnte mich auch mal bei Radio Free Europe und der Stimme Amerikas umhören.«

Renshaw zuckte die Achseln. »Sowjetische Beobachter gibt's zur Zeit wie Sand am Meer.«

»Ich glaube, er könnte auch selbst ganz gut zurechtkommen, wenn wir ihm eine Pension und ein kleines Kapital geben.«

»Wieviel?«

»Genug für ein kleines Häuschen oder eine Eigentumswohnung und eine Pension von, sagen wir, fünf- oder sechstausend Pfund im Jahr. Dazu Hilfe bei der Jobsuche.«

Renshaw blickte Hoggart an. »Was meinen Sie?«

»Ich weiß nicht genug darüber, um einen vernünftigen Vorschlag machen zu können, Sir. Aber es kostet uns schon jetzt eine Stange Geld, ihn unter Verschluß zu halten.«

»Wenn wir ihn laufenlassen, müssen wir ihn auch auf irgendeine Art überwachen. Das kostet fast genausoviel.«

Die drei schwiegen mehrere Minuten lang, dann blickte Renshaw Fletcher an.

»Legen wir's vorerst mal auf Eis, bis wir gehört haben, was Hoggart zu berichten hat.« Er sah Hoggart an. »Wie sieht's aus?«

»Wie Sie wissen, habe ich mich auf die Details der Walker-Sache in den Staaten konzentriert. Ich würde sagen, wir wissen mehr darüber, wie die Operation abgewickelt wurde, als das FBI.«

»Wie kommen Sie darauf?«

»Ich habe den langen FBI-Bericht über den Fall gelesen. Da gibt es offenbar vieles, was die nicht wissen.«

»Wir haben vom FBI über den Verbindungsoffizier und vom US-Außenministerium über das Foreign Office Anfragen bekommen wegen Jakunin. Ich habe allerdings noch nicht einmal zugegeben, daß er in unserer Hand ist.«

»Ich kann keinen Nachteil darin sehen, wenn wir mit den Amerikanern kooperieren.«

Renshaw lehnte sich zurück. »Ich schon. Besonders nach den widersprüchlichen Informationen, die wir von Belinski über Jakunin bekommen haben. Wir wollen doch nicht wie leichtgläubige Trottel dastehen, wenn die ihn durch die Mangel drehen und dann feststellen, daß die Hälfte seiner Story erfunden ist.«

»Sie glauben, daß Belinski die Wahrheit sagt?«

»Wer weiß, alter Junge? Ich würde keinem von beiden trauen. Die leben vom Lügen, wie Sie sehr genau wissen.« Renshaw lächelte. »Deswegen bin ich immer froh, wenn ich so etwas meinen zwei professionellen Schnüfflern überlassen kann.« Er stand auf, als sei er der ganzen Angelegenheit überdrüssig, und sagte dann mit veränderter Stimme: »Bereiten Sie die Freilassung von Belinski vor, Fletcher. Und Sie, Hoggart – Sie bohren weiter wie gehabt. Wenn die Amerikaner weiterhin drängen, müssen Sie vielleicht ein paar Tage nach Washington.« Er lachte leise, als er Hoggarts Gesicht sah. »Ich könnte mir schlimmere Orte vorstellen als Washington im Herbst, mein Freund.«

»Nicht wenn Ihr Gastgeber das FBI ist, Sir. Ich habe da meine Erfahrungen.«

Renshaw lächelte und winkte sie zur Tür.

Hoggart wärmte sich Steaks und Kidney Pie von Marks & Spencer auf und aß zum Nachtisch einen Reispudding mit viel Preiselbeermarmelade. Nebenbei sah er sich auf Channel 4 einen alten Schwarzweißfilm mit Charlie Chan an und versuchte, an nichts zu denken. Nach der Hälfte des Reispuddings gab er den hoffnungslosen Kampf auf, legte den Löffel weg und setzte sich in den alten, abgewetzten Ledersessel.

Hoggart hatte nie sonderlich viel über sich nachgedacht. Weder in seinem Lebensstil noch in seiner Arbeit neigte er zu Unentschlossenheit. Dinge mußten getan werden, und so packte er sie eben an. Aber diesmal offerierten ihm weder sein Verstand noch sein Instinkt eine Lösung. Er konnte nicht einmal die Probleme richtig identifizieren. Bei dem Gedanken an Gardner stieg Wut in ihm auf über das, was seine eigenen Leute getan hatten, ohne ihn auch nur zu fragen. Und das führte ihn zu Jacqui, und seine Gedanken überschlugen sich, weil er die Antwort nicht wahrhaben wollte. Es gab keine Antwort, weil es keine Frage gab. Und dann Jakunin mit seinem ständigen Mißtrauen, daß man ihn reinlegen, ihn austricksen könnte, und immer diese angedeuteten Versprechungen über welterschütternde Enthüllungen, falls Hoggart sich als würdiger Empfänger erwies. Und dann das rasch verblassende Bild von Jacqui im Krankenhausbett, nachdem dieser Rauschgiftmafioso sie zusammenschlagen hatte. Und als Beweis, daß sie ein menschliches Wesen war und nicht nur ein Körper, wünschte sie sich lediglich, daß er seinen richtigen Namen sagen sollte. Und nun schwirrten ihm alle diese Menschen, heillos verknäult, durch den Kopf wie Geier, die über einem Leichnam in der Wüste kreisen.

Er fragte sich, was er an sich hatte, daß es zu solch einem Chaos gekommen war. Was ihn dazu zwang, es weiterlaufen zu lassen, es sogar noch schlimmer werden zu lassen. Er wußte, daß er nur zu tun brauchte, was ihm sein Anwalt geraten hatte, und alles würde wieder friedlich sein. Und alle Beteiligten könnten sich wieder ihrem schäbigen Leben zuwenden. Aber er konnte sich genausowenig dazu überwinden, wie er sich dazu überwinden konnte, zu verzeihen und irgendwann einmal zu vergessen, was sie alle ihm angetan hatten.

Er versuchte, an jemanden zu denken, dem er vertraute und mit dem er reden konnte. Er hatte noch nie einen Vertrauten gebraucht, und ihm fiel niemand ein, dessen Rat er respektieren würde. Niemand, nur ein Mensch wie er könnte es verstehen. Er verstand sich selber nicht. Er wußte es nur einfach. Man gibt nicht nach, wenn man im Recht ist. Er hatte seit seiner Schulzeit nicht mehr in der Bibel gelesen, aber er erinnerte sich an den Spruch »Auge um Auge, Zahn um Zahn«. Und er teilte diese Einstellung zum Leben und zur Gerechtigkeit. Ein anderer Mann hätte sich vielleicht gefragt, warum er keinen Freund besaß, dem er sich anvertrauen konnte, aber nicht Hoggart. Entgegen dem, was der Dichter einst geschrieben hatte, *war* Hoggart eine Insel.

Irgendwann nickte er in dem Sessel ein und schlief unruhig bis zum nächsten Morgen. Er rasierte sich und duschte und zog dann frische Kleider an.

Auf seinem Schreibtisch im Büro lag ein dicker DIN-A4-Umschlag mit dem Vermerk »Persönlich« und seinem Namen. Er öffnete den Umschlag und fand darin das Foto eines Mannes und eine handschriftliche Notiz von Fletcher, daß es sich um ein Foto von Belinski handelte. Er schob das Bild wieder in dem Umschlag und legte diesen auf den Stapel russischer Zeitungen und Bücher, die er vergessen hatte, Jakunin mitzubringen.

Er wollte gerade gehen, als ein Anruf kam, daß Jakunin mit einer schweren Erkältung im Bett liege. Sie hatten ihm die üblichen Medikamente verabreicht, aber für die nächsten Tage war er vernehmungsunfähig.

16

Bill Altieri arbeitete sich durch die gesammelten Berichte von Quellen, die den KGB betrafen. Die CIA verfügte jetzt über mehr Informationen aus der Sowjetunion, seit eine Reorganisierung in Langley die Schwachstellen im internen Kommunikationsfluß aufgezeigt hatte, die verhinderten, daß all die trivialen und scheinbar nebensächlichen Informationsbruchstücke tatsächlich jenen zugänglich gemacht wurden, die möglicherweise etwas damit anfangen konnten. Das Problem lag darin, die Informationen einem möglichst breiten Empfängerkreis zukommen zu lassen, ohne dabei die Sicherheitserfordernisse bezüglich Inhalt und Quellen zu vernachlässigen. Die Grenzfälle landeten bei Altieri, einem Mann mit langjähriger Erfahrung in verdeckten Operationen.

Den ganzen Tag hatte er gelesen und war zu einigen Entscheidungen gekommen, was sich in drei verschiedenen Aktenstapeln niederschlug. Der größte Stapel war für das übliche Verteilersystem. Ein halbes Dutzend Dokumente war für einen eng begrenzten Empfängerkreis bestimmt, und etwa die gleiche Anzahl hatte er in ein separates Körbchen gelegt, weil er sich noch nicht schlüssig war.

Er hatte es sich zum Prinzip gemacht, die zweifelhaften Fälle noch am gleichen Tag erneut zu bearbeiten und eine endgültige Entscheidung zu treffen. Dabei ging es ihm nicht nur um den Zeitfaktor, sondern auch um die Erfahrung, daß über Nacht aufgeschobene Entscheidungen häufig von der Papierflut des nächsten Tages beeinträchtigt wurden.

Als er auf die Uhr schaute, war es bereits 17 Uhr. Er reckte und streckte sich, stand auf und ging über die breiten, hallenden Korridore zur Cafeteria. Er trank zwei Tassen Kaffee und aß ein Beef-Sandwich und rief dann zu Hause an, um zu sagen, daß er frühestens in zwei Stunden Feierabend machen werde.

Der Stapel zur freien Verteilung war von seiner Assistentin bereits abgeholt worden, auf dem zweiten Stapel mit beschränkter Verteilung lag ein maschinengeschriebenes Blatt mit den Aktenzeichen, das auf seine Unterschrift wartete. Er unterzeichnete und drückte auf die Taste der Sprechanlage, während er nach den zweifelhaften Berichten griff.

Eine Stunde später war nur noch eine Entscheidung offen. Es handelte sich um einen Bericht des CIA-Chefs in der Moskauer Botschaft. Mehrfach hatte er fünfstellige Codes in sein Computerterminal eingegeben und Namen, Daten und Archivkennummern überprüft. Das Problem lag nicht so sehr in dem internen Verteilerschlüssel als darin, ob das Material an London weitergegeben werden sollte. Alle Computerverweise führten nach London. Im Gegensatz zu vielen höheren CIA-Beamten hatte er keine Abneigung gegen die Briten, aber in diesem Fall hatte London nur minimale Kooperation gezeigt, als das ursprüngliche Problem aufgetaucht war. Sie hatten nicht einmal zugegeben, daß der Mann bei ihnen gelandet war, obwohl es ziemlich eindeutige Hinweise darauf gab. Und wenn es stimmte, dann mußten sie auch wissen, daß die Informationen, die der Mann besaß, von größter Bedeutung nicht nur für die CIA, sondern noch mehr für das FBI waren.

Schließlich rief Altieri bei Langford, dem CIA/SIS-Verbindungsmann, an.

»Wie stehen wir im Moment mit den Briten, Jack?«

»Auf welcher Ebene?«

»Ziemlich weit oben. Wer schuldet wem Gefälligkeiten?«

»Ich würde sagen, wir sind pari. Beide Seiten unkooperativ.«

»Würde uns eine freundliche Geste irgendwelche Vorteile bringen?«

»Nicht daß ich wüßte. Um was geht's?«

»Erinnerst du dich an einen Engländer namens Charlton, der einen längeren Urlaub in einem russischen Straflager verpaßt bekam?«

»Sagt mir im Moment nichts. Erzähl mir mehr darüber.«

»Er wurde wegen Spionage verurteilt, zusammen mit einem KGB-Mann. Spionage für die Briten. Der Russe hat lebenslänglich bekommen.«

»Ich kann mich wirklich nicht erinnern. Was hast du zu bieten?«

»Es ist nicht sehr spezifisch, aber wie es scheint, war das möglicherweise nur ein Ablenkungsmanöver oder die Vorbereitung für irgendeine andere KGB-Operation.« Altieri hielt inne. »Und unsere Datenbank liefert Hinweise darauf, daß irgendeine Verbindung zu dem KGB-Burschen besteht, der hier den Walker-Ring gelenkt hat.«

»Welche Verbindung?«

»Wir glauben, daß er zu den Briten übergelaufen ist. Es ist alles ziemlich kompliziert, aber möglicherweise springt etwas für uns dabei raus.«

»Dann würde ich das tun, Bill. Zumindest können wir feststellen, wie die Briten auf ein echtes Kooperationsangebot reagieren.«

»Okay.«

Altieri las den Bericht noch einmal, um zu sehen, ob irgend etwas weggelassen werden mußte, bevor er eine Kopie an den SIS-Verbindungsmann weiterleitete. Bailey, der SIS-Beamte, war ein alter Freund von Altieri, und der CIA-Mann war gespannt darauf, wie Bailey auf die Geste reagierte. Altieri entschied, daß nichts gelöscht zu werden brauchte, bis auf die Codenummern und sonstige interne Details, aber zur Vorsicht ließ er den Bericht von einem Spezialisten umschreiben, so daß man aus dem Text nicht auf den Code schließen konnte.

Bailey war gerade von einem Routinebesuch in London zurückgekehrt, war jedoch über die beiden Überläufer nicht informiert worden. Das Gespräch mit Altieri verlief in einer herzlichen Atmosphäre, und Bailey war überzeugt, daß London sich sehr über die ersten Anzeichen eines Tauwetters in den frostigen Beziehungen zur CIA freuen würde. Nicht daß der Report, der ihm übergeben worden war, von größerer Bedeutung schien. Aber es war eine Geste guten Willens, und das genügte. Er las den Bericht ein letztes Mal, versiegelte dann den Umschlag und kennzeichnete ihn für die Diplomatenpost. Er erschien ihm reichlich vage.

> Gemäß Instruktion wurde nach dem Strafprozeß gegen DENIKIN und den britischen Journalisten CHARLTON der Versuch unternommen, die Hintergründe aufzuhellen, in was sie verwickelt gewesen waren. Wie schon berichtet, gab es mehrere Gerüchte diesen Fall betreffend. Die Gerüchte reichten von der angeblichen Exekution des betreffenden Sowjetbürgers bis zu der Behauptung, daß lediglich CHARLTON tatsächlich ins Gefängnis gekommen sei. Dies veranlaßte uns zu dem Versuch, den Status des beteiligten Sowjetbürgers zu überprüfen.
>
> Umfangreiche Nachforschungen deuten darauf hin, daß der Sowjetbürger ein KGB-Offizier war mit dem Tarnnamen LENSKI, ein verheirateter Mann von Anfang Vierzig mit einer Tochter. Parallele Ermittlungen ergaben, daß er ein sehr geachteter und hochrangiger Mitarbeiter mit Sonderaufgaben beim Direktorat 1 und 2 war. Wir konnten nicht feststellen, um was es sich bei diesen Sonderaufgaben handelte, er scheint jedoch in Moskau gearbeitet zu haben, und zwar weder im KGB-Hauptquartier am Dserschinskijplatz noch in dem neuen Gebäude an der Ringstraße.
>
> Es wurden jedoch seine Familienverhältnisse überprüft. Die

Nachforschungen ergaben, daß seine Frau und das Kind die Familienwohnung verlassen hatten, bevor der Prozeß begann. Weitere Nachforschungen erbrachten keine konkreten Ergebnisse. Jedoch erhielten wir kürzlich einen Bericht aus JERIWAN, daß Frau und Tochter dort in komfortablen Verhältnissen in einer Villa am Stadtrand leben. Sie schienen alle üblichen Privilegien von KGB-Angehörigen zu genießen. Unsere Analyse ist, daß es sich bei dem Prozeß um ein Täuschungsmanöver gehandelt hat, wobei uns jedoch das Motiv unerklärlich ist. Es kann möglicherweise eine Warnung an die Adresse der Briten wegen ihrer verdeckten Operationen in der Sowjetunion gewesen sein, möglicherweise auch etwas viel Raffinierteres.
Da es Langley anscheinend nicht direkt betrifft, haben wir die Angelegenheit nicht weiter verfolgt. Es gibt zahlreiche weitere Spuren, wenn auch dürftige, falls jemand die Sache verfolgen möchte, aber wir empfehlen, die Sache abzuschließen, sofern wir nichts Gegenteiliges von der Zentrale hören.
Von zwei Quellen kamen Andeutungen, daß der Prozeß irgendwie etwas mit dem kürzlichen Übertritt eines KGB-Mannes namens JAKUNIN (siehe Walker) zu den Briten zu tun haben könnte, aber auf Nachfrage hüllten sich beide Quellen in Schweigen. In Anbetracht der Tatsache, daß der KGB-Mann, den wir im Verdacht haben, zu den Briten übergelaufen zu sein, ausschließlich mit Operationen in den USA befaßt war, scheinen diese Hinweise wenig wahrscheinlich.

Es gab weder einen Empfängernamen noch eine Unterschrift.

17

Hoggart verbrachte den Tag mit dem Studium von Lageberichten, die sich auf seinem Schreibtisch angesammelt hatten, und war überrascht, als Renshaw ihn anrief und zu einem Drink einlud.

Renshaw schlug als Treffpunkt seine Wohnung in Chelsea vor, und Hoggart fiel kein vernünftiger Grund ein, die Einladung seines Chefs abzulehnen.

Es war merkwürdig, Renshaw in seiner privaten Umgebung zu sehen, und obwohl sich Hoggart angesichts auch nur mäßigen Reichtums stets befangen fühlte, beeindruckten ihn die spartanische Kargheit und die offenkundigen Hinweise auf Renshaws Geschmack, Interessen und Charakter. Er war die unbeabsichtigt dominante Art seines Vorgesetzten am Arbeitsplatz gewohnt, doch jetzt überraschten ihn der Charme des Mannes und die natürliche Art, wie er versuchte, ihm die Befangenheit zu nehmen.

»Was hätten Sie gerne – Fruchtsaft, leider nur aus der Dose, aber wenigstens echt, oder Perrier oder einen guten Kaffee?«

»Kaffee käme jetzt gut, Sir, vielen Dank.«

»Lassen wir doch den Sir und den Mister. Sie kennen meinen Namen, und ich kenne Ihren. Wir sind nicht im Büro. Wir sind einfach zwei Männer, die nach getaner Arbeit abschalten und sich entspannen.«

Hoggart war belustigt darüber, wie Renshaw die Situation sah. Er selbst fühlte sich ganz und gar nicht entspannt.

Renshaw brachte auf einem Tablett eine kleine Kaffeemaschine, Sahne, Milch und Zucker. Nachdem er sich einen Apfelsaft eingeschenkt hatte, setzte er sich und sah lächelnd Hoggart an.

»Sie gucken ein wenig wie ein Kater auf der Cruft's Rassehundeschau, Eddie. Machen Anzeichen von Wohlstand Sie nervös?«

»Nein, ich hatte nicht . . . ich bin gesellschaftlich nicht besonders gewandt.«

»Warum ist das so, Eddie, was meinen Sie?«

»Ich weiß nicht genau. Vielleicht bin ich voreingenommen.«

»Das ist interessant. Würde Ihnen so eine Wohnung nicht gefallen?«

»Doch, natürlich. Aber ich hätte einfach ein schlechtes Gewissen, weil ich weiß, daß ich nicht in solche Kreise gehöre.«

»Ist das nicht eine Art Proletariersnobismus?«

Hoggart lächelte. »Möglich, aber ich glaube es nicht. Wahrscheinlich kann ich einfach nichts damit anfangen.«

»Aber viele unserer Männer kommen aus der Arbeiterschicht, und sie genießen das gute Leben in vollen Zügen.«

»Vielleicht interessiert mich das gute Leben, wie Sie es nennen, nicht besonders.«

»Sie hatten natürlich viel größere Startschwierigkeiten im Leben als die meisten anderen Männer. Das macht zweifellos einen Unterschied.«

»Das ist schon lange her. Schnee von gestern.«

»Ich glaube nicht, daß die Zeit derartige Dinge einfach auslöscht. Nur Selbstvertrauen kann das in den Hintergrund drängen.«

»Scheint, als hätten Sie meine Personalakte gelesen.«

»Ganz recht. Das habe ich. Nicht daß ich etwas Neues daraus erfahren hätte, aber es ist gut, das Gedächtnis aufzufrischen.«

»Warum?«

»Weil ich mir Sorgen um Sie mache.«

»Sie meinen das Theater mit meiner Frau?«

»Ja. Aber auch andere Dinge.«

»Was?«

»Sorgen um Sie als Mensch.«

»Wie meinen Sie das?«

Renshaw füllte sein Glas nach und lehnte sich dann zurück. »Wenn die Scheidung durch ist, was dann?«

»Ich verstehe nicht.«

»Wie sieht dann Ihr Leben aus? Wie werden Sie Zufriedenheit finden, vielleicht gar ein kleines Glück?«

Hoggart zuckte die Achseln. »Ich werde weitermachen wie gehabt.«

»Fühlen Sie sich nie einsam?«

»Nein. Sie?«

Renshaw lächelte. »Ich habe viele Freunde und noch mehr Bekannte. Ich habe meine Musik, und ich habe meine Jacht.« Er zögerte. »Dennoch fühle ich mich manchmal einsam.«

»Warum heiraten Sie dann nicht?«

»Sie meinen, das sei ein Rezept gegen Einsamkeit?«

»Möglicherweise.«

»War es das für Sie, bevor die Sache in die Brüche ging?«

»Ich habe mich jedenfalls mit ihr nicht einsam gefühlt.«

»Haben Sie sich eigentlich mal gefragt, warum Sie sie geheiratet haben? Lange genug Zeit gelassen haben Sie sich ja.«

»Erst letzte Nacht habe ich mir darüber Gedanken gemacht.«

»Und zu welchem Ergebnis sind Sie gekommen?«

»Ich glaube, ich bin einfach hineingedriftet.«

»Da bin ich ganz anderer Meinung.«

»Ach ja? Wieso?«

»Sie sind als Kind sehr lieblos behandelt worden. Sie wuchsen in einem Waisenhaus auf, und nur eine seltsame Fügung des Schicksals in Gestalt eines großherzigen alten Mannes hat Sie davor bewahrt, in der gleichen Gosse zu landen, aus der Sie gekommen sind. Aus alldem hat sich bei Ihnen ein starker Widerwille gegen jede Form von Ungerechtigkeit entwickelt. Insbesondere bei Menschen, die sich nicht wehren können. Verlierer und Versager rufen Ihr Mitgefühl hervor. Nicht alle Versager, aber jene, die aus dem gleichen Gossenmilieu stammen wie Sie.

Ich habe mir erlaubt, die vertrauliche Akte über Ihre Frau zu lesen, und jede Zeile spricht Bände, warum Sie sie geheiratet haben.« Renshaw hielt inne. »Sie sind ein Mann, den die meisten als sehr selbstbewußten Einzelgänger ansehen. Aber das sind Sie nicht, mein lieber Eddie.« Renshaw lächelte. »Sie, mein Freund, sind ein geborener Romantiker. Manche Romantiker versuchen, Gott zu spielen – indem sie chronische Alkoholiker oder hartgesottene Kriminelle zu retten versuchen oder was auch immer. Sie waren da bescheidener, Eddie, Sie haben nur den edlen Ritter gespielt.

In Ihrem Job sind Sie einer der entschlossensten und hartnäckigsten Männer, die ich kenne. Sie geben nie auf. Aber als Sie den edlen Ritter gespielt haben, gaben Sie bei der ersten Hürde auf. Aus Mitgefühl, und vermutlich auch aus einer gewissen Zuneigung, haben Sie Jacqui geheiratet. Ich wette, sie wäre von sich aus nie auf die Idee gekommen, Sie zu fragen – habe ich recht?«

Hoggart nickte. »Ja.«

»Sie haben sie damit an den Start geschickt zu einem Rennen, für das sie weder geboren noch trainiert war. Und Sie waren ihr auch keine große Hilfe. Sie haben einfach von der Tribüne aus zugesehen, und als sie gestolpert ist – das war's dann. Ab zur Abdeckerei. Ihr ganzes Leben lang kannte sie nur eine Art, sich die Zeit zu vertreiben oder einem Mann gefällig zu sein.« Renshaw hob mahnend den Finger. »Und Sie wußten das, Eddie, bevor Sie sich mit ihr eingelassen haben. Richtig?«

»Warum sagen Sie das alles?«

»Weil es Ihnen mal jemand sagen muß, mein Freund. Und zu wenige Leute kennen die Fakten – Gott sei Dank.«

»Und Sie wollen, daß ich tue, was alle von mir verlangen – mein Anwalt, ihr Anwalt, Gardner, die SIS-Rechtsabteilung –, und dann wäre alles Friede, Freude, Eierkuchen?«

»Ganz und gar nicht. Wie Sie mit der Scheidung umgehen, ist allein Ihre Sache. Aber was mir Sorgen macht, ist das Leben, das Sie führen werden, wenn alles vorüber ist.«

»Das gleiche wie vorher.«

»Ach, Eddie, machen Sie sich doch nichts vor. Sie wissen so gut wie ich, daß nichts mehr so wie früher sein wird.«

»Wer hat Sie veranlaßt, mit mir zu reden? Der Direktor General?«

»Niemand. Soweit mir bekannt ist, weiß er überhaupt nichts von der Angelegenheit. Er hat genug andere Probleme, auch ohne unseren kleinen Familienstreit.«

»Was schlagen Sie vor, was ich tun sollte?«

Renshaw schwieg einen Moment, dann sagte er leise: »Wenn Sie heute abend nach Hause fahren, stellen Sie sich vor, daß die Scheidung erledigt sei. Gardner hat in aller Öffentlichkeit sein Fett abgekriegt. Er ist erledigt. Und Sie sind ein freier Mann. Und dann überlegen Sie sich mal, was Sie mit dem Rest Ihres Lebens anfangen wollen. Ist die Jagd auf ein paar dämliche Russen und das Ausquetschen von ein paar weiteren Jakunins alles, was Sie wollen? Ich weiß nicht. Vielleicht genügt Ihnen das. Aber machen Sie sich zumindest mal Gedanken darüber.«

»Was veranlaßt Sie dazu, so mit mir zu reden?«

Renshaw entfaltete seine langen Glieder und stand auf. »Erstens, weil Sie ein guter Junge sind, und zweitens, weil ich meine, daß dies alles Auswirkungen auf Ihre Arbeit hat.«

Als Hoggart in das Farmhaus zurückkehrte, lag Jakunin noch

immer im Bett, rastlos und blaß, einen Haufen benutzter Papiertaschentücher neben sich, Aspirin und Hustensaft auf der Kommode unter dem kleinen, vergitterten Fenster.

Sie wechselten einige belanglose Worte, dann legte Hoggart die russischen Zeitungen und Bücher aufs Fußende des Bettes und ging auf sein Zimmer.

Er lag im tiefsten Schlaf, als einer der Sicherheitsbeamten hereinkam und ihn wach rüttelte. »Der Russe möchte mit Ihnen sprechen. Sagt, es sei dringend.«

»Wieviel Uhr ist es?«

Der Mann blickte auf seine Armbanduhr. »Viertel nach drei.«

Seufzend schlang sich Hoggart eine Decke um den nackten Leib und stolperte schlaftrunken den Korridor entlang zu Jakunins Zimmer.

Das Licht brannte, und Jakunin saß auf dem Bettrand.

»Was ist los, Igor? Warum schläfst du nicht?«

»Soll das irgendein Trick sein?«

»Was?«

Und dann bemerkte Hoggart, daß Jakunin das Foto von Belinski in der Hand hatte.

»Dieses Foto, warum war es unter den Büchern und Zeitungen?«

»Hab' ich ganz vergessen. Ich wollte dich fragen, ob du den Mann kennst.«

»Und wenn ich ihn kenne? Was dann?«

»Nichts. Nur zur Identifizierung, reine Routine.«

»Warum lügst du mich an?«

»Jetzt reg dich ab, Igor. Du hast mich doch nicht mitten in der Nacht aus dem Schlaf reißen lassen, nur um mir zu unterstellen, daß ich dich belüge. Was ist los?«

»Du weißt natürlich, wer er ist?«

Und dann sah Hoggart, daß Jakunins Hand, die das Foto

hielt, zitterte. Jakunin hatte Angst, und er hatte noch nie Angst gezeigt, seit Hoggart ihn kannte.

Hoggart setzte sich neben Jakunin aufs Bett und schlang die graue Decke fester um sich.

»Was ist los, Igor?«

»Du nennst diesen Mann Belinski – warum?«

»Unseres Wissens heißt er so.«

»Habt ihr diesen Mann?« fragte Jakunin leise.

»Du weißt, daß ich dir das nicht sagen würde, selbst wenn wir ihn hätten.«

»Dann will ich dir was sagen.« Jakunin stockte. »Wenn ihr den Mann habt, dann sind wir zwei fertig miteinander. Ich sage keinen Ton mehr.«

Hoggart schwieg eine Weile und sah dann Jakunin an.

»Und wenn ich dir die Wahrheit sage? Egal, wie sie aussieht?«

»Wenn er nicht bei euch ist, gibt es kein Problem. Aber wenn ihr ihn habt . . .«, Jakunin hob die Schultern, ». . . dann stecken wir alle dick in der Scheiße.«

»Wir haben ihn, Igor. Seit einiger Zeit schon.«

»Und er ist übergelaufen, ja?«

»Ja.«

»Und er kooperiert auf jede erdenkliche Art?«

»Mehr oder weniger.«

»Er hat seinen Namen als Belinski angegeben. Und ihr glaubt ihm einfach?«

»Nein. Wir haben ihn überprüft, soweit es uns möglich war. Seine Biographie, seine Karriere. Die Leute, die er am Dserschinskijplatz kannte.«

»Was sagt er, wo er operiert hat?«

»In Paris. Auch das haben wir überprüft.«

»Sein Name ist nicht Belinski. In Paris hat er nie gearbeitet, höchstens im Rahmen seiner Tarnlegende für den Übertritt. Er war einmal in den Vereinigten Staaten, aber sonst ist er nie von Moskau weggekommen.«

»Warum bist du so beunruhigt wegen ihm?«

»Was sagt er, warum er übergelaufen ist?«

»Ich habe nie mit ihm gesprochen, aber den Gesprächsprotokollen läßt sich entnehmen, daß er die Nase voll hatte vom KGB und von Moskau.« Hoggart lächelte flüchtig. »Ich nehme an, er wollte einfach das bessere Leben im Westen.«

Jakunin schüttelte nachdenklich den Kopf. »Das war auf keinen Fall der Grund. Zuerst einmal war er ein total überzeugter Russe, und außerdem hatte er alle Privilegien und jeden Luxus in Moskau, den man dort nur haben kann.«

»Wer ist er?«

»Sein Name ist Lenski. Juri Lenski.«

»Wie kommt's, daß du so viel über ihn weißt?«

»Er war ein sehr wichtiger Mann, aber nur sehr wenige Leute wußten von ihm oder was er machte. Es gibt lediglich eine Handvoll Männer, die einen derartigen Job haben. Und Sie achten auf strikteste Geheimhaltung.«

»Wie hast du von ihm erfahren?«

»Weil ich für einen dieser Männer gearbeitet habe. Uljanow – ich habe dir von ihm erzählt. Er und Lenski arbeiteten eng zusammen. Uljanow war für die USA zuständig. Lenski leitete eine ganz spezielle Operation in England.«

»Aber du hast doch gesagt, er sei nie von Moskau weg gewesen, abgesehen von dem Besuch in Amerika. Wie kann er dann von Moskau aus eine Operation in England leiten?«

»Es war keine Routineoperation. Es war etwas ganz Besonderes. Lenski tat nichts anderes.«

»Was war das für eine Operation?«

»Ich habe dir damals gesagt, wenn sie entdecken, daß ich von dieser Operation weiß, bringen sie mich um. Erinnerst du dich?«

»Ja.«

»Du hast gedacht, ich übertreibe, nicht wahr?«

»Ich hielt es für möglich.«

»Die brauchten nicht allzulange, um herauszufinden, daß ich eine Menge darüber wußte.« Er stockte. »Sie haben Lenski geschickt, um mich zu töten, bevor ich rede.«

»Woher wollen sie wissen, daß du nicht schon geredet hast?«

»Sie wissen alles, worüber wir beide gesprochen haben. Alles. Deshalb wissen sie auch, daß ich noch nicht ausgepackt habe.«

»Dann rede jetzt, und sie kommen zu spät.«

Jakunin blickte Hoggart an. »Die bringen mich trotzdem um. Aus Rache. Und dich auch.«

»Warum mich?«

»Um dich an der Weitergabe meiner Informationen zu hindern.« Jakunin ergriff Hoggarts Hand, mit der er seine Decke festhielt. »Wenn dir dein Leben etwas wert ist, mein Freund, erzählst du niemandem, was ich dir gerade gesagt habe. Du würdest keine Woche überleben.«

»Und wer würde mich umbringen?«

»Die haben Männer hier – das weißt du ja selbst. Nicht nur Russen, sondern auch andere, Araber, Iraner, Iren. Männer, die für Geld oder für die Unterstützung irgendeiner revolutionären Organisation töten.«

»Wie würden sie erfahren, von was wir hier gesprochen haben?«

»Sie erfahren es nicht, wenn du es nicht weitererzählst. Aber wenn, dann wissen sie es binnen zwei, drei Stunden.«

»Aber wie?«

»Ich hab's dir doch gesagt. Sie haben einen hochrangigen Agenten in deiner Organisation sitzen.«

»Wer ist er?«

»Ich weiß es nicht. Ich weiß ein paar Dinge über ihn, aber seinen Namen kenne ich nicht.«

»Wie lange arbeitet er schon für Moskau?«

»Seit mindestens zehn Jahren. Vermutlich schon viel länger. Er ist die wertvollste Quelle, die sie haben.«

»Erzähl mir jetzt nichts weiter. Ich muß darüber nachdenken.«

»Wenn du darüber einen Bericht machst, werde ich es abstreiten. Alles. Das mußt du verstehen. Es ist meine einzige Chance.«

Hoggart stand auf, nickte Jakunin zu und ging nachdenklich auf sein Zimmer zurück. Er schlief tief und fest bis weit in den Vormittag hinein und wachte erfrischt auf.

Während er sich wusch und rasierte, schienen die düstere Stimmung und die Verwirrung der vergangenen Wochen von ihm abgefallen. Er fühlte sich wieder wach und quicklebendig und beschäftigte sich in Gedanken mit dem, was Jakunin ihm erzählt hatte. Seine Erfahrung sagte ihm, daß Jakunin die Wahrheit sagte, so wie er sie verstand. Und eine lange, zähe, scheinbar routinemäßige Vernehmung füllte sich plötzlich mit Leben. Endlich hatte er es mit einem Problem zu tun, für das er ausgebildet worden war, nicht mit elenden Gerichtsverfahren und schmutzigen Tricks.

Hoggart war mit Jakunin in das große Wohnzimmer des Farmhauses gegangen, und als sie an dem antiken Eichentisch Platz nahmen, spürte der Russe, daß sich die Atmosphäre verändert hatte. Er lauschte aufmerksam Hoggarts Worten.

»Ändern wir die Bedingungen, Igor. Das ist kein Verhör mehr. Ich werde nichts von dem, was du mir gestern gesagt hast, weiterleiten. Wir zwei gehen eine Partnerschaft ein und finden gemeinsam heraus, was hier eigentlich läuft und wer dieser Maulwurf im SIS ist. Okay?«

»Ist mir recht.«

»Der Mann, der Lenski vernimmt, hat ihm dein Foto gezeigt, worauf Lenski sagte, du stündest in dem Ruf, dir Rollen in KGB-Operationen zusammenzuphantasieren, und du hättest nur eine untergeordnete Rolle bei der Walker-Operation gespielt. Was sagst du dazu?«

Jakunin zuckte die Achseln. »Ich habe dir in allen Einzelheiten über die Operation erzählt. Woher sollte ich so viel darüber wissen, wenn ich nicht die Leitung hatte? Wer hat denn laut Lenski die Operation geleitet?«

»Der Direktor der Illegalen in New York.«

»Nun, als höchster KGB-Vertreter in den Vereinigten Staaten war er formal gesehen mein Vorgesetzter. Ich habe direkt nach Moskau berichtet, und das gesamte Material von Walker wurde über unsere Botschaft in Washington per Diplomatenpost weitergeleitet. Soweit es mich betraf, war der Mann in New York nichts weiter als ein Administrator. Wenn Moskau mir in den Arsch treten wollte, war er das ausführende Organ. Mein Gehalt und meine Spesen kamen von ihm. Aber das war auch alles. Ich glaube, er war nicht dazu da, sich direkt in irgendwelche Operationen einzuschalten, von meiner ganz abgesehen.«

»Gut, wir wissen also, daß Lenski gelogen hat. Weshalb?«

»Um alles, was ich erzählt habe, abzuwerten, um den Verdacht in dir zu wecken, daß ich unzuverlässig und verlogen bin. Ein kleiner, unwichtiger KGB-Überläufer, der mit aufpolierten Storys eine höhere Pension herausschlagen will.«

»Aber wenn du wirklich so wichtig wärst, könnte dich Moskau ja bei uns verschimmeln lassen. Die schicken doch keinen Spitzenmann, nur um einen mickrigen KGB-Spitzel zu diskreditieren. Also ist das, was du weißt, entweder sehr wichtig, oder er ist aus einem anderen Grund hier.«

»Und wie haben sie herausgefunden, daß ich bei euch bin?

Meine gesamte Arbeit hat sich ausschließlich in den Staaten abgespielt. Die würden davon ausgehen, daß ich in Washington bin, nicht hier. Das war mit ein Grund, warum ich zu euch übergelaufen bin. Wie viele Personen wissen, daß ich bei euch bin?«

»Ungefähr ein Dutzend Personen wissen, daß ich einen KGB-Überläufer vernehme, aber nur sieben kennen deinen Namen.«

»Also, wer von diesen sieben hat die gute Nachricht nach Moskau gemeldet?«

»Halt, so einfach ist das nicht. Sieben wissen es offiziell, aber möglicherweise hat unser Sicherheitsnetz irgendwo Löcher.«

»Zum Beispiel?«

»Eine Telefonistin. Ein Tippmädchen. Ein Verwaltungsbeamter. Mitarbeiter in der Buchhaltung. Sie würden nicht viel wissen, aber sie könnten Hinweise geben, aus denen erfahrene Leute sich ein Bild zusammensetzen.«

Hoggart zögerte und sagte dann: »Vielleicht hilft es, wenn du mir mehr über den Mann erzählst – den Maulwurf.«

»Ich weiß seinen Namen nicht.«

»Was *weißt* du denn?«

»Er ist beim SIS, an sehr hoher Position, und er liefert Informationen über gegen das KGB gerichtete Operationen. Und er sitzt so hoch, daß er weiß, was im Kabinett gedacht und geredet wird.«

»Das könnte auf zwanzig oder dreißig Personen zutreffen.«

»Ich habe ein Bild von ihm gesehen. Ich würde ihn wiedererkennen.«

»Ich schau mal, was ich dir an Fotos mitbringen kann. Außerdem sehe ich mir jetzt Lenski persönlich an. Aber ich habe offiziell nichts mit ihm zu tun, und er wird sehr scharf abgeschirmt. So wie du auch, Igor.«

Es war eine Routinekonferenz zwischen der amerikanischen National Security Agency und der britischen Abhörzentrale GCHQ. Weder das Hauptquartier der NSA in Fort Meade noch die GCHQ-Zentrale in Cheltenham waren dazu benutzt worden. Das Treffen hatte in Paris stattgefunden.

Die zwei Organisationen gebärdeten sich selten als Rivalen. Zwar gaben sie nicht immer alle gesammelten Informationen an die Kollegen weiter, aber insgesamt arbeiteten sie doch so, als seien ihre Interessen identisch. Sie standen den gleichen Problemen gegenüber – elektronische Überwachung und Auswertung. Wenn man jedes Funksignal und jedes Telefonat auf der Welt mithört und aufzeichnet, stellt sich das Problem, was mit dieser gigantischen Datenflut anfangen.

Ein gemischtes Team aus Mathematikern, Kryptographen und Nachrichtendienstlern siebte das Material so weit aus, daß es einigermaßen vernünftige Proportionen annahm. Die Gemeinsamkeit der Fachkenntnisse und Probleme und ihrer Lösungen schuf eine zurückhaltend freundschaftliche Beziehung zwischen dem Personal beider Seiten. Diese Beziehung war die einzige Geheimdienstoperation, bei der Aversionen und Vorurteile sofort erkannt und beseitigt wurden.

Bei der Konferenz war es hauptsächlich um den Informationsaustausch über eine breite Palette von sowjetischen Codes gegangen und um Gespräche zwischen den technischen Experten über die neuesten Entwicklungen in Systemanalysetechniken, mit denen sich einige der Probleme bei der Verwendung von Schlüsselwörtern zum Herausfiltern interessanter Funksprüche rationalisieren ließen.

Malone hatte Boyd während des kalten Büfetts beiseite genommen. Malone arbeitete bei der NSA, während Boyd vom GCHQ mehr oder weniger auf Dauer an MI 5 ausgeliehen war.

»Sind Sie immer noch bei der Funküberwachung?« erkundigte sich Malone.

»Ja.«

»Wer ist für das Londoner Gebiet zuständig?«

Boyd lächelte. »Neugierig?«

Malone lachte. »Nein. Ich wollte nur was mit euch abchekken.«

»Denn mal los.«

»Wir haben ein Dutzend Bänder mit Hochgeschwindigkeitsfunkverkehr in einem Code, der so komplex ist, daß es sich unserer Überzeugung nach um einen geheimen Sender handelt.«

Boyd runzelte die Stirn. »Was hat das mit London zu tun?«

»Die Sendungen stammen aus der Londoner Gegend.«

Einen Augenblick schwieg Boyd. Dann sagte er leise: »Was wollen Sie mir eigentlich sagen?«

»Ich habe angenommen, ihr wißt davon.«

»Wir haben keine Aufzeichnungen über einen geheimen Sender, abgesehen von dem Sender in der sowjetischen Botschaft. Und der ist nur formaljuristisch illegal, weil er ohne unsere Genehmigung arbeitet. Was ist das für ein Sender, von dem Sie reden?«

»Er steht in einem Mietshaus in Putney – fast schon in Wimbledon, an der Südseite des Common. Niedrige Leistung, ungefähr zwei Watt. Aber er ist scharf gebündelt und nach Belgien ausgerichtet. Brügge. Ich nehme an, von dort geht's weiter nach Moskau.«

»Was für eine Art Funkverkehr?«

»Hochgeschwindigkeitsmorse. Zu wechselnden Zeiten. Zwei oder drei Sekunden lang.«

»Was ist der Inhalt?«

»Keine Ahnung. Deswegen hab' ich's angesprochen. Dachte, ihr hättet vielleicht den Code geknackt. Unsere Jungs kommen nicht weiter damit. Eigentlich nur wegen dem Code haben wir uns so eingehend dafür interessiert.«

»Von wo habt ihr es angepeilt?«

Malone lachte. »Von einer Mobilstation und einer Feststation – sagen wir, irgendwo in Mayfair.«

»In eurer Botschaft?«

»Vielleicht.«

»Kann ich die Bänder haben?«

»Selbstverständlich. Schicken Sie einen Mann zu uns, wenn Sie wollen, dann kann er sich ansehen, was wir bisher daran gearbeitet haben. Erspart euch möglicherweise doppelte Arbeit.«

»Das ist sehr großzügig von euch, Mike.«

»Eigentlich nicht. Wir wollen diesen verdammten Code knacken, bevor sie ihn wechseln.«

»Auf welcher Frequenz?«

»In einem eurer Cellnet-Bänder versteckt. Ich glaube, um die neun-vier-drei Komma vier Megahertz. War von einem Rauschen überlagert. Ein pulsierendes Rauschen.« Er grinste. »Wir haben eine kleine Wunderkiste, die das Rauschen rausfiltern kann.«

»Ich muß das erst mal abchecken, dann melde ich mich wieder bei Ihnen.«

»Bald?«

»Heute abend, wenn möglich. Können Sie mir den Standort in Putney geben?«

»Klar. Sobald Sie es offiziell machen.«

»Mir würde es helfen, wenn ich's vorher schon wüßte.«

»Falls es einer von euren ist?« Malone grinste.

»Quatsch. Der ist nicht von uns.«

»Okay. Apartment zweiundsiebzig, Marlow House, Putney Heath.« Der Amerikaner sah Boyd fragend an. »Sagt Ihnen das was?«

»Nein. Nicht das geringste. Ich melde mich später wieder, Mike. Muß mich auf die Socken machen.«

Boyd brauchte nicht zur NSA nach Fort Meade zu fliegen. Eine Unterhaltung mit dem Hausmeister im Marlow House hatte die Sache ins Rollen gebracht. Hauptfeldwebel Macrea (i. R.) hatte sich zu voller Größe aufgerichtet und geknurrt: »Tut mir leid, Kollege, aber das müßten Sie eigentlich wissen. Über unsere Mieter geben wir unter keinen Umständen Auskunft.«

Boyd zeigte ihm seinen Dienstausweis, worauf Macrea wie ausgewechselt war.

»Nummer zweiundsiebzig, Sir. Ein Mr. Botha wohnt da, ein Südafrikaner. Irgendein Geschäftsmann. Ist nicht oft hier, meist auf Reisen.«

»Ist er im Moment hier?«

»Ich glaube schon. Gestern war er da. Hab' ihn selbst gesehen.«

»Können Sie das irgendwie überprüfen?«

»Ich kann fragen, ob er eine Abendzeitung möchte.«

»Ich wäre Ihnen sehr verbunden, wenn sie das tun würden.«

Macrea war in fünf Minuten zurück und bemühte sich um ein ernstes Gesicht.

»Eine Zeitung möchte er nicht, aber da ist er. Reist morgen wieder ab, sagt er. Nach New York. Hat mich gebeten, ihm für heute abend um acht ein Taxi zu rufen, weil er in die Stadt fahren will.«

Boyd blickte auf die Uhr. Das ließ ihm noch zwei Stunden Zeit. Er benutzte das Telefon in der Portiersloge. Als er fertig war, wandte er sich Macrea zu und gab ihm vier Fünfpfundnoten.

»Rufen Sie kein Taxi. Um Punkt acht wird eines dasein. Okay?«

»Jawohl, Sir.« Er zögerte. »Das ist doch alles korrekt, Sir, nicht wahr?«

»Selbstverständlich. Machen Sie sich keine Gedanken. Es passiert überhaupt nichts. Es kommt lediglich ein anderes Taxi für ihn, das ist alles.«

Um 22 Uhr wußte Boyd das Schlimmste. Mr. Botha war Konstantin Bykow, Codename »Wheel«. Kein Wunder, daß es keine Funksprüche aus dem Haus in Barnes gegeben hatte. Der Strolch arbeitete in Putney mit einem zweiten Sender und einem hochkomplizierten Code, der so kurze Übertragungszeiten erlaubte, daß das Signal praktisch nicht anzupeilen war. Boyd hatte bereits einen Durchsuchungsbefehl für die Wohnung in Putney und das Haus in Barnes. Mit ein wenig Glück würde er keinen Haftbefehl für Bykow brauchen. Das Taxi hatte Bykow nach Kew gebracht, von wo ihn das Observierungsteam bis nach Barnes beschattet hatte. Und der Strolch hatte sich ironischerweise Mr. Botha genannt.

Das Durchsuchungsteam fand den Sender unter Fußbodendielen in der Wohnung in Putney, sonst jedoch kein weiteres belastendes Material. Boyd fuhr mit einem Special-Branch-Beamten zu dem Haus in Barnes. Sie kamen kurz nach Mitternacht an.

Das Mädchen öffnete die Tür.

»Miss Gartside?«

»Ja. Wer sind Sie? Was wollen Sie?«

»Das ist eine richterliche Anordnung, die mir erlaubt, dieses Haus zu durchsuchen.«

Boyd zeigte ihr den Durchsuchungsbefehl. Die Frau warf einen kurzen Blick darauf und machte Anstalten, die Tür zu schließen.

»Das muß ein Irrtum sein. Ich werde die Polizei rufen.«

Aber Boyd hatte den Fuß in der Tür.

»Dieser Gentleman hier ist Polizeibeamter. Es wäre vielleicht klüger, wenn Sie uns eintreten und mit Ihnen reden ließen.«

»Kann er beweisen, daß er ein Polizist ist?«

Kimber zeigte ihr seinen Special-Branch-Ausweis, worauf sie, immer noch zögernd, die Tür freigab und sie eintreten ließ.

Kimber schloß die Tür hinter sich, und Boyd lächelte ihr zu und flüsterte: »Es ist alles okay.« Dann sagte er mit normaler Stimme: »Wo ist Ihr Freund?«

»Er liegt im Bett und schläft.«

»Zeigen Sie mir sein Zimmer.«

»Sagen Sie mir, was eigentlich los ist. Sind Sie sicher, daß Sie im richtigen Haus sind?«

»Ist das Schlafzimmer im ersten Stock?«

»Ja.«

Das vordere Schlafzimmer war leer, und in dem zweiten schlüpfte Bykow gerade in seine Hose. Er wirkte nicht überrascht. Vermutlich hatte er die Klingel gehört und ihre Stimme im Hausflur. Er blickte Boyd an und sagte in gutem Englisch: »Wer zum Teufel sind Sie?«

»Machen Sie sich keine Gedanken über mich, Genosse Bykow. Ich nehme Sie in meine Obhut. Ziehen Sie sich an, und beeilen Sie sich ein bißchen.«

»Mein Name ist Botha. Ich bin südafrikanischer Staatsbürger und habe einen südafrikanischen Reisepaß.«

»Sie sind ein kleiner Spaßvogel, Bykow. Mr. Botha wird es gar nicht gefallen, daß Sie sich seinen Namen ausgeliehen haben.«

»Bin ich verhaftet?«

»Nein. Sie kommen nur mit und beantworten uns ein paar Fragen.«

»Wohin?«

»Sie werden den Rest der Nacht im Gefängnis Wormwood Scrubs verbringen, und dann sehen wir weiter.«

»Ich will meinen Anwalt sprechen. Darauf habe ich ein Anrecht.«

»Selbstverständlich können Sie Ihren Anwalt sprechen, aber nur, wenn ich sie verhafte. Im Moment habe ich Sie lediglich zu Verhörzwecken festgenommen.«

»Verhör wegen was?«
»Wegen Spionage.«
»Ich arbeite für den britischen Geheimdienst.«
Boyd lachte. »Und wie, mein Freund.«

18

Es war 10 Uhr morgens, als Hoggart den Anruf von Renshaw bekam, der ihn bat, in seine Wohnung an der King's Road zu kommen. Er hatte versucht, sich davor zu drücken, um seine neue Beziehung zu Jakunin nicht zu gefährden, doch Renshaw war hart geblieben.

Hoggart ließ seinen Wagen am Bahnhof Tunbridge Wells stehen, nahm den Zug nach Charing Cross und von dort ein Taxi zu Renshaws Wohnung. Er hörte Musik durch die Tür. Es war Faurés *Requiem*, aber er erkannte es nicht. Musik interessierte Eddie Hoggart nicht. Er drückte auf die Klingel, und Renshaw öffnete prompt. Als habe er auf das Klingelzeichen gewartet. Er trug einen schwarzen Rollkragenpullover und Kordhosen.

»Kommen Sie rein, Eddie.« Renshaw deutete auf das Sofa. »Nehmen Sie Platz.«

Während Hoggart es sich bequem machte, ging Renshaw zu seiner Stereoanlage und schaltete sie aus. Nachdem er in einem Sessel gegenüber von Hoggart Platz genommen hatte, beugte er sich vor und sagte leise: »Eddie, ich habe eine schlechte Nachricht für Sie.« Er stockte. »Jacqui ist tot. Sie hat sich gestern nacht die Pulsadern aufgeschnitten. Sie war bereits tot, als man sie gefunden hat. Ich bin ins Krankenhaus gefahren, um zu sehen, ob ich etwas tun kann. Es wird natürlich eine Untersuchung geben.« Renshaw griff in die Tasche und zog einen Umschlag hervor. »Sie hat Ihnen einen Abschiedsbrief hinterlassen. Man wollte den Brief behalten und ihn dem Coroner geben, aber ich bestand darauf, daß Sie ihn bekommen, unter der Bedingung, daß Sie ihn dem Coroner zugänglich machen.«

Hoggart griff nach dem Umschlag, doch Renshaw machte keine Anstalten, ihn auszuhändigen. »Ich habe mir die Freiheit genommen, ihn zu lesen, Eddie. Ich wollte gegebenenfalls in der Lage sein, helfend einzugreifen. Es ist eine kleine, traurige Notiz von einem kleinen, traurigen Mädchen. Mehr nicht.« Damit reichte er Hoggart den Umschlag, der ihn öffnete, das einzelne Blatt herausnahm und es langsam las.

Lieber Eddie, Samstag nacht
bitte verzeih mir, aber ich bin am Ende meines Lateins, wie man sagt. Ich scheine allen so viel Ärger gemacht zu haben. Mir tut's ehrlich leid, was ich gemacht habe. Ich habe Dich wirklich geliebt, aber dann hab' ich alles kaputtgemacht. Alles Gute für Dich. In Liebe, Jacqui.

Lange Zeit hielt Hoggart den Kopf gesenkt, und Renshaw wartete schweigend. Als Hoggart den Zettel zusammenfaltete und aufblickte, war sein Gesicht blaß und verzweifelt.

»Es muß ein schrecklicher Schock für Sie sein, Eddie. Und sehr traurig. Aber Sie sind nicht daran schuld.«

»Wer ist dann schuld?«

»Viele. Aber Sie gehören nicht dazu. Sie haben ihr das einzige bißchen Sicherheit gegeben, das sie je hatte. Und die einzige wirkliche Zuneigung.«

Hoggart seufzte. »Warum hat es dann nicht geklappt?«

»Weil sie verdammt war, Eddie. Von Anfang an verdammt. Verdammt von diesem Schwein, ihrem perversen Vater, der sie auf einen Weg gebracht hat, der tragisch enden mußte.« Renshaw hielt inne. »Sie hatte nicht die geringste Chance, da herauszukommen. Und Sie auch nicht. Egal, wie sehr Sie sich bemühten.«

»Ich habe mich nicht genug bemüht, das ist sicher, Tony.«

»Ganz egal, wieviel Mühe Sie sich gegeben hätten, es hätte

nichts geändert. Als Kind ist ihr die fixe Idee eingegeben worden, daß nur ihr Körper zählt. Daß ihr Körper der Schlüssel zur Anerkennung bei Männern ist. Viele Leute denken, daß Mädchen wie sie von ihrem sexuellen Trieb motiviert werden. Das stimmt nicht. Sex wird bedeutungslos für sie. Er hat nichts mit Liebe zu tun, macht nicht einmal Spaß. Nur ein Ritual, um sich Anerkennung zu verschaffen.«

»Wer hätte ihr helfen können? Ein Psychiater?«

»Vor unserem letzten Gespräch, wegen der Scheidungsaffäre, habe ich mit einer guten Bekannten gesprochen, einer Psychiaterin. Sie hatte mehrere ähnliche Fälle, und die Prognose ist schlecht.« Renshaw zuckte die Achseln. »Mehr als schlecht, fast hoffnungslos. Alkohol, Drogen, und es endet meist tragisch.«

»Warum haben Sie sich die Mühe gemacht, sich wegen ihr zu erkundigen?«

»Ich wollte feststellen, ob ich Ihnen irgendwie helfen kann.«

»Warum?«

»Wollen Sie das wirklich wissen?«

»Ja.«

»Weil Sie und das Mädchen – meinem Gefühl nach – wie zwei Buchstützen waren. Eure Herkunft ist fast gleich. Sie haben sich in eine Richtung entwickelt, die äußerlich völlig anders aussieht. Aber tief in Ihrem Inneren sind Sie gleich. Sie waren wie zwei verlorene Seelen. Sie haben überlebt, dank Ihrer Arbeit; Jacqui hat's nicht gepackt, dank ihrem Schwein von Vater. Er ist der wirklich Schuldige. Nicht Jacqui und auch nicht Sie.« Er zögerte. »Ich möchte, daß Sie weiterleben, Eddie.«

»Warum?«

»Weil Sie das verdienen. Würden Sie einen Rat von mir annehmen? Oder soll ich den Mund halten?«

»Wie sieht der Rat aus?«

»Kehren Sie nicht in das sichere Haus zurück. Lassen Sie Jakunin eine Weile in seinem eigenen Saft schmoren. Vergessen Sie die Arbeit. Ich habe eine schöne Jacht an einem herrlichen Liegeplatz. Machen Sie dort ein paar Wochen Urlaub. Steigen Sie aus dieser Tretmühle aus, und versuchen Sie, innerlich zur Ruhe zu kommen.«

»Wo wird sie beerdigt?«

»Überlassen Sie das mir, Eddie. Ich kümmere mich um alles. Und ich werde es liebevoll tun. So, wie Sie es auch getan hätten.«

»Ich war noch nie auf einer Beerdigung.«

»Dann fangen Sie jetzt nicht damit an. Ich finde es barbarisch. Aber ich werde dort sein, keine Sorge.«

»Mir kommt es lieblos vor, nicht hinzugehen.«

»Unsinn. Die arme Seele hat es überstanden. Wenn Sie hingehen, wäre das so etwas wie Masochismus. Überlassen Sie es einfach mir.«

»Ehrlich?«

»Ja, natürlich. Sind Sie mit dem Wagen gekommen?«

»Nein. Mit dem Zug.«

»Okay. Ich fahre Sie zu meinem Boot und zeige Ihnen alles, und dann veranlasse ich, daß Ihnen jemand in den nächsten Tagen den Wagen bringt. Rasierzeug finden Sie auf dem Boot, in der Kombüse ist etwas zu essen.«

Hoggart stand auf. »Ich bin Ihnen sehr dankbar, ehrlich. Nicht nur für die praktische Hilfe, sondern auch dafür, daß Sie sich überhaupt die Mühe machen. Ich hätte das nicht erwartet, und verdient habe ich's auch nicht.«

»Quatsch.«

Als Hoggart endlich allein war auf der Jacht, wurde die vordergründige Erleichterung, von seiner Arbeit entlastet zu sein, weggeschwemmt von seinen Gedanken. Die Vorstellung quälte ihn, wie sie im Krankenhausbett lag und den Abschiedsbrief schrieb. Es mußte eine Menge Mut erfordert haben, den Brief zu schreiben und zu wissen, daß sie tot sein würde, wenn er ihn bekam. Um die Gedanken zu vertreiben, schüttelte er den Kopf wie ein Hund, der aus dem Wasser kommt.

Er sah auf die Uhr. Es war erst 20.15 Uhr, und er zog seine Jacke an und ging zu der Telefonzelle, die er bei der Hinfahrt im Hafen gesehen hatte. Er rief in dem Farmhaus an, ließ sich Jakunin geben und erklärte ihm, daß er aus wichtigen Gründen ein paar Tage nicht kommen könne.

Jakunins Stimme klang eiskalt, als er sagte: »Haben sie dich also schon gestoppt?«

»Nein. Niemand hält mich von irgend etwas ab.«

»Warum bist du dann nicht hier? Nichts kann so wichtig sein wie das, worüber wir hier gesprochen haben.«

Einen langen Augenblick schwieg Hoggart, dann sagte er gepreßt: »Ich habe dich angelogen, Igor. Ich *bin* verheiratet. Meine Frau ist gestern nacht gestorben.«

Es gab ein kurzes, betroffenes Schweigen, dann sagte Jakunin: »Tut mir leid, Eddie. Ehrlich leid. Gott sei ihrer Seele gnädig. Ich warte, bis du dich wieder meldest. Vergiß mich für ein paar Tage. *Doswidanja.*«

»*Doswidanja*, Igor.«

Am Dienstag morgen brachte jemand Hoggarts Wagen, und nachdem er den Mann zum Bahnhof in Chichester gefahren hatte, spazierte er durch das malerische alte Städtchen, das von der herrlichen Kathedrale beherrscht wurde. Unversehens fand er sich vor dem kleinen Marienaltar in der Kathedrale wieder, abseits von den Besuchern. Er setzte sich hin, schloß die Augen und verbarg den gesenkten Kopf in den Händen. Er wollte für sie beten, doch ihm fielen keine Worte ein. Nur Gedanken: Wie sie einmal in einem billigen Café gegessen hatten.

Das Bild der sorgfältig gestapelten Kleider und Bettwäsche in den Schrankschubladen. Die Glückwunschkarten von ihm in dem Umschlag. Abrupt stand er auf, beschämt, daß er für einen kurzen Moment geglaubt hatte, die schreckliche Last seiner Verantwortung los zu sein.

Er fuhr zum Boot zurück, ging zu der Ladenpassage an der Schleuse und aß heißhungrig, wobei ihm einfiel, daß er seit fast drei Tagen nichts mehr gegessen hatte. Auf dem Rückweg zum Schiff dachte er an Tony Renshaw und an die bösen Dinge, die er früher über ihn gesagt hatte, weil er der Oberschicht angehörte und so lässig erfolgreich war. Das mochte zwar alles stimmen, aber er war der einzige Mensch, der sich seit dem Tod des alten Majors Gedanken um ihn und seine Gefühle gemacht hatte. Renshaw war nicht viel älter als Hoggart, doch er schien so selbstsicher in allen Lebensbereichen. Hoggart war auch selbstsicher, aber nur, wenn es um seine Arbeit und sein Überleben ging. Renshaw hingegen schien sich tiefgehende Gedanken über alle Probleme der Welt gemacht zu haben und wußte offenbar genau, wie er mit ihnen umzugehen hatte. Hoggart wußte, daß er nie so sein würde, aber er war sehr dankbar für die unerwartete Freundlichkeit des anderen.

Am Samstag vormittag fuhr Hoggart nach London zurück, badete, zog frische Kleidung an und nahm ein Taxi zum Century House. Er war überrascht, Fletcher an seinem Schreibtisch vorzufinden. Fletcher machte einen etwas gehetzten Eindruck, doch als Hoggart hereinkam, blickte er auf und sagte ernst: »Wir waren beide schrecklich betroffen, Eddie. Rachel läßt dir ganz liebe Grüße ausrichten.« Er zögerte. »Kann ich dir irgendwie helfen?«

»Danke, nein. Was machst du hier an einem Samstag?«

»Das ganze Haus scheint seine Akten ausgerechnet auf meinem Schreibtisch abzuladen.«

»Wir zwei müssen uns unbedingt unterhalten.«

»Über was?«

»Über deinen Typ und meinen Typ.«

»Willst du jetzt reden?«

»Wann gehst du heim?«

»Rachel ist für ein paar Tage bei ihren Eltern in Bath. Wenn du willst, können wir uns jetzt unterhalten.«

»Wollen wir weggehen oder lieber hierbleiben?«

»Hättest du was dagegen, wenn ich dieses Zeug mit nach Hause nehme und wir uns dort unterhalten? Oder hast du was vor?«

»Nein, ich habe nichts vor.«

Fletcher hörte die tonlose Stimme und verspürte eine Welle von Mitgefühl für den Mann.

Widerstrebend hatte Boyd Bykow an Mathews' Team übergeben, wütend darüber, daß das GCHQ lediglich beauftragt worden war, den Funkverkehr aus dem Haus in Barnes zu überwachen. Der gesunde Menschenverstand hätte ihnen sagen müssen, daß Bykow vielleicht noch andere Eisen im Feuer hatte. Es bewies nur einmal mehr Boyds Lieblingstheorie, daß ihnen durch mangelnde Zusammenarbeit der einzelnen Sicherheitsdienste mehr Informationen entgingen als aus irgendeinem anderen Grund.

Dennoch verspürte er keine Lust, als ihn Malone telefonisch informierte, daß die NSA Bykows Code geknackt hatte, diese Nachricht an Mathews' Leute weiterzugeben. Der Inhalt sah ohnehin nicht sehr interessant aus, und niemand würde irgendwelche Lorbeeren damit ernten.

Er ließ die Kunde zwei Tage liegen und rief dann Mathews an. »Ich habe von der CIA gehört. Sie haben Bykows Code geknackt, aber es wird Ihnen nicht viel weiterhelfen.«

»Warum nicht? Das müssen Sie schon mir überlassen.«

»Aber mit dem größten Vergnügen. Haben Sie Bleistift und Papier zur Hand?«

»Für was?«

»Damit Sie sich den Inhalt notieren können.«

»Das dauert zu lange. Können Sie's mir rüberschicken?«

»Es sind nur vier Worte.«

»Das ist doch verrückt. Sie haben mir gesagt, es hätte mehrere Monate lang jeden Tag Funksprüche gegeben.«

»Ganz recht.«

»Und wieso sind es dann nur vier Worte?«

»Weil jede Sendung den gleichen Inhalt hatte. Nur vier Worte, dreimal wiederholt.«

»Was waren die Worte?«

»Sind Sie bereit?«

»Ja.«

»Okay. Der Text lautet: ›Wertobjekt sicher und ungefährdet.‹ Ende.«

»Und das ist alles?«

»Ja.«

»Haben die Sendezeiten irgendeine besondere Bedeutung?«

»Nein. Ist überprüft worden. Grundlage ist 18 Uhr Greenwich-Zeit plus Datum. Das Datum sind die Minuten nach der vollen Stunde. 18.01 Uhr am Ersten des Monats, 18.30 Uhr am Monatsletzten. Eine ziemlich primitive Verschlüsselung, wird häufig für Routineverkehr eingesetzt.«

»Schicken Sie mir was Schriftliches?«

»Klar, wenn Sie wollen.«

»Ja, möchte ich gern.« Er zögerte. »Ach ja, danke.«

»Keine Ursache.«

Fletcher verteilte die Akten gleichmäßig auf der Couch, während das Kaffeewasser kochte.

»Es gibt nur Pulverkaffee, Eddie. Ich bin kein Küchenprofi.«

»Das ist okay.«

Als die Becher mit Kaffee gefüllt waren, setzte sich Fletcher Hoggart gegenüber.

»Wie kommst du mit Jakunin voran?«

»Es lief recht gut, aber jetzt war ich ein paar Tage nicht da.«

»Ja, natürlich.« Fletcher dachte nach. »Ich habe hier bei den Akten ein Ersuchen der CIA, Jakunin zu der von ihm geleiteten Walker-Operation zu vernehmen.«

»Das stützt Jakunins Version, im Gegensatz zu dem, was dein Bursche sagt.«

»Dachte ich mir auch.«

»Wie wär's, wenn ich mir mal deinen Burschen ansehe und du dir meinen?«

»Wir hätten dann wenigstens noch eine unabhängige Beurteilung.«

»Jakunin sagt, dein Bursche heißt in Wahrheit Lenski, und er hat sich fast in die Hosen gemacht, als er das Foto sah. Holte mich um drei Uhr nachts aus dem Bett, um mir zu sagen, daß Lenski ein sehr wichtiger Mann sei. Er wollte mir nicht sagen, was Lenskis Arbeitsgebiet war, aber er meinte, er sei in Lebensgefahr. Und ich auch.«

Fletcher verzog das Gesicht. »Klingt mir sehr unwahrscheinlich. Vor allem das mit dir. Die Walker-Operation war doch ein großer Erfolg für den KGB – warum sollten sie ihn umlegen? Oder dich?«

»Nach meinem Eindruck ging es um etwas anderes, nicht um die Walker-Sache.«

»Kannst du dir vorstellen, was er meint?«

»Er hat immer wieder Andeutungen über einen Maulwurf im SIS gemacht. Wann immer wir gewisse Fortschritte in der Vernehmung machen, bringt er das auf, und dann ist Ende der Diskussion.«

»Hast du versucht weiterzubohren?«

»Klar. Aber ich muß sehr behutsam vorgehen, weil er so mißtrauisch ist. Er will abwarten und sehen, ob er uns trauen kann.«

»Wie will er das entscheiden?«

Hoggart zuckte die Achseln. »Weiß der Geier. Er sagt, er würde es zur richtigen Zeit schon wissen. Als er das Foto von Belinski sah, hat er wirklich Angst bekommen. Das war nicht gespielt. Da bin ich mir sicher.«

»Welches sichere Haus benutzt du?«

»Das ist Lamberhurst.«

»Wo ist das?«

»In Kent. Am Ortsrand von Tunbridge Wells.«

»Wir können zu meinem Haus in der Nähe von Southampton fahren und Belinski auf den Zahn fühlen, oder Lenski, oder wie immer er heißt, und dann über Lamberhurst zurückkommen.«

»Was ist mit deinem liegengebliebenen Aktenkram?«

»Der muß eben warten. Wenn Belinski lügt, ist er ein Spitzel, und je früher ich das weiß, um so besser. Machen wir uns auf die Socken. Wir nehmen meinen Wagen.«

Belinski trug einen seidenen Morgenmantel, als Fletcher ihm Hoggart vorstellte, ohne Namen, nur als »ein Kollege«.

Belinski streckte die Hand aus, und als Hoggart sie ergriff, nahm der Russe sie in beide Hände und deutete dann auf einen Sessel.

»Fühlen Sie sich ganz wie zu Hause, Sir. Ihre Kollegen sind alle sehr nett zu mir.« Er grinste. »Obwohl ich ganz und gar nichts einzuwenden hätte gegen ein bißchen mehr Unabhängigkeit.«

Nachdem sie alle Platz genommen hatten, sagte Hoggart: »Erzählen Sie mir, was Sie getan haben, bevor Sie zu uns übergelaufen sind.«

Belinski lächelte. »Sie haben doch bestimmt meine Vernehmungsprotokolle gelesen.«

»Nur flüchtig.«

»Ach so.« Der Russe blickte Hoggart forschend an. »Über welche speziellen Aspekte meiner früheren Arbeit möchten Sie denn etwas wissen?«

Hoggart verstand sehr genau, daß Belinski damit versuchte, das Thema einzuengen, und Bereiche aufspüren wollte, die der SIS möglicherweise anzweifelte. Aber seine Miene blieb ausdruckslos.

»Erzählen Sie einfach von Aspekten, von denen Sie meinen, daß sie uns am meisten interessieren.«

Der Russe lächelte und lehnte sich zurück, als habe ihn Hoggarts Antwort beruhigt, doch Hoggart registrierte die weißen Knöchel an Belinskis Händen auf den Sessellehnen.

»Okay. Bevor ich übergetreten bin, habe ich in Paris gearbeitet. Nicht in der Botschaft, sondern in dem Haus, von dem aus alle KGB-Illegalen in Frankreich geführt wurden. Ich war so eine Art Vermittler zwischen den Chefs der verschiedenen Abteilungen.« Belinski grinste. »Ich nehme an, Sie haben das auch im SIS. Rivalitäten zwischen Abteilungen oder den einzelnen Leitern. Dann die eine Abteilung überzeugen, daß sie ihre Erkenntnisse mit einer anderen teilen sollten. Solche Dinge.«

Belinski blickte Hoggart an. »Entschuldigen Sie, daß ich Ihnen nichts zu trinken angeboten habe. Wir haben eine gute Auswahl. Was darf's sein?«

»Beschränken wir uns aufs Reden, ja?«

Der Russe lächelte. Ein charmantes Lächeln. »Ich wünschte, ich hätte so pflichtbewußte Männer gehabt wie Sie, Genosse. Ich hätte mich sehr glücklich geschätzt.« Er lachte. »Vielleicht wäre ich dann sogar geblieben.«

»Warum sind Sie übergelaufen?«

»Gute Frage. Ich glaube, wir denken alle, die Gründe für unsere Flucht gehen nur uns selbst etwas an.« Er hielt inne. »Eigentlich eine Kombination von Gründen. Desillusioniert. Liebe zum Westen, Familienprobleme. Solche Sachen.«

»Was ist mit Freiheit und Demokratie?«

Belinski setzte sich bequemer hin.

»Wissen sie, ich habe unseren Burschen nie geglaubt, die in den Westen flüchten und sich auf ihre angebliche Sehnsucht nach Freiheit und Demokratie berufen.«

»Warum nicht?«

»Offen gesagt, ich halte das für einen Vorwand. Eine verstandesmäßige Begründung.« Er grinste. »Vielleicht hoffen sie, sich damit bei ihren neuen Herren und Meistern einzuschmeicheln. Ich glaube, bei der CIA funktioniert das sogar.«

»Und von was waren Sie desillusioniert?«

»Den Einschränkungen. Der Engstirnigkeit. Den lächerlichen Rivalitäten unter alten Männern. Von solchen Dingen.«

»Und die Familienprobleme?«

»Eine todlangweilige Ehe. Kein Verständnis seitens meiner Partnerin. Der Wunsch, von den Fesseln der Ehe befreit zu sein.«

»Aus welchen Kreisen stammt Ihre Frau?«

Der Russe machte ein überraschtes Gesicht. »Was für eine merkwürdige Frage.« Nachdenklich hielt er einen Moment inne. »Sie kam aus der Arbeiterklasse wie ich auch. Eine sehr einfache Frau. Hübsch, aber nicht sonderlich kultiviert.«

Hoggart wechselte ins Russische. »Was für Freunde hatten Sie?«

»In Paris oder in Moskau?«

»Sowohl als auch.«

»In Paris, niemanden. Mein Job schuf mir Feinde, keine Freunde. In Moskau waren es Arbeitskollegen. Männer, die ich von der Ausbildung her kannte.«

Hoggart stand auf und blickte Fletcher an. Wieder auf englisch sagte er: »Ich muß gehen, es wird spät.« Er wandte sich Belinski zu. »Vielen Dank, daß Sie so offen mit mir gesprochen haben.«

»Keine Ursache. Ich habe unseren kleinen Schwatz genossen.«

19

Als sie im Auto über die A 27 in Richtung Brighton fuhren, sagte Fletcher: »Was hältst du von ihm?«

»Ich glaube, er lügt uns an.«

»Warum?«

»Vor allem Instinkt. Dieses charmante Getue hat mir nicht gefallen. Er hat sich viel zu sehr wie zu Hause gefühlt.«

»Ich glaube, er ist wirklich ein sehr charmanter Mensch.«

»Ich sage ja nicht, daß es nicht echt war. Ich sage lediglich, daß er es meiner Überzeugung nach bewußt einsetzt.«

Fletcher lächelte. »Du hörst dich an, als würdest du über Tony Renshaw reden. Deine Klassenvorurteile.«

»Er behauptet, seine Frau stammt aus der Arbeiterklasse und er auch. Aber hast du auf seinen Akzent geachtet, nachdem wir ins Russische umgeschwenkt sind?«

»Mein Russisch ist nicht gut genug, daß ich Akzente unterscheiden könnte, Eddie. Regionale Dialekte, ja. Aber keine Akzente.«

»Er spricht russisch mit dem Tonfall der Moskauer Oberschicht, und das schon sehr, sehr lange.«

»Na ja, er ist auch ein hohes Tier im KGB.«

»Na und? Hast du schon mal Gorbatschow sprechen hören? Sein Akzent ist das, was du hier als Londoner Cockney bezeichnen würdest. Lenski dagegen hat den gleichen Akzent wie Andropow.« Hoggart lächelte. »Und dessen Kollegen im Politbüro haben ihm das damals sehr übelgenommen.«

»Was gefällt dir sonst nicht?«

»Seine Story.«

»Kam mir sehr frei und offen vor. Er hat sich weder zum Helden noch zu einem begeisterten Demokraten gemacht.«

»Genau das ist der Haken dran. Die Story ist zu schön, um wahr zu sein. Nicht nur die Story, sondern auch die dahinterstehende Haltung. Sie ist haargenau auf britische Zuhörer zugeschnitten. Ein phantastisches Stück Arbeit. Wer sich das ausgedacht hat, verdient einen Orden. Die meisten SIS-Beamten würden sich deiner Beurteilung anschließen. Und das ist genau die Absicht. Ein offenes Gespräch unter Freunden in Ledersesseln in irgendeinem blöden, vornehmen Club. Wir sitzen doch alle im gleichen Boot. Die langweilige Ehefrau. Die Rivalitäten, die Streitereien unter den langjährigen Mitarbeitern. Erweckt sofort Sympathie. Du identifizierst dich sofort mit ihm.«

»Ist dir nicht irgend etwas davon echt vorgekommen?«

»Doch. Ein Punkt. Ein ganz wichtiger Punkt.«

»Was?«

»Was hat er gesagt, welchen Dienstgrad er bekleidet?«

»Major.«

»Er lügt, David.«

»Sprich weiter.«

»Er sagt, keine Freunde wegen seines Jobs. Schauen wir im Archiv nach, wenn wir zurückkommen. Nicht unter Belinski, sondern unter Lenski. Ich wette, um was du willst, daß er nicht nur mindestens Oberstleutnant ist, sondern daß er keine Freunde hat, weil es ihm untersagt ist, da sein Job zu wichtig, zu sensitiv ist, um die Sicherheit seiner Operation durch derartige Freundschaften in Gefahr zu bringen.« Hoggart hielt inne. »Hast du ihn unter Belinski überprüft?«

»Ja. Seine Story stimmt gut mit dem überein, was er mir erzählt hat.«

»In Anbetracht dessen, was ich dir gerade gesagt habe, meinst du nicht, daß es alles zu gut paßt?«

Es gab ein langes Schweigen, und dann sagte Fletcher leise: »Du könntest recht haben.«

»Weißt du, wie wir es testen können?«

»Nein.«

»Hat er dir im Verlauf des Verhörs irgend etwas von Bedeutung gesagt, was nicht in seiner SIS-Akte steht?«

»Er hat lediglich von privaten und intimen Beziehungen innerhalb des KGB in Paris erzählt. Ich habe das überprüfen lassen. Es stimmt, und vieles davon war unseren Leuten in Paris neu.«

»Ein kleines Präsent aus Moskau, David. Hübsch in Geschenkpapier verpackt. Seine Moskauer Story kannst du nicht groß nachprüfen, das ist mal sicher.«

»Du bist ein zynischer Hund, Eddie.«

»Aber du würdest keine hundert Pfund wetten, daß ich schiefliege, oder?«

»Nein. Ich bin beunruhigt, Eddie. Wollen wir uns deinen Burschen nicht für heute schenken und direkt ins Century House zurückfahren, um uns die Lenski-Akte anzusehen?«

»Eine gute Idee. Ich habe noch keine Zeit dazu gefunden, seit Jakunin das Foto identifiziert hat.«

Kurz nach Mitternacht trugen sie sich im Century House ins Wachbuch ein. Im Zentralarchiv hatte ein Mädchen Dienst. Sie zeigen ihre Ausweise, worauf das Mädchen den Namen Lenski in ihr Terminal eintippte. Der Bildschirm war vom Schalter, wo sie standen, nicht einsehbar. Nach einigen Sekunden blickte sie Fletcher an.

»Hier sind drei Lenskis aufgeführt. Wie ist der Vorname?«

Fletcher sah Hoggart an, doch der runzelte nur die Stirn. »Er hat's mir gesagt, aber ich kann mich nicht daran erinnern.«

Fletcher wandte sich dem Mädchen zu. »Sagen Sie uns, was sie haben. Nur soviel, daß es die Personen identifiziert.«

Das Mädchen schaute auf den Bildschirm. »Lenski – Igor Alexandrowitsch. Hauptmann beim GRU, stationiert in Samarkand.« Sie blickte auf, doch Fletcher schüttelte den Kopf. »Lenski, Michael Davidowitsch. Dienstgrad unbekannt. Mathematiker bei der Chiffrierabteilung des KGB in Irkutsk.« Erneut schüttelte Fletcher den Kopf. Dann sagte sie: »Lenski, Juri Fjodorowitsch. Oberstleutnant beim KGB. Einsatzgebiet nicht bekannt.«

»Das ist er«, antwortete Fletcher. »Kann ich die Akte sehen?«

Das Mädchen zuckte die Achseln. »Das ist die einzige Information in der Akte.«

»Wir hätten sie trotzdem gern gesehen«, beharrte Hoggart.

»Sie ist entnommen zum Aktualisieren.«

»Wann kommt sie zurück?«

Das Mädchen tippte etwas ein. »Die Akte ist seit zwei Monaten weg, ein Rückgabedatum ist nicht eingetragen.«

»Wer hat sie?«

»Kann ich nochmals Ihre Ausweise sehen?«

Mit Hilfe ihres Terminals überprüfte sie die Ausweise und gab sie zurück. »Tut mir leid, aber Sie sind nicht befugt, diese Information zu erhalten. Sie beide nicht.«

Als sie ihre Überraschung sah, fügte sie hinzu: »Sie können sich darauf verlassen, das, was ich Ihnen gesagt habe, war tatsächlich das einzige, was in der Akte steht.«

Als sie im Fahrstuhl nach unten fuhren, meinte Fletcher: »Sieht so aus, als hättest du recht, Eddie.«

»Ich möchte nur wissen, wer diese Akte manipuliert hat. Wenn die einen Namen haben, gibt es immer eine Menge weiterer Informationen. Besonders über einen Oberstleutnant beim KGB.

»Ich möchte wissen, wer die Akte angelegt und wer sie entnommen hat.«

»Und warum«, fügte Hoggart grimmig hinzu.

»Schlafen wir erst mal.«

Es waren insgesamt fünf Aktenvorgänge, die Fletcher lesen mußte. Nicht genau lesen, nur auf Informationen von anderen Quellen überprüfen, die für andere Mitglieder von Rawsons Team möglicherweise von Interesse waren. Es war ein Routinedienst, der einen nur alle dreizehn Wochen traf. Das meiste war irrelevant, und das machte die Arbeit so unbeliebt. Die Aktendeckel trugen den blauen Top-Secret-Streifen und einen Hinweis auf den Inhalt. GCHQ-VERBINDUNGSBÜRO, CIA-VERBINDUNGSBÜRO, KGB-AKTUELL, BOTSCHAFT MOSKAU und DIVERSES.

Diverses enthielt hauptsächlich interne Vorgänge. Versetzungen, neue Leute und Pensionierungen, neue Pensionsrichtlinien und neue interne Sicherheitsvorschriften. Botschaft Moskau war nicht viel mehr als eine Sammlung von Klatsch und Gerüchten, von Moskauer Diplomaten und Journalisten. Aber ein Gerücht konnte sich zu einem Fakt verdichten, und die Akte gab entsprechende Vorwarnungen. GCHQ-Verbindungsbüro enthielt fast nur technischen Kram und war lediglich als Information gedacht, ohne daß Renshaws Gruppe irgendwelche Maßnahmen zu ergreifen brauchte. Fletcher überflog alles gewissenhaft, zeichnete die »Gesehen«-Formulare ab und kreuzte die Verteilerliste entsprechend an.

Wie immer hob er sich KGB-Aktuell und CIA-Verbindungsbüro bis zuletzt auf. Die Akten waren meist dick und ergiebig.

Fletcher blickte zu Hoggart hinüber, der sich auf der Couch ausgestreckt hatte, die Augen geschlossen, den einen Arm herunterhängend, den anderen über die Brust gelegt, und nahm sich dann die CIA-Akte vor.

Sie enthielt eine Inhaltsangabe mit Namen und Organisationen in Großbuchstaben, und der Name Jakunin sprang ihm sofort ins Auge. Es war die Nummer 20, und Fletcher blätterte hastig vor und klappte den Aktendeckel ganz auf, so daß er bis zum Heftrand lesen konnte.

Beim zweiten Absatz sah er noch einmal unter den Quellenangaben nach. Das Material stammte von Bailey, dem SIS-Verbindungsmann bei der CIA in Langley, und war ihm von einem William Altieri übergeben worden, einem hohen Beamten der CIA.

In einer Anmerkung meinte Bailey, die Tatsache, daß Altieri den – wenn auch mageren – Report der US-Botschaft in Moskau weitergegeben habe, sei vermutlich als eine Geste guten Willens anzusehen, um das Klima zwischen den beiden Geheimdienstorganisationen zu verbessern.

Fletcher holte tief Atem und las noch einmal von Anfang an. Und beim Lesen stieg allmählich brennender Ärger in ihm auf. Ärger darüber, daß er trotz jahrelanger Erfahrung so raffiniert und gründlich hinters Licht geführt worden war. Hoggart hatte recht gehabt. Sein Zynismus war berechtigt gewesen, seine Intuition geradezu unheimlich akkurat.

Er schaute zu dem schlafenden Hoggart hinüber. Wie er gehört hatte, war es Hoggart ziemlich übel ergangen. Niemand wußte Einzelheiten, aber der Tod seiner Frau mußte ihn schlimm getroffen haben. Und dennoch, trotz aller Sorgen, hatte Hoggarts Verstand besser funktioniert als sein eigener. Vielleicht machten ihn seine gutbürgerliche Herkunft und sein geregeltes, zufriedenes Leben zu anfällig. Nicht genügend Spannung. Nicht genug Adrenalin. Vielleicht mußte man beruflichen Erfolg gegen ein bequemes Privatleben eintauschen. Oder umgekehrt, was noch schlimmer wäre. Und Fletcher wußte in diesem Augenblick, daß er niemals seine Rachel dafür eintauschen würde, erfolgreicher bei seiner Arbeit zu sein. Und außerdem wußte er, daß er nicht das gleiche Format hatte wie Hoggart. Er fragte sich, ob er lediglich nicht wollte oder ob ihm die Qualitäten fehlten. Egal, jetzt sollte er besser Hoggart aufwecken und ihm die gute Nachricht überbringen. Die Nachrichtensammelmaschine hatte lange genug vor sich hin geknirscht und gerade eben eine ganze Menge fehlender Puzzlestücke ausgespuckt.

Er stand auf, blickte auf die schlafende Gestalt auf der Couch nieder, packte sie an der Schulter und schüttelte sie kräftig. Hoggart war sofort wach und schwang die Beine von der Couch. Augenreibend knurrte er: »Hast du fertiggelesen?«

Fletcher reichte ihm die aufgeschlagene Akte. »Lies das.«

Hoggart las den Bericht sehr gründlich und schaute dann zum Fenster. Seine Miene war unbewegt und offensichtlich in Gedanken verloren.

Nach einigen Minuten sagte Fletcher leise: »Was meinst du?«

Hoggart holte tief Atem und blickte Fletcher an. »Wir haben eine Menge zu tun, Dave. Packen wir's an.«

Fletcher und ein halbes Dutzend anderer hatten den Bericht der National Security Agency über Bykows Funkverkehr gelesen, doch niemand fand ihn interessant und schon gar nicht bedeutsam.

20

Sie hatten fast eine Stunde diskutiert, und schließlich sagte Fletcher: »Wir haben anscheinend doch nicht soviel, wie ich zuerst dachte.«

»Du mußt das in zwei Gruppen aufteilen. Was wir wissen und beweisen können, oder wofür wir zumindest eindeutige Indizien haben, und was wir aufgrund unserer Erfahrung wissen, aber nicht beweisen können.«

»Also, was meinst du, was wir haben?«

»Nun, wir wissen, daß dein Bursche ein Schwindler ist. Falscher Name, falsche Biographie. Wir kennen seinen richtigen Namen. Wir wissen, daß er vom KGB, daß er ein Oberstleutnant ist. Wir können also den Genossen Lenski ganz schön unter Druck setzen.

Dann haben wir meinen kleinen Kumpel, Jakunin. Er hat mir nicht allzuviel erzählt, was uns weiterhilft, aber wir wissen, daß er insgesamt gesehen die Wahrheit sagt. Er hat den Walker-Spionagering in den Staaten geführt. Wir haben also dem FBI oder der CIA etwas zum Tausch anzubieten.« Er überlegte. »Und jetzt wissen wir, daß Lenski aus irgendeinem ganz wichtigen Grund hier ist. Er ist nicht einfach ein Routinespitzel. Du riskierst nicht einen Burschen wie Lenski, nur um uns einen Doppelagenten ins Nest zu setzen. Vielleicht packt Jakunin jetzt aus, nachdem wir ein paar Neuigkeiten für ihn haben.«

»Meinst du, er spielt mit?«

»Er hat Angst. Wenn er genug Angst hat, wird ihm sehr viel daran gelegen sein, daß wir auf seiner Seite sind.«

»Hast du irgendeinen Verdacht, wozu Lenski hier ist?«

»Nur einen, den ich im Moment nicht laut aussprechen möchte.«

»Warum nicht?«

»Weil er nur Intuition ist, und wenn du dich zu sehr darauf einläßt, kann das zu Scheuklappendenken führen – du versuchst dann, die Fakten deiner Theorie anzupassen. Und wenn sie nicht passen, versuchst du vielleicht, sie zu relativieren oder zu ignorieren.« Hoggart lächelte. »Jemand hat mal gesagt, der einzige Feind, den eine wunderschöne Hypothese hat, ist ein kleiner Widerspruch. Und das ist wahr. Ich habe das selbst schon gemacht.« Er schüttelte den Kopf. »Wenn wir wirklich keine Fakten finden, dann können wir unserer Phantasie freien Lauf lassen, aber vorher nicht. Zwischenzeitlich heißt es harte Arbeit. Wenigstens sind wir jetzt zu zweit.«

»Wen sollen wir uns zuerst vornehmen?«

»Jakunin«, antwortete Hoggart ohne Zögern.

»Warum nicht Lenski? Wir wissen genügend über Lenski, um ihm kräftig ans Bein zu pinkeln. Vielleicht zwanzig Jahre für Spionage. Aber wenn seine Mission hier wirklich so wichtig ist, wird er das akzeptieren. Er muß gewußt haben, bevor er zu uns geschickt wurde, daß ihm das blühen konnte. Und dann erfahren wir nie, weswegen er hier war.« Fletcher überlegte. »Wir könnten ihm irgendeinen Deal vorschlagen.«

»Könnten wir. Aber er würde ihn nicht annehmen.«

»Wie kommst du darauf?«

»Er ist ein stolzer Hund. Sieht sich als der klassische Held. Wahrscheinlich würde es ihm direkt gefallen, zum Märtyrer gemacht zu werden. Der Mann, der nicht geredet hat.«

Fletcher lächelte. »Bist du sicher, daß das nicht schon wieder deine Klassenvorurteile sind?«

»Du hast ihn gemocht, stimmt's?«

»Ich glaube schon. Er ist irgendwie liebenswert. Intelligent. Lebendig. Kultiviert.«

»Stimmt. Das ist er. Aber hinter all diesem Charme steckt eine stahlharte Überzeugung, daß das, woran er glaubt, richtig ist. Er ist mit Leib und Seele Russe, dieser Mann. Mach dir nichts vor.«

»Wann sollen wir uns Jakunin vornehmen?«

»Ich fahre heute zu ihm und knüpfe da an, wo wir aufgehört haben. Du kannst dann morgen nachkommen.«

»Okay. Wie lange, denkst du, wird es dauern?«

»Keine Ahnung. Wir müssen uns auf unser Gefühl verlassen.«

Nachdem Mathews tagelang versucht hatte, irgend etwas aus Bykow herauszubekommen, war er kurz vor dem Aufgeben. Niemand schien sonderlich interessiert an Bykow. Sie konnten ihn für sieben Jahre ins Gefängnis stecken wegen falscher Papiere und illegaler Einreise, aber Mathews war entschlossen, den Mann zu brechen.

Als letztes Mittel fiel ihm das »Gut-Böse-Szenario« ein. Er setzte Langham, einen seiner Assistenten, als den »Guten« ein, er selbst spielte den »Bösen«. Sie schätzten Bykow als grundsätzlich schwachen Charakter ein, der nur deswegen den Mund hielt, weil er Angst davor hatte, daß seine Chefs in Moskau ihn zu Hackfleisch verarbeiten würden wegen der gescheiterten Mission. Er hatte keine Ahnung, worum es bei dieser Mission ging. Er mußte lediglich ein bestimmtes Zeichen regelmäßig überprüfen und dann zur vereinbarten Zeit den immer gleichen Text funken. Das war alles, was er wußte. Und das hatte er getan. Sie hatten ihm versichert, es sei ein ganz spezieller, nicht knackbarer Code, aber da lagen sie ganz offensichtlich schief. Doch er wußte, wer letztlich die Schuld zugeschoben bekommen würde, und er wollte ihnen keinen Vorwand liefern, ihn in einem britischen Gefängnis verfaulen zu lassen. Sie hatten ihm versprochen, wenn er verhaftet werde und nicht auspacke, dann würden sie ihn herausholen. Oder zumindest einen Austausch arrangieren.

Langham brachte ihm eine Schachtel Gitanes mit, um die Bykow gebeten hatte, und nachdem er sich eine angesteckt und den Rauch tief inhaliert hatte, sagte Langham: »Ich glaube, mein Boß will Sie zurückschicken.«

Langham registrierte den angstvollen Ausdruck auf Bykows Gesicht. »Zurückschicken? Wie meinen Sie das?«

»Nach Moskau zurückschicken.«

»Warum sollte er das tun?«

»Wollen Sie denn nicht zurück?«

»Auf jeden Fall nicht vor meinem Prozeß.«

»Warum nicht?«

Bykow zuckte nur die Achseln, und Langham wußte, daß sie ihn hatten. Ein öffentlicher Prozeß würde beweisen, daß er seine Mission nach bestem Wissen und Gewissen durchgeführt hatte, und er könnte damit zeigen, daß er nicht geredet hatte. Wenn man ihn ohne Verhandlung zurückschickte, würde der KGB automatisch annehmen, daß er ausgepackt hatte und dafür belohnt worden war. Oder neuerlich umgedreht worden war.

Bykow blickte Langham an. »Habt ihr schon mit Moskau gesprochen?«

»Ich glaube, der Boß hat mal vorgefühlt.«

»Wie haben sie reagiert?«

Langham grinste. »Anscheinend waren sie nicht sonderlich interessiert. Ich glaube, man hält Sie für ein bißchen unvorsichtig. Und dann ging es irgendwie um Geld.« Langham lächelte. »Sie haben sich wohl ein paar Rubelchen auf die hohe Kante gelegt, was, Genosse?«

Bykow antwortete nicht, aber Langham sah ihm an, daß er höchst beunruhigt war. Am besten ließ er ihn ein bißchen in seinem eigenen Saft schmoren. Er stand auf und ging zur Tür.

»Warten Sie.«

»Was ist, Bykow?«

»Was passiert, wenn ich kooperiere?«

»Sie haben uns doch die ganze Zeit erzählt, daß Sie kooperieren.«

»Ich meine weiter gehende Kooperation.«

Langham kam zurück, setzte sich wieder auf seinen Stuhl und sagte gelassen: »Ich könnte ein gutes Wort für Sie einlegen.«

»Was genau wollen Sie wissen?«

Langham schüttelte den Kopf. »Sie wissen genau, was wir wissen wollen.«

»Die Kontakte, ja?«

»Ja.«

»Und wenn ich Ihnen alles sage, was ich weiß?«

»Ich glaube, das würde man zu schätzen wissen, mein Freund. Sehr zu schätzen wissen.«

»Möchten Sie sich Notizen machen?«

»Klar, okay.«

21

Renshaw saß zurückgelehnt in seinem Schreibtischsessel, entspannt wie immer, und machte einen etwas gelangweilten Eindruck, als Hoggart ihm von Lenski erzählte. Nachdem er geendet hatte, blickte Renshaw ihn an.

»Warum höre ich das nicht von Fletcher?«

»Wir haben gemeinsam daran gearbeitet. Er mußte seine Frau in Bath oder irgendwo abholen, weil sie mit dem Wagen liegengeblieben ist.«

»Sie sind ziemlich heiß auf diesen Lenski. Warum?«

»Vor allem einmal deswegen, weil wir beweisen können, daß er uns die Hucke vollgelogen hat. Und außerdem ist er mit einer ganz spezifischen Mission hierhergekommen.«

»Welcher Mission?«

»Da bin ich mir nicht sicher. Aber ich glaube, es hat irgendwas mit Jakunin zu tun.«

»Jakunin?« Renshaw runzelte die Stirn. »Was in aller Welt soll er mit Jakunin zu tun haben?«

»Ich weiß es nicht, aber Jakunin hat sich fast in die Hosen geschissen, als ich ihm Lenskis Foto zeigte.«

»Wovor hat er Angst?«

»Keine Ahnung.«

»Haben Sie herausgefunden, wer Lenskis Akte aus dem Zentralarchiv entnommen hat?«

»Nein. Das Mädchen hat unsere Ausweise überprüft und uns eröffnet, wir seien nicht befugt, dies zu erfahren.«

»Wer ist ›wir‹?«

»Fletcher und ich.«

»Sie sagten, Sie haben mit Lenski gesprochen. Wer hat Ihnen die Genehmigung dazu gegeben?«

»Niemand.«

»Was hatten Sie für einen Eindruck von Lenski?«

»Oh, der war aalglatt. Wollte mich einlullen. Hat den charmanten, weltgewandten Gastgeber gespielt. Sie hätten meinen können, ich sei der Überläufer und er vom SIS.«

Renshaw lachte. »Alle Ihre Klassenvorurteile müssen da fröhliche Urständ gefeiert haben.«

Hoggart lächelte. »Möglich, aber so hat er sich nun mal benommen.«

»Sonst noch etwas?«

Hoggart warf einen kurzen Blick auf seinen Notizzettel und schüttelte den Kopf. »Nein. Das war alles, Sir.«

»Okay. Überlassen Sie es mir. Ich überlege mir, wie wir weiter vorgehen.«

Es war beim Rasieren am nächsten Morgen, als es in Hoggarts Kopf klickte. Das halbe Gesicht noch voller Rasierschaum, griff er mit der nassen Hand in die Tasche seiner Jacke, die über dem Stuhl an seinem Bett hing.

Er holte den Notizzettel heraus und studierte ihn noch einmal. Er hatte hinter jeden Punkt ein Häkchen gemacht, nachdem er ihn bei Renshaw angesprochen hatte. Ein Punkt trug kein Häkchen. Gedankenversunken setzte er sich aufs Bett, schloß die Augen und versuchte sich jedes Wort des Gesprächs ins Gedächtnis zurückzurufen. Und am Ende war er sicher, daß er vergessen hatte, diesen Punkt zu erwähnen.

Lange Zeit saß er da, starrte blicklos zum Fenster, in der linken Hand noch den Rasierer. Oft genug war Geheimdienstarbeit das langsame und gründliche Verarbeiten einer Masse von Fakten, das Bewerten und Aussortieren von Puzzlestücken, bis ein Muster erkennbar wurde, das später ein vollständiges Bild abgeben konnte. Nur zu oft stand man am Schluß mit vier Ekken und einem Rahmen da, aber ohne echten Mittelpunkt.

Und manchmal ging einem auf, viel später erst, daß die Ecken in Wahrheit der Mittelpunkt *waren*. Es passierte, wie Hoggart nur zu gut wußte, wenn man mit klar umrissenen Vorstellungen über das, was man zu finden erwartete, an eine Operation heranging. Die Puzzlestücke, die man zusammentrug, ergaben sehr wohl ein Bild, aber man erkannte es nicht, weil man im Kopf bereits ein völlig anderes, vorgefertigtes Bild hatte. Wenn dieses Bild nicht vorhanden war, sah man nicht einmal das, was man zusammengetragen hatte. Es war der Unterschied zwischen anschauen und *sehen*.

Mit einemmal paßte alles zusammen. Es gab nur einen Haken. Er konnte es nicht glauben. Es war unmöglich. Aber es gab einen Weg, das zu testen. Vielleicht kein Beweis, wie ihn ein Jurist akzeptieren würde, aber Beweis genug für den SIS.

Hoggart stieß einen tiefen Seufzer aus, als er aufstand, zum Waschbecken ging und sich fertig rasierte. Er stellte seinen Wagen am Imperial War Museum ab und ging zu Fuß zum Century House zurück. In der Cafeteria blätterte er den dort ausliegenden Stapel Illustrierte durch und fand das Magazin, nach dem er gesucht hatte. Es war ihm einige Wochen zuvor aufgefallen. Er nahm dazu noch eine Ausgabe von *Country Life* mit und machte beim Hinausgehen nicht den geringsten Versuch, seine Beute zu verbergen.

Am späten Nachmittag traf er in dem Haus in Lamberhurst ein.

Er gab Jakunin die beiden Magazine und bat ihn, sich alle Fotos genau anzusehen. Fünf Minuten später deutete Jakunin mit zitterndem Finger auf das Bild eines Mannes und einer hübschen jungen Dame in der drei Monate alten Ausgabe des Gesellschaftsmagazins *Tatler*.

Hoggart ging auf sein Zimmer am anderen Ende des Hauses. Einen Augenblick starrte er aus dem Fenster. Die Blätter an den Bäumen veränderten bereits die Farbe, und ein Schwarm lärmender Stare hatte sich eine Ulme als Zwischenstopp auf dem Zug nach Süden ausgesucht. Schließlich wandte er sich ab, setzte sich an den kleinen Tisch und griff nach einem Stapel Konzeptpapier und einem Bleistift.

Fast zwei Stunden schrieb er sein Plädoyer. Punkt für Punkt. Und er mußte feststellen, daß mehr als die Hälfte der Punkte keine beweisbaren Fakten waren, sondern das Produkt jahrelangen Trainings und jahrelanger Berufserfahrung. Nachdem er fertig war, las er es noch zweimal durch und fand keinen Grund, irgend etwas zu ändern. Es war eigentlich keine Anklageschrift, die er geschrieben hatte. Eher ein Vorwand, eine Rechtfertigung für das, was er zu tun beabsichtigte.

Hoggart blickte auf die Uhr. Es war schon fast zehn, und draußen war es schon lange dunkel. Eine Stunde später hatte er Brighton hinter sich gelassen und fuhr auf der A 27, der Küstenstraße. Er wußte irgendwie schon, daß dies nicht die korrekte Art und Weise war, mit der Sache umzugehen. Und er wußte auch, daß es nie zu dieser Fahrt gekommen wäre, ohne jenen einen winzigen Fehler. Renshaw hatte sich nach der fehlenden Lenski-Akte erkundigt. Und Hoggart hatte bei seiner mündlichen Berichterstattung diesen Punkt gar nicht angesprochen.

22

Hoggart ließ seinen Wagen auf dem Parkplatz des Jachthafens stehen und ging zu Fuß zu Renshaws Liegeplatz. Es war schon nach Mitternacht und zu spät in der Saison und außerdem kein Wochenende, und so war kein Anzeichen von anderen Bootseignern zu sehen, als er vorsichtig um aufgeschossene Taue und zum Lackieren auf Böcke ausgelegte Masten herumging. Es war sehr kühl, an einem schwarzen Nachthimmel glitzerten kalt die Sterne, und eine frische Brise vom Land her ließ die Falleinen gegen Maste klappern und Segeltuchabdeckungen flattern.

Er mußte seine Taschenlampe benutzen, um den Ponton zu finden, an dem Renshaws Boot mit dem Heck zur Mole vertäut war. Nachdem er die Kette zwischen den zwei Relingpfosten ausgeklinkt hatte, kletterte er an Bord, und seine Gummisohlen machten quietschende Geräusche auf dem taunassen Deck. Er zog den Reißverschluß der Ruderhauspersenning auf, richtete den Strahl der Taschenlampe auf das Luk zum Salon und öffnete mit einem dünnen Stück Plastik das primitive Schloß.

Nachdem er im Salon das Licht eingeschaltet hatte, schaute er sich um und wurde sich wieder einmal bewußt, wie luxuriös die Jacht war. Eine Vorschiffskajüte mit Doppelkoje, eine gut eingerichtete Kombüse mit einer weiteren Koje an der Steuerbordseite sowie eine luxuriöse Eignerkabine mit Doppelbett und separater Dusche und Toilette im Heck. Es gab viel mehr Stauraum, als er sich erinnerte, doch das, wonach er suchte, würde ohnehin nicht an einem offensichtlichen Platz zu finden sein. Er fand es, in eine gelbe Öljacke eingeschlagen, unter der einen Motoraufhängung. Den ICOM-R70-Kurzwellenempfänger, die Minox-Kamera, drei Kassetten mit unbelichteten Filmen, das übliche KGB-Mikropunktlesegerät.

Er durchsuchte gerade ein Schapp im Vorderschiff, da hörte er das Auto und sah die Scheinwerfer, als er von der Straße zum Jachthafen einbog. Der Motor wurde abgestellt, die Lichter erloschen, und eine Wagentür schlug zu. Er mußte die Lichter an Bord gesehen haben, aber er schien nicht in Eile.

Das Boot dümpelte ein wenig, als er an Bord kam, bepackt mit einem Karton, der Lebensmittel enthielt.

Er schien nicht überrascht, als er Hoggart sah, und stellte in aller Ruhe den Karton auf dem Salontisch ab, bevor er sich ihm zuwandte.

Renshaw lächelte. »Hallo, Eddie. Ich brauche Ihnen ja nicht zu sagen, daß Sie sich ganz wie zu Hause fühlen können.«

»Wir sollten uns lieber unterhalten, Tony.«

»Klar, selbstverständlich.« Renshaw setzte sich gegenüber von Hoggart auf die gepolsterte Sitzbank. »Was führt Sie zu so später Stunde hierher?«

»Sie wissen, weshalb ich hier bin, Tony. Wir können uns die Spielchen schenken.«

Renshaw lächelte. »Erzählen Sie.«

»Warum? Das möchte ich wissen.«

»Es ist eine lange Geschichte, Eddie. Würde Sie nicht interessieren. Stinklangweilig dazu. Und das Warum spielt doch nicht wirklich eine Rolle, stimmt's?«

»Für mich schon.«

»Aber nicht für unsere Bosse. Die sind nur interessiert an dem Wie und Was. Das Warum würden sie sowieso nicht verstehen.«

»Vielleicht würde ich es verstehen.«

»Trinken wir erst mal eine Tasse Tee. Ja?«

»Wenn Sie wollen.«

»Wie viele Personen wissen Bescheid?«

»Nur ich.«

»Sind Sie bewaffnet?«

»Nein.«

Renshaw lächelte und ging in die Kombüse. Ein paar Minuten später kam er mit zwei Bechern zurück, die Teebeutel noch darin, sowie Milch und Zucker auf einem Tablett.

Renshaw lächelte. »Sollte ich Mutter spielen? Mal überlegen. Milch und ein Stück Zucker, wenn ich mich recht erinnere.«

»Sie haben ein gutes Gedächtnis, Tony.«

Renshaw zuckte die Achseln. »In meinem Metier braucht man ein gutes Gedächtnis.«

»Bei Verrat, meinen Sie?«

Renshaw lächelte. »Ich habe mich schon gefragt, wie lange es wohl dauert, bis dieses Wort sein häßliches Haupt emporreckt. Ein merkwürdiges Wort. Wissen Sie, wo es herkommt?«

»Nein.«

»Wenige Menschen wissen das. Ursprünglich kommt es aus dem Lateinischen, *traditio,* und das bedeutet ›Übergabe‹.« Renshaw lächelte. »Hört sich netter an auf lateinisch, nicht wahr?«

»Hängt von dem Warum ab.«

»Wirklich? Ist Ihnen das tatsächlich so wichtig?«

»Es könnte wichtig sein.«

»Genaugenommen müssen Sie zuerst einmal etwas über das Was wissen, bevor Sie das Warum verstehen können. Nichts, was an sie weitergegeben wurde, hat unsere nationale Sicherheit beeinträchtigt.«

»In diesem Fall wäre der KGB gar nicht daran interessiert gewesen.«

»Ich fürchte, da irren Sie sich gründlich. Der KGB war zwar der Kanal, aber den Nutzen daraus hatten Personen, die viel höher saßen. Und wir hatten natürlich auch Nutzen daraus.«

»Welchem Nutzen könnten wir daraus haben, unsere Geheimnisse preiszugeben?«

»Nun, wie immer bei solchen Dingen funktionierte dies auf zwei Ebenen. Lenski war mein ›Maulwurf‹ in Moskau, und ich war sein ›Maulwurf‹ im SIS. Der einzige Unterschied zwischen uns war, daß seine Leute von uns beiden wußten. Nicht daß sie gewußt hätten, um was es uns wirklich ging. Der SIS wußte nur von Lenski. Auf der einen Ebene tauschten wir konkrete Informationen aus, aber wirklich wichtig war die zweite Ebene. Und da waren es eher Tips und Ratschläge als harte Fakten und Informationen.«

»Zum Beispiel?«

Renshaw schloß einen Moment die Augen und blickte dann Hoggart an.

»Auf der faktischen Ebene warnte ich ihn beispielsweise, daß wir einen ihrer Agenten hochnehmen würden, wenn er nicht den Kontakt zu bestimmten Politikern abbricht. Es ersparte ihnen den Verlust eines Agenten und uns, einen neuen Mann observieren zu müssen. Und es hielt diese verdammten Politiker von dummen Spielchen nur wegen eines kostenlosen Trips nach Prag oder Bukarest ab.

Und auf der zweiten Ebene gab ich Ratschläge. Die wahren Ansichten des inneren Kabinetts zum Abbau von Nuklearwaffen. Mrs. Thatchers wahre Meinung über Gorbatschow. Und ich bekam ein Bild zurück über die Machtkämpfe innerhalb des KGB oder sogar über die Kämpfe innerhalb des Kremls.«

»Und die Informationen, die Sie weitergaben, waren stets authentisch, waren Fakten?«

»Auf der zweiten Ebene ging es um etwas anderes. Es waren die wirklichen Ansichten einer gut informierten Person, die nicht antisowjetisch oder, in Lenskis Fall, nicht antibritisch eingestellt war. Gut informiert, weil er zum inneren Kreis gehörte.«

»Haben Sie Lenskis Informationen weitergegeben?«

»Die harten Fakten – die erste Ebene – wurden mündlich an den Director General weitergegeben. Die zweite Ebene floß in meine Ratschläge ein, als ob sie von mir stammten.« Renshaw lächelte. »Der DG dachte, glaube ich, ich hätte eine Kristallkugel.«

»Sind Ihnen nie Zweifel gekommen, daß man Sie nur benutzt hat?«

»Zweifel, ja. Aber Lenskis Kommentare waren echt, da bin ich mir sicher. Er lag nicht immer richtig. Ich auch nicht. Aber unsere Fehler wurden in gutem Glauben gemacht.« Renshaw hielt inne. »Lenski und ich hatten viel gemeinsam. Was Politiker angeht, die schmecken uns nicht. Er hat seinen Politikern nicht getraut, ich traue unseren nicht. Ich habe ihnen noch nie getraut.«

»Warum nicht?«

»Ich bin gewissermaßen unter ihnen aufgewachsen. An jedem Wochenende waren ein halbes Dutzend bei uns zu Hause zu Gast. Ich habe gehört, wie sie miteinander redeten, inoffiziell, vertraulich. Mein Vater ist ein reicher Mann und einflußreich, daher haben sie den Kontakt zu ihm sehr gepflegt. Er mochte sie nicht, hat sie jedoch toleriert. Aber ich habe sie gehaßt und verachtet. Mich hat es wütend gemacht, wie diese Männer uns beeinflussen und kontrollieren konnten. Sie schickten uns in den Krieg, sie entschieden darüber, wie bitterarm jemand sein mußte, bevor er Hilfe vom Staat bekam. Sie änderten Gesetze, wie es ihren Interessen diente. Und ich meine alle beide – Labour und Tories. Die unterscheiden sich kein bißchen voneinander.«

»Aber Sie vertrauen den Männern im Politbüro.«

Renshaw lachte. »Nie und nimmer. Die sind noch schlimmer als unsere Bande.«

»Und warum helfen Sie ihnen dann?«

»Ich helfe ihnen nicht. Was ich an Lenski weitergab, hat sie oft von Aggressionen abgehalten, die unweigerlich zu einer Konfrontation geführt hätten. Wenn sie irgendeinen politischen Schritt planen, versuchen sie stets, die Reaktion des Westens abzuschätzen. Wenn unsere Reaktion zu größerem Zoff führen könnte, überlegen sie's sich oft noch mal. Es funktioniert nicht immer. Mit Afghanistan hat's nicht funktioniert, aber die Schwierigkeiten, die ihnen das eingebracht hat, zeigten ihnen wieder, was es kostet, wenn sie die Signale ignorieren, die von Lenski kommen. Signale von mir.«

»Warum tun Sie es nicht ganz offiziell? Warum diese Ein-Mann-Show?«

Renshaw lachte. »Können Sie sich vorstellen, was unser Verein gesagt hätte, wenn ich ihnen den Vorschlag gemacht hätte? Sie würden mich in den Tower werfen oder in diese Anstalt droben in Schottland stecken – in dieses sogenannte psychiatrische Hospital.«

Und Hoggart wußte, daß Renshaw recht hatte. Sie hätten ihn für verrückt erklärt. Und dazu noch für gemeingefährlich. Sie hätten ihm keine Chance gegeben, trotz seines einflußreichen Vaters.

»Woher kennen Sie Lenski?«

»Unsere Maschinen steckten auf dem Flughafen Tokio sechs Stunden wegen Nebels fest. Wir kamen auf Politik zu sprechen und auf Weltereignisse, und ich glaubte, so nach einer Stunde muß uns beiden aufgegangen sein, daß wir im selben Metier arbeiten. Jeder andere wäre dann sofort auf Distanz gegangen, aber wir fanden das nur lustig. Als wir dann weitersprachen, stellte sich heraus, daß wir so ziemlich die gleichen Ansichten hatten über die Welt und über unsere jeweilige Regierung.

Ich glaube, es war mehr oder weniger ein intellektueller Zeitvertreib, daß wir uns darüber unterhielten, wie wir unsere Position dazu benutzen könnten, ein bißchen Vernunft in die

Ost-West-Beziehungen zu bringen. Trotz gewisser Zweifel beschlossen wir, es einfach ein paar Monate lang zu probieren. Jeder würde behaupten, den anderen rekrutiert zu haben.« Renshaw lächelte und zuckte die Achseln. »Es schien zu funktionieren – und schon waren wir im Geschäft.«

»Warum wurde Lenski von Moskau geopfert?«

»Er sollte nicht geopfert werden. Er sollte Jakunins Aussagen neutralisieren und mich schützen.«

»Wissen Sie, was mir gerade aufgefallen ist?«

»Was?«

»Sie und Lenski ähneln einander unheimlich.«

Renshaw lächelte. »Ich wünschte, ich würde halb so gut aussehen wie er.«

»Ich meine nicht das Aussehen, ich meine Ihre Art, Ihre Persönlichkeit.«

Renshaw lachte. »Erzählen Sie mir mehr.«

»Der Charme, das Selbstbewußtsein, Eton und Ballcol, Moskauer Universität, die feine Art der Oberschicht. All das eine perfekte Tarnung.«

»Tarnung für was?«

»Nach außen hin lebenslustige Mitglieder der oberen Zehntausend, innerlich jedoch überzeugte intellektuelle Anarchisten.«

Renshaw lachte. »Nicht schlecht, mein Junge. Nicht schlecht.«

»Und wie geht's jetzt weiter?« fragte Hoggart leise.

»Ich dachte, ich mache einen kleinen Trip über den Kanal nach Frankreich. Das war mein Plan.« Renshaw lächelte. Sein charmantes Lächeln. »Mit Ihrer freundlichen Erlaubnis natürlich.«

»Wieso haben Sie sich gerade heute zur Flucht entschlossen?«

Renshaw lachte leise. »Der gleiche Grund, der Sie heute

hierhergeführt hat. Instinkt. Diese kleinen Glöckchen und die blinkenden roten Lämpchen.«

»Sonst nichts?«

Renshaw lächelte. »Doch, eine Kleinigkeit noch. Hören Sie manchmal das Wunschprogramm im Auslandsdienst von Radio Moskau?«

»Nein.«

»Sie spielen Musikwünsche. Sie schreiben an den Englischen Dienst. Von Großbritannien oder Irland, von den Westindischen Inseln, den Vereinigten Staaten, aus West- und Ostafrika.« Renshaw zuckte die Achseln. »Überall, wo englisch gesprochen wird. Und dann spielen sie Ihre Wunschmelodie.« Er seufzte. »Manchmal ist es nicht ganz so harmlos.« Renshaw blickte Hoggart an und lächelte verschmitzt. »Manchmal ist der Wunsch fiktiv, und die Musik stellt ein bestimmtes Signal dar. Nur in Notfällen natürlich, wenn es eine Zeitfrage ist. Da gibt es eine Melodie, die ich sehr liebe. Eine Art Erkennungsmelodie. Es ist ein uraltes Lied mit dem Titel ›Deep Purple‹ – Tiefdunkler Purpur. Das Lied kam heute abend im Programm.« Wieder lächelte Renshaw und fügte dann leise hinzu: »Deswegen bin ich hier.«

»Und was soll ich den Leuten im Century House sagen?«

»Die wissen nicht, daß Sie hier sind. Machen Sie einfach auf überrascht, wenn man es Ihnen sagt. Noch ein Intellektueller, der sich abgeseilt hat. Diesmal allerdings ein Oxford-Mann, kein Cambridge-Absolvent.« Er lachte. »Das wird ihnen ein kleiner Trost sein. Sie werden kein Interesse daran haben, es an die Presse gelangen zu lassen. Sie haben schon genug Skandale und können gut auf weitere verzichten.«

»Und Lenski und Jakunin?«

»Sie können Jakunin sagen, daß ich die Sache für ihn in Moskau bereinige, vorausgesetzt, er arbeitet nicht für den SIS.«

»Und Lenski?«

»Ach ja, der arme Lenski. Der muß noch eine Weile durchhalten, bis mir was Passendes eingefallen ist.«

»Ich kann Fletcher nicht einfach mit Lenski weitermachen und seine Zeit verschwenden lassen.«

»Warum denn nicht? Fletcher macht das nichts aus. Er ist nicht wie Sie, mein Freund. Er hat sich nie so in seine Arbeit verbissen, hat sich statt dessen für ein Privatleben entschieden. Und wer kann es ihm verübeln?«

»Und wenn Gras über die Geschichte gewachsen ist, bekomme ich einen Anruf von irgendeinem KGB-Typen mit einer Botschaft von Ihnen, daß Sie mich hochgehen lassen, wenn ich nicht das tue, was Moskau von mir verlangt.«

»Da müßten Sie mich eigentlich besser kennen, mein Lieber.«

»Würden Sie mir offen und ehrlich eine persönliche Frage beantworten?«

»Ich habe alle Ihre Fragen offen und ehrlich beantwortet.«

»Als Sie so freundlich waren wegen meiner Frau, war das eine Art langfristiger Absicherung, um mich auf Ihre Seite zu ziehen?«

»Sie meinen, eine Absicherung für das, was ich jetzt von Ihnen verlange?«

»Ja.«

»Ihr gesunder Menschenverstand sollte Ihnen das beantworten. Ich habe nicht damit gerechnet, Sie hier auf dem Boot vorzufinden. Ich ging davon aus, daß ich still und heimlich wie die Araber meine Zelte abbrechen und mich davonstehlen könnte. Woher sollte ich denn wissen, daß Sie plötzlich eine derartige Bedeutung bekommen würden?« Er zögerte und sagte dann leise: »Ich habe mich um Sie und Ihre Frau gekümmert, weil Sie einer von meinen Männern waren, der Hilfe brauchte. Ein Mann, der versucht hat, einen kleinen Traum zu verwirklichen, und statt dessen in einem Alptraum gelandet ist. Aus keinem anderen Grund.«

»Darf ich Sie fragen, was dann weiter geschehen ist?«

»Es gab einige Probleme wegen der Beerdigung. Es gibt noch immer idiotische Pfarrer, die keine Selbstmörder begraben wollen. Aber ich habe schließlich eine letzte Ruhestätte gefunden. Eine sehr schöne Ruhestätte.«

»Wo?«

»Wollen Sie es wirklich wissen?«

»Ja.«

»Sie hat ein ordentliches Begräbnis bekommen und ist in unserem Familiengrab auf einem kleinen Dorffriedhof in der Nähe von Henley-on-Thames beigesetzt.«

»Wer war dort?«

»Nur ich.«

Es gab ein langes Schweigen, dann sagte Hoggart: »Wann wollen Sie losfahren?«

»Wir haben gerade Flut – genau richtig zum Auslaufen.«

Hoggart stand auf. »Danke für alles, was Sie für mich und Jacqui getan haben.« Er hielt inne. »Ich hoffe, Sie werden glücklich in Ihrem neuen Leben.«

Renshaw grinste. »Was? Mit all diesen pokergesichtigen Russen? Kann ich mir nicht vorstellen.« Lächelnd fuhr er fort: »Aber wie man sich bettet, so liegt man, richtig? Ich schicke Ihnen eine Postkarte, wenn ich mich eingelebt habe.« Er nickte und streckte die Hand aus. »Passen Sie auf sich auf, Eddie.«

Hoggart ergriff die angebotene Hand und erwiderte leise: »Sie auch, Tony.« Dann wandte er sich ab und kletterte stolpernd die Stufen hoch, überquerte das Deck und stieg auf den Ponton, der zur Mole führte.

Als er im Schatten der Bäume an dem kleinen Teich stand, hörte er, wie die Maschinen anliefen, und fünf Minuten später legte die Motorjacht von ihrem Liegeplatz ab und tuckerte langsam zur Schleuse. Er konnte Renshaw erkennen, wie er die Taue hielt und mit dem Schleusenwärter sprach, der vor seinem Häuschen stand. Er hörte Renshaw lachen, dann winkte er dem Schleusenwärter zu und griff nach dem Ruder, und das Boot bewegte sich langsam in Richtung Fahrrinne.

Hoggart wartete, bis die Positionslichter verschwunden waren, dann ging er langsam zum Bootshafen und zu seinem Wagen zurück.

»... vom Insider des britischen Geheimdienstes – Clive Egleton«

Ein Routinefall des SIS-Agenten entpuppt sich als tödliche Verstrickung des internationalen Geheimdienstdschungels, in dem Peter Ashton zahlreiche Leichen, Waffen- und Drogenhändler aufspürt und bei seiner Suche rund um den Globus auch selbst zum Gejagten wird. Ein großartiger Thriller im Netz der internationalen Spionage, in dem nach Beendigung des Kalten Krieges unberechenbare Kräfte freiwerden.

Clive Egleton
Tödliche Verstrickung
Thriller
464 Seiten
Ullstein TB 24204